纪念老舍诞辰115周年、从事文学创作
90周年暨寓居青岛80周年

我的经验中有你：我想起自己，必须想起来你，朋友！

——礼物 老舍

老舍

老舍青岛文集

《老舍青岛文集》编委会 编

【第四卷】

○ 火车集
○ 集外短篇小说
○ 小说译作
○ 戏剧『大地龙蛇』

文物出版社

人民艺术家老舍，1963年（蒋齐生摄）

一根红线和兔子王

舒乙为《老舍青岛文集》绘，2014年8月

山海之间的青岛往事
初剑为《老舍青岛文集》绘，2014年9月

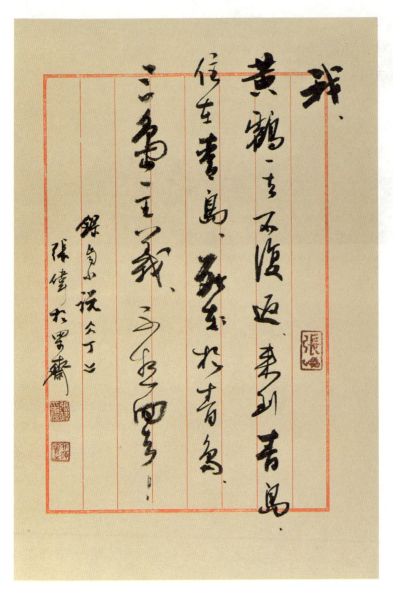

老舍《丁》片段
张伟为《老舍青岛文集》书，2014年12月

第四卷目录

｜老舍青岛文集◎第四卷｜

火车集（部分）

『火』车

火车开了。车悲鸣，客轻叹。有的算计着：七，八，九，十；十点到站，夜半可以到家；不算太晚，可是孩子们恐怕已经睡了；架上放着罐头，干鲜果品，玩具……看一眼，似乎听到唤着『爸』，呆呆的出神。有的知道天亮才能到家，看看车上的人，连一个长得像熟人的都没有；到家，已是明年了！有的……车走的多慢！心已到家一百多次了，身子还在车上；吸烟，喝水，打哈欠，盼望，盼望，扒着玻璃看看，漆黑，渺茫；回过头来，大家板着脸；低下头，泪欲流，打个哈欠。

　　本篇原载1937年5月1日《文学杂志》创刊号。初收《火车集》，上海杂志公司1939年8月出版。

　　《火车集》是老舍继《赶集》《樱海集》和《蛤藻集》之后推出的第四部小说集，收入《"火"车》《兔》《杀狗》《东西》《我这一辈子》《浴奴》《一块猪肝》《人同此心》《一封家信》共九篇小说，其中前五篇创作和发表于青岛时期，这5篇中的前4篇为短篇小说，《我这一辈子》为中篇小说。

　　小说写的是除夕之夜的火车和火车站的混乱状况，种种乱象致使火车起"火"，造成死亡63人的恶性事故。事故的调查处理结果令人啼笑皆非，起火原因不明，仅以茶房老五顶罪了事。这是一篇实验性小说，看上去像电影，镜头感很强，大量使用短句，运用蒙太奇的快速转换来模拟火车的奔驰状态。对车上人物的描写简练传神，不作性格分析，以极简主义的线描来凸显人物的情态，着墨不多却活灵活现。火车就是人生舞台，也是一个特殊社会，形形色色的人物在此演出着各自的人生，也提供了纷纭的历史状貌。这也是一个寓言，告诉人们，火车虽然是西方先进科学技术引入中国的产物，但必须有相应的管理制度建设，否则灾难迟早会发生！

"火" 车

除夕。阴历的，当然；国历的那个还未曾算过数儿。

火车开了。车悲鸣，客轻叹。有的算计着：七，八，九，十；十点到站，夜半可以到家；不算太晚，可是孩子们恐怕已经睡了；架上放着罐头，干鲜果品，玩具；看一眼，似乎听到唤着"爸"，呆呆的出神。有的知道天亮才能到家，看看车上的人，连一个长得像熟人的都没有；到家，已是明年了！有的……车走的多慢！心已到家一百多次了，身子还在车上；吸烟，喝水，打哈欠，盼望，盼望，扒着玻璃看看，漆黑，渺茫；回过头来，大家板着脸；低下头，泪欲流，打个哈欠。

二等车上人不多。胖胖的张先生和细瘦的乔先生对面坐着。二位由一上车就把绒毯铺好，为独据一条凳。及至车开了，而车上旅客并不多，二位感到除夕奔驰的凄凉，同时也微觉独占一凳的野心似乎太小了些。同病相怜：二人都拿着借用免票[1]，而免票早一天也匀不出来。意见相合：有免票的人教你等到年底，你就得等到年底；而有免票的人就是愿意看朋友干着急，等得冒火！同声慨叹：今日的朋友——哼，朋友！——远非昔日可比了，免票非到除夕不撒手，还得搭老大的人情呀！一齐点头：把误了过年的罪过统统归到朋友身上；平常日子借借免票，倒还顺利，单等到年底才咬牙，看人一手儿！一齐没好意思出声：真他妈的！

胖张先生脱下狐皮马褂，想盘腿坐一会儿；太胖，坐不牢；车上也太热，胖脑门上挂了汗："茶房，打把手巾！"又对瘦乔先生："车里老弄这么热干吗？坐飞机大概可以凉爽一点？"

乔先生早已脱去大衣，穿着西皮筒的皮袍，套着青缎子坎肩，并不觉得热："飞机也有免票，不难找；可是，"瘦瘦的一笑。

"总以不冒险的为是！"张先生试着劲儿往上盘两只胖腿，还不易成功。"茶房，手巾！"

茶房——四十多岁，脖子很细很长，似乎可以随时把脑袋摘下来，再安上去，一点也不费事——攥着满手的热毛巾，很想热心服务，可是委屈太大了，一进门便和小崔聊起来："看见了没有？廿七，廿八，连跟了两次车，算计好了大年三十歇班。好事到临期，刘先生上来了：老五，三十还得跑一趟呀！唉，看见了没有？路上一共六十多伙计，单短我这么一个！过年不过，没什么；单说这股子别扭劲！"长脖子往胖张先生那边探了探，毛巾换了手，揭起一条来，让小崔："擦一把！我可就对刘先生说了：过年不过没什么，大年卅'该'我歇班；跑了一年的车了，恰好赶上这么个巧当儿！六十多伙计，单缺我……"长脖子像倒流瓶儿似的，上下咕噜着气泡，憋得很难过。把小崔的毛巾接过来，才又说出话来："妈的不用混了，不干了，告诉你，事情妈的来得邪！一年到头，好容易……"

小崔的绿脸上泛出一点活儿气来，几乎可以当作笑意；头微微的点着，又要往横下里摇着；很想同情于老五，而决不肯这么轻易的失去自己的圆滑。自车长至老五，连各站上的挂钩的，都是小崔的朋友，他的瘦绿脸便是二等车票，就是闹到铁道部去大概也没人能否认这张特别车票的价值，正如同谁也晓得他身上老带着那么一二百两烟土而不能不承认他应当带着。小崔不能得罪人，对朋友们的委屈他都晓得，可就是不能给任何人太大的脸，而引起别人吃醋。他，谁也不得罪，所以谁也不怕；小崔这张车票——或是绿脸——印着全部人生的智慧。

"X，谁不是一年到头穷忙！"小崔想道出些自家的苦处，给老五一点机会抒散抒散心中的怨恨，像亚里士多德[2]所说的悲剧的效果那样："我还不是这样？大年卅还得跑这么一趟！这还不提，明天，大年初一，妈的还得看小红去！人家初一出门朝着财神爷走，咱去找那个臭X，X！"绿嘴唇咧开，露出几个乌牙；绿嘴唇并上，鼓起，拍，一口吐液，唾在地上。

老五果然忘了些自家的委屈，同病相怜，向小崔颤了颤长脖子，近似善表情的骆驼。毛巾已凉，回去重新用热水浇过；回来，经过小崔的面前，不再说什么，只微一闭眼，尚有余怨。车摇了一下，他身子微偏，把自己投到苟先生身旁。"擦一把！大年卅才动身？"问苟先生，以便重新引起自己的牢骚，对苟先生虽熟，而熟的程度不似对小崔那么高，所以须小小的绕个湾儿。

苟先生很体面，水獭领的青呢大衣还未曾脱去，崭新的青缎子小帽也还在头上，衣冠齐楚，端坐如仪，像坐在台上，等着向大家致词的什么大会主席似的。接过毛巾，手伸出老远，为是把大衣的袖子缩短一些；然后，胳臂不往回蜷，而画了个大半圆圈，手找到了脸，擦得很细腻而气派。把脸擦亮，更显出方头大耳朵的十分体面。只对老五点了点头，没有解释为什么在除夕旅行的必要。

"您看我们这个苦营生！"老五不愿意把苟先生放过去，可也不便再重述刚才那一套，更要把话说得有尺寸，正好于敬意之中带着些亲热："卅晚上该歇，还不能歇！没办法！"接过来手巾："您再来一把？"

苟先生摇了摇头，既拒绝了第二把毛巾，又似乎是为老五伤心，还不肯说什么。路上谁不晓得苟先生是宋段长的亲戚，白坐二等车是当然的，而且要拿出点身分，不能和茶房一答一和的谈天。

老五觉得苟先生只摇了摇头有点发秃，可是宋段长的亲戚既已只摇了头也就得设法认为满意。车又摇动得很厉害，他走着浪木似的走到车中间，把毛巾由麻花形抖成长方，轻巧而郑重的提着两角："您擦把？"张先生的胖手心接触到毛巾最热的部分，往脸上一捂，而后用力的擦，像擦着一面镜子。"您——"老五让乔先生。乔先生不大热心擦脸，只稍稍的把鼻孔中与指甲里的细腻而肥美的，可以存着也可以不存着的黑物让给了毛巾。

"待会儿就查票，"老五不便于开口就对生客人发牢骚，所以稍微往远处支了一笔："查过票去，二位该歇着了；要枕头自管言语一声。车上没什么人，还可以睡一会儿。大年卅，您二位也在车上过了！我们跟车……无法！"不便说得太多了，看看二位的神气再讲。又递给张先生一把，张先生不愿再卖那么大力量，可是刚推过的短发上还没有擦过，需要擦几把，而头皮上是须用力气的；很勉强，擦完，吐了口气。乔先生没要第二把，怕力气都教张先生卖了，乃轻轻的用刚被毛巾擦过的指甲剔着牙。

"车上干吗弄这么热？！"张先生把毛巾扔给老五。

"您还是别开窗户；一开，准着凉！车上的事，没人管，我告诉您！"老五急转直下的来到本题："您就说，一年到头跑车，好容易盼着大年卅歇一天，好，得了，什么也甭说了……"

老五的什么也甭说了也一半因为车到了一小站。

三等车下去几个人，都背着包，提着篮，匆匆的往站外走，又忽然犹豫了一下，唯恐落在车上一点什么东西。不下车的扒着玻璃往外看，有点羡慕人家已到了家，而急盼着车再快开了。二等车上没有下去的，反倒上来七八个军人，皮鞋山响，皮带油亮，搭上来四包特别加大的花炮，血红的纸包，印着金字。花炮太大，放在哪里也不合适，皮鞋乱响，前后左右挪动，语气粗壮，主意越多越没有决定。"就平放在地上！"营副发了言。"放在地上！"排长随着。一齐弯腰，立直，拍拍，立正敬礼。营副还礼："好啦，回去！"排长还礼："回去！"皮鞋乱响，灰帽，灰裹腿，皮带，一齐往外活动。"快下！"噜——笛声；闷——车头放响。灯光，人影，轮声，浮动。车又开了。

老五似乎有事，又似乎没事，由这头走到那头，看了看营副及排长，又看了看地上的爆竹，没敢言语，坐下和小崔聊起来。他还是抱怨那一套，把不能歇班的经过又述说了一回，比上次更详细满意。小崔由小红说到大喇叭，都是臭X。

老五心中微微有点不放心那些爆竹，又遛回来。营副已然卧倒，似乎极疲乏，手枪放在小几上。排长还不敢卧倒，只摘了灰帽，拚命的抓头皮。老五没敢惊动营副，老远就向排长发笑："那什么，我把这些炮放在上面好不好？"

"干吗？"排长正把头皮抓到歪着嘴吸气的程度。

"怕教人给碰了，"老五缩着脖子说。

"谁敢碰？！干吗碰？！"排长的单眼皮的眼瞪得极大而并不威严。

"没关系，"老五像头上压了块极大的石头，笑得脸都扁了，"没关系！您这是上哪儿？"

"找揍！"排长心中极空洞，而觉得应当发脾气。

老五知道没有找揍的必要，轻轻的退到张先生这边："这就查票了，您哪。"

张先生此时已和乔先生一胖一瘦的说得挺投缘。张先生认识子清，乔先生也认识子清，说起来子清还是乔先生的远亲呢。由子清引出干臣，张先生乔先生又都晓得干臣：坐下就能打廿圈，输掉了脑袋，人家干臣不能使劲摔一张牌，老那么笑不唧儿的，外场人，绝顶聪明。嗯，是去年，还是前年，干臣还娶了个人儿，漂亮，利落；干臣是把手，朋友！

查票：头一位，金箍帽，白净子，板着脸，往远处看。第二位，金箍帽，黑矮子，满脸笑意，想把头一位金箍帽的硬气调剂一下；三等车，二金箍帽的脸都板起；二等车，一板一开；头等车，都笑。第三位，天津大汉，手枪，皮带，子弹俱全；第四位，山东大汉，手枪，子弹，外加大刀。第五位，老五，细长脖挺也不好，缩也不好，勉强向右边歪着。从小崔那边进来的。

小崔的绿脸乌牙早在大家的记忆中，现在又见着了，小崔笑，大家反倒稍觉不得劲。头号金箍帽，眼视远处，似略有感触，把手中银亮的小剪子在腿上轻碰。第二金箍帽和小崔点点头。天津大汉一笑，赶紧板脸，似电灯的忽然一明一灭。山东大汉的手摸了摸帽沿，有许多话要对小崔说，暂且等回儿，眼神很曲折。老五似乎很替小崔难堪，所以须代大家向他道歉："坐，坐，没多少客人，回来说话！"小崔略感孤寂，绿脸上黑了一下，坐下。

老五赶到前面去："苟先生！"头号金箍帽觉得老五太张道好事，手早交给苟先生："段长好吧？怎么今天才动身？"苟先生笑，更体面了许多，手退回来，拱起，有声无字说了些什么，客气的意思很可以使大家想象到。二位大汉楞着，怪僵，搭不上话，微觉身分不够，但维持住尊严，腰挺得如板。

老五看准了当儿，轻步上前，报告张乔二位先生，查票。接过来，知是免票。乃特别加紧的恭敬。张先生的票退回；乔先生的稍迟，因为票上注明是女性，而乔先生是男子汉，实无可疑。二金箍帽的头稍凑近一处，极快的离开，暗中谅解：除夕原可女变为男。老五双手将票递回，甚多歉意。

营副已打呼。排长见查票的来到，急把脚放在椅上，表示就寝，不可惊动。大家都视线下移，看地上的巨炮。山东大汉点头佩服，爆竹真长且大。天津大汉对二号金箍帽："准是给曹旅长送去的！"听者无异议，一齐过去。到了车门，头号金箍帽下令给老五："教他们把炮放到上边去！"二号金箍帽补充上，亦可以略减老五的困难："你给他们搬上去！"老五连连点头，脖子极灵动，口中不说，心里算好："你们既不敢去说，我只好点头而已；点头与作不作向来相距很远。"天津大汉最为慎重："准是给曹旅长送去的。"老五心中透亮，知爆竹必不可动。

老五回到小崔那里，由绿脸上的锈暗，他看出小崔需要一杯开水。没有探问，他就把开水拿来。小崔已顾不得表示谢意，掏出来——连老五也没看清——一点什么，右手大拇指按在左手的手心上，左手弯如一弓鞋；咧嘴，脸绿得要透白，有汗气，如受热放芽之洋葱。弓鞋扣在嘴上，微有起落；闭目，唇就水杯，瘦腮稍作漱势；纳气，喉内作响；睁开眼，绿脸上分明有笑纹。

"比饭要紧！"老五歪着头赞叹。

"比饭要紧！"小崔神足，所以话也直爽。

苟先生没法再不脱去大衣。脱下，眼珠欲转而定，欲定而转，一面是想把大衣放在最妥当的地方，一面是展示自己的态度雍重。衣钩太低，挂上去，衣的下半截必窝在椅上，或至出一二小摺。平放在空椅上，又嫌离自己稍远，减少水獭领与自己的亲密关系。亦不能久放在怀中，正如在公众场所不便置妾于膝上。不能决定。眼珠向上转去，架上放着自己的行李十八件：四卷，五篮，二小筐，二皮箱，一手提箱，二瓶，一报纸包，一书皮纸包；一，二，三，四……占地方长约二丈余，没有压挤之虞，尚满意。大衣仍在怀中，几乎无法解决，更须端坐。

快去过年，还不到家！快去过年，还不到家！轮声这样催动。可是跑得很慢。星天起伏，山树村坟集团的往后急退，冲开一片黑暗，奔入另一片黑暗；上面灰烟火星急躁的冒出，后退；下面水点白气流落，落在后边；跑，跑，不喘气，飞驰。一片黑，黑得复杂，过去了；一边黑，黑得空洞，过去了。一片积雪，一列小山，明一下，暗一下，过去了。但是，还慢，还慢，快去过年，还不到家！车上，灯明，气暖，人焦躁；没有睡意，快去过年，还不到家！辞岁，祭神，拜祖，春联，爆竹，饺子，杂拌儿，美酒佳肴，在心里，在口中，在耳旁，在鼻端，刚要笑，转成愁，身在车上，快去过年，还不到家！车外，黑影，黑影，星天起伏，积雪高低，没有人声，没有车马，全无所见，一片退不完，走不尽的黑影，抱着扯着一列灯明气暖的车，似永不撒手，快去过年，还不到家……

张先生由架上取下两瓶白酒来，一边涮茶碗，一边说：

"弟兄一见如故！咱们喝喝。到家过年，在车上也得过年，及时行乐！尝尝！真正廿年营口原封，买不到，我和一位'满洲国'的大官匀来的。来，杀口！"

乔先生不好意思拒绝，也不好意思就这么接着。眼看着碗，手没处放，心里想主意。他由架上取下个大纸包来，轻轻的打开，里面还有许多小纸包，逐一的用手指摸过，如药铺伙计抓完了药对着药方摸摸药包那样。摸准了三包：干荔枝，金丝枣，五香腐干。都打开，对着酒碗才敢发笑："一见如故！彼此不客气了！"

张先生的胖手捏破了一个荔支，拍，响得有意思，恰似过年时节应有的响声。看着乔先生喝了一口酒，还看着，等酒已走下去才问："怎样？"

"太好了！"乔先生团着点舌头，似不肯多放走口中的酒香，"太好了！有钱也买不到！"

对喝。相让。慢慢的脸全红起来。随便的说，谈到家里，谈到职业，谈到朋友，谈到挣钱的不易，谈到免票……碗碰了碗，心碰了心，眼中都微湿，心中增多了热气与热烈，不能不慷慨：乔先生又打开一包蜜饯金橘。张先生本也想取下些纸包来，可是看了看酒，"两"瓶，乃就题发挥，消极的表示自家并不吝啬："全得喝上！一人一瓶，一滴也不能剩！这个年过得还真不离呢！酒不醉人；哥儿俩投缘，喝多少也不碍事！干上！"

"我的量可——"

"没的话！廿年的原封，决不能出毛病！大年卅交的朋友，前缘！"

乔先生颇受感动："好，我舍命陪君子！"

小崔也不怎么有点心事似的，谈着谈着老五觉得有到饭车上找点酒食的必要，而让小崔安静的忍个盹儿。"怎么着？饭车上去？"老五立起来，向车里瞭望。

小崔没拾碴儿。老五见苟先生已躺下，一双脚在椅子扶手上仰着，新半毛半线的棕黄色袜子还带着中间那道折儿。张乔二位免票喝得正高兴。营副排长都已睡熟，爆竹静悄而热烈的在地上放着，纸色血红。老五偷偷的奔了饭车去。

小崔团了一团，窝在椅子上，闭上眼，嘴上叼着半截香烟。

张先生的一瓶已剩下不多，解开了钮扣，汗从鬓角流到腮上，眼珠发红，舌头已木，话极多。因舌头不利落，所以有些话从横着来。但是心中还微微有点力量，在要对乔先生骂街之际，还能卷住舌头，把乱骂变为豪爽，并非闹酒不客气。乔先生只吞了半瓶，脸可已经青白，白得可怕。掏出烟卷，扔给了张先生一支。都点着了烟。张先生烟在口中，仰卧椅上，腿的下半截悬空，满不在乎。想唱《孤王酒醉》[3]，嗓子干辣无音，用鼻子吐气，如怒牛。乔先生也歪下去，手指夹烟卷，眼直视斜对过的排长的脚，心跳，喉中作膈（嗝），脸白而微痒。

快去过年，还不到家！轮声在张先生耳中响得特别快，轮声快，心跳得快，忽然嗡——，头在空中绕湾，如蝇子盘空，到处红亮，心与物一色，成若干红圈。忽然，嗡声收敛，心盘旋落身内，微敢睁眼，胆子稍壮，假装没事，胖手取火柴，点着已灭了的香烟。火柴顺手抛出。忽然，桌上酒气极强，碗，瓶，几上，都发绿光，飘渺，活动，渐高，四散。乔先生惊醒，手中烟卷已成火焰。抛出烟卷，双手急扑几上，瓶倒，碗倾，纸包吐火苗各色。张先生脸上已满是火，火苗旋转，如舞火球。乔先生想跑，几上火随纸灰上腾，架上纸包彷佛探手取火，火苗联成一片。他自己已成火人，火至眉，眉焦；火至发，发响；火至唇，唇上酒燃起，如吐火判官。

忽然，拍，拍，拍……连珠炮响。排长刚睁眼，鼻上一"双响"，血与火星并溅；起来，狂奔，脚下，身上，万响俱发，如践地雷。营副不及立起，火及全身，欲睁眼，右眼被击碎。

苟先生惊醒，先看架上行李，一部分纸包已烧起，火自上而下，由远而近，若横行火龙，混身火舌。急起飞智，打算破窗而逃，拾鞋打玻璃，玻璃碎，风入，火狂；水獭领，四卷五篮，身上，都成燃料。车疾走，呼，呼，呼，风；拍，拍，拍，爆竹；苟先生狂奔。

小崔惯于旅行，闻声尚不肯睁眼，火已自足部起，身上极烫，烟土烧成膏；急坐起，烟，炮，火，光，不见别物。身上烟膏发奇香，至烫，腿已不能动，渐及上部，成最大烟泡，形如茧。

小崔不能动，张先生醉得不知道动，乔先生狂奔，苟先生狂奔，排长狂奔，营副跪椅上长号。火及全车，硫黄气重，纸与布已渐随爆竹声残灭，声敛，烟浓；火炙，塞烟，奔者倒，跪者声竭。烟更浓，火入木器，车疾走，风呼呼，烟中吐红焰，四处寻出路。火更明，烟白，火舌吐窗外，全车透亮，空明多姿，火舌长曳，如悬百十火把。

车入了一小站，不停。持签的换签，心里说"火"！持灯的放行，心里说"火"！搬闸的搬闸，路警立正，都心里说"火"！站长半醉，尚未到站台，车已过去；及到站台，微见火影，疑是眼花。持签的交签，持灯的灭灯，搬闸的复闸，路警提枪入休息室，心里都存着些火光，全不想说什么。过了一会儿，心中那点火光渐熄，群议如何守岁，乃放炮，吃酒，打牌，天下极太平。

车出站，加速度。风火交响，星花四落，夜黑如漆，车走如长灯，火舌吞吐。二等车但存屋形，火光里实存炭架。火舌左右扑空，似乎很失望，乃前乃后，入三等车。火舌的前面，烟为导军，腥臭焦甜。烟到，火到，"火！火！火！"人声忽狂，胆要裂。人多，志昏，有的破窗而迟疑不肯跳下，有的奔逃，相挤俱仆，有的呆坐，欲哭无声，有的拾起筐篮……乱，怕，无济于事，火已到面前，到身上，到头顶，哭喊，抱头，拍衣，狂奔，跳车……

火找到新殖民地，物多人多，若狂喜，一舌吐出，一舌远掷，一舌半隐烟中，一舌突挺窗外，一舌徘徊，一舌左右联烧，姿态万端，百舌齐舞；渐成一团，为火球，为流星，或滚或飞；又成一片，为红为绿，忽暗忽明，随烟爬行，突裂烟成焰，急流若惊浪；吱吱作响，炙人肉，烧毛发；响声渐杂，物落人嚎，呼呼借风成火阵；全车烧起，烟浓火烈，为最惨的火葬！

又到站，应停。持签的，打灯的，收票的，站岗的，脚行，正站长，副站长，办事员，书记，闲员，都干瞪眼，站上没有救火设备。二等车左右三等车各一辆，无人声，无动静，只有清烟缓动，明焰静燃，至为闲适。

据说事后检尸，得五十二具；沿路拾取，跳车而亡者又十一人。

元宵节后，调查员到。各方面请客，应酬很忙。三日酒肉，顾不及调查。调查专员又有些私事，理应先办，复延迟三日。宴残事了，乃着手调查。

车长无所知，头号金箍帽无所知，二号金箍帽无所知，天津大汉无所知，山东大汉无所知，老五无所知，起火原因不明。各站报告售出票数与所收票数，正相合，恰少六十三张，似与车俱焚，等于所拾尸数。各站俱未售出二等票，二等车必为空车，绝对不能起火。

审问老五，虽无所知，但火起时老五在饭车上，既系二等车的看车夫，为何擅离职守，到饭车上去？起火原因虽不明，但擅离职守，罪有当得，开除示惩！

调查专员回衙复命，报告详细，文笔甚佳。

"大年卅歇班，硬还教我跟车；妈的干不干没多大关系！"老五颤着长脖，对五嫂说。"开除，正好，此处不留爷，自有留爷处！你甭着急，离了火车还不能吃饭是怎着？！"

"我倒不着急，"五嫂想安慰安慰老五，"我倒真心疼你带来那些青韭，也教火给烧了！"

---

[1] 免票，国民政府统治时期，为方便铁道工作人员执行公务，在各铁道局发放免票，但之后免票成为特权阶级的一种福利。据青岛档案馆馆藏档案记载，1930年2月青岛特别市社会局发布训令，奉行政院训令，取消铁路乘车免票。但实际上免票依旧成为官老爷们权势的象征。

[2] 亚里士多德（Αριστοτέλης, Aristotélēs，前384~前322），古希腊伟大的哲学家、科学家和教育家，柏拉图的学生，亚历山大的老师。有《工具论》《物理学》《形而上学》《伦理学》《政治学》等著作。

[3] 《孤王酒醉》，著名京剧剧目《斩黄袍》选段，全称《孤王酒醉桃花宫》。

第一卷　第一期　　68

「火」車

老　舍

除夕。陰曆的，當然；國曆的那個還未曾算過數兒。

火車開了。車悲鳴，客輕嘆。有的算計着：七，八，九，十，十點到站，夜牛可以到家，不算太晚，可是孩子們恐怕已經睡了；架上放着罐頭，乾鮮果品，玩具；看一眼，似乎聽到喚着「爸」，呆呆的出神。有的……車走的多慢！心已到家一百多次了，身子還在車上；吸烟，喝水，打哈欠，盼望，盼望，抓着玻璃看看，漆黑，渺茫，回過頭來，大家板着臉，低下頭，淚欲流，打個哈欠。

二等車上人不多。胖胖的張先生和細瘦的喬先生對面坐着。二位由一上車就把絨毯鋪好，爲獨據一條凳。及至車開了，而車上旅客並不多，二位感到除夕奔馳的淒涼，同時也微覺獨佔一凳的野心似乎太小了些。同病相憐……二人都拿着借用免票，而免票早一天也勻不出來。意見相合……有免票的人教你等到年底，你就得等到年底；而免票的人就是願意看着朋友乾着急，等得買火！

同聲慨嘆：今日的朋友——哼，朋友！——遠非昔日可比了，免票非到除夕不撒手，還得搭老大

《"火"车》原发表页
1937年5月1日
《文学杂志》创刊号

《"火"车》首页
上海杂志公司
1939年初版，1946年再版

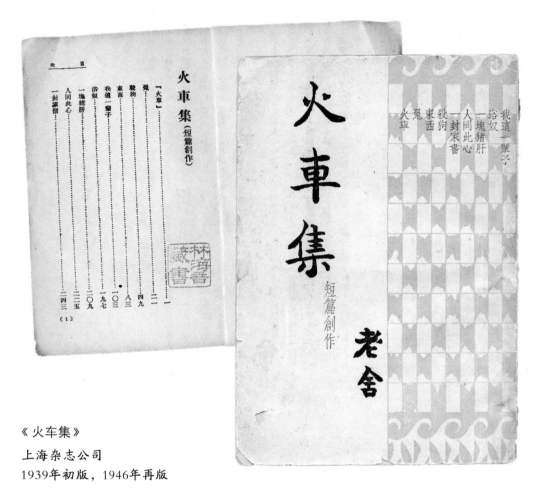

《火车集》

上海杂志公司

1939年初版，1946年再版

1993年5月，台湾著名女作家林海音赠予舒乙两本书，一是《微神》，再者就是这本《火车集》，扉页钤有"林海音藏书"印。（参见本书第5卷《我怎样写短篇小说》附图及说明）《火车集》是老舍的第四部小说集，虽刊行于1939年，但可能其主体部分在1937年上半年已初步集成，后受阻于"七七"事变而延期出版。在写于1937年8月1日之前的《小型的复活（自传之一章）》所附"著者略历"中，老舍曾提及这部集子。本集中大部分作品写于青岛，1939年交上海杂志公司出版时又补充了几篇离开青岛以后写成的作品。

兔

他并不因为人少而敷衍，反之，他的瘦脸上带出一些高傲，坚决的神气；唱，念，作派，处处用力；越没有人叫好，他越努力；就好像那宣传宗教的那么热烈，那么不怕困苦。每唱完一段，回过头去喝水的工夫，我看见他嗽得很厉害，嗽一阵，揉一揉胸口，才转过脸来。他的嗓音还是那么窄小，可是作工已臻化境，每一抬手迈步都有尺寸，都恰到好处；耍一个身段，他便向台下打一眼，仿佛是对观众说：这还不值个好儿吗？没人叫好，始终没人喊一声好！

本篇原载1937年7月1日《文艺月刊》第11卷第1期，与短篇小说《杀狗》和中篇小说《我这一辈子》同日发表。初收《火车集》，上海杂志公司1939年8月出版。

这是一曲由人性弱点引发的生命悲歌，小说对人性中的虚荣、占有、表演性等进行了独特的书写。职员小陈喜欢唱戏，然并非本行，却被别有用心的人大肆表扬，他受到蛊惑，最终走上了被捧杀的绝路。

兔

一

许多人说小陈是个"兔子"[1]。

我认识他，从他还没作票友的时候我就认识他。他很瘦弱，很聪明，很要强，很年轻，眉眼并不怎么特别的秀气，不过脸上还白净。我和他在一家公司里共过半年多的事，公司里并没有一个人对他有什么不敬的态度与举动；反之，大家都拿他当个小兄弟似的看待：他爱红脸，大家也就分外的对他客气。他不能，绝对不能，是个"兔子"。

他真聪明。有一次，公司办纪念会，要有几项"游艺"，由全体职员瞎凑，好不好的只为凑个热闹。小陈红着脸说，他可以演戏，虽然没有学过，可是看见过；假若大家愿意，他可以试试。看过戏就可以演戏，没人相信。可是既为凑热闹，大家当然不便十分的认真，教他玩玩吧，唱好唱坏有什么关系呢。他唱了一出《红鸾喜》。他的嗓子就和根毛儿似的那么细，坐在最前面的人们也听不见一个字，可是他的扮相，台步，作派，身段，没有一处不好的，就好像是个嗓子已倒而专凭作工见长的老伶，处处细腻老到。他可是并没学过戏！无论怎么说吧，那天的"游艺"数着这出《红鸾喜》最"红"，而且掌声与好儿都是小陈一个人得的。下了装以后，他很腼腆的，低着头说："还会打花鼓呢，也并没有学过。"

不久，我离开了那个公司。可是，还时常和小陈见面。那出《红鸾喜》的成功，引起他学戏的兴趣。他拜了俞先生为师。俞先生是个老票友，也是我的朋友；五十多岁了，可是嗓子还很娇嫩，高兴的时候还能把胡子剃去，票出《三堂会审》。俞先生为人正直规矩，一点票友们的恶习也没有。看着老先生撅着胡子嘴细声细气的唱，小陈红着脸用毛儿似的小嗓随着学，我觉得非常有趣，所以有时候我也跟着学几句。我的嗓子比小陈的好得多，可就是唱不出味儿来，唱着唱着我自己就笑了，老先生笑得更厉害："算了吧，你听我徒弟唱吧！"小陈微微一笑，脸向着墙"喊"了几句，声音还是不大，可是好听。"你等着，"老先生得意的对我说，"再有半年，他的嗓子就能出来！真有味！"

俞先生拿小陈真当个徒弟对待，我呢也看他是个小朋友，除了学戏以外，我们也常一块儿去吃个小馆，或逛逛公园。我们两个年纪较大的到处规规矩矩，小陈呢自然也很正经，连句错话也不敢说。就连这么着，俞先生还时常的说："这不过是个玩艺，可别误了正事！"

二

小陈，因为聪明，贪快贪多，恨不能一个星期就学完一出戏。俞先生可是不忙。他知道小陈聪明，但是不愿意教他贪多嚼不烂。俞先生念字的正确，吐音的清楚，是票友里很少见的。他楞可少教小陈学几个腔儿，而必须把每个字念清楚圆满了。小陈，和别的年轻人一样，喜欢花哨。有时候，他从留音机片上学下个新腔，故意的向老先生显胜。老先生虽然不说什么，可是心中不大喜欢。经过这么几次，老先生可就背地里对我说了："我看哪，大概这个徒弟要教不长久。自然喽，我并不要他什么，教不教都没多大关系。我怕的是，他学坏了，戏学坏了倒还是小事，品行，品行……不放心！我是真爱这个小人儿，太聪明！聪明人可容易上当！"

我没回答出什么来，因为我以为这一半由于老先生的爱护小陈，一半由于老先生的厌恶新腔。其实呢，我想，左不是玩玩吧咧，何必一定叫真儿分什么新旧邪正呢。我知道我顶好是不说什么，省得教老先生生气。

不久，我就微微的觉到，老先生的话并非过虑。我在街上看了小陈同着票友儿们一块走。这种票友和俞先生完全不同：俞先生是个规规矩矩的好人，除了会唱几句，并没有什么与常人不同的地方。这些票友，恰相反，除了作票友之外，他们什么也不是。他们虽然不是职业的伶人，可也头上剃着月亮门，穿张打扮，说话行事，全像戏子，即使未必会一整出戏，可是习气十足。我把这个告诉给俞先生了，俞先生半天没说出话来。

过了两天，我又去看俞先生，小陈也在那里呢。一看师徒的神气，我就知道他们犯了拧儿。我刚坐下，俞先生指着小陈的鞋，对我说："你看看，这是男人该穿的鞋吗？葡萄灰的，软梆软底！他要是登台彩排，穿上花鞋，逢场作戏，我决不说什么。平日也穿着这样的鞋，满街去走，成什么样儿呢了？"

我很不易开口。想了会儿，我笑着说，"在苏州和上海的鞋店里，时常看到颜色很鲜明，样式很轻巧的男鞋；不比咱们这儿老是一色儿黑，又大又笨。"原想这么一说，老先生若是把气收一收，而小陈也不再穿那双鞋，事儿岂不就轻轻的揭过去了么。

可是，俞先生一个心眼，还往下钉："事情还不这么简单，这双鞋是人家送给他的。你知道，我玩票廿多年了，票友儿们的那些花样都瞒不了我。今天他送双鞋。明天你送条手绢，自要伸手一接，他们便吐着舌头笑，把天好的人也说成一个小钱不值。你既是爱唱着玩，有我教给你还不够，何必跟那些狐朋狗友打联联呢？！何必弄得好说不好听的呢？！"

小陈的脸白起来，我看出他是动了气。可是我还没想到他会这么暴烈，楞了会儿，他说出很不好听的来了："你的玩艺都太老了。我有工夫还去学点新的呢！"说完，他的脸忽然红了；彷佛是为省得把那点腼腆劲儿恢复过来，低着头，抓起来帽子，走出去，并没向俞老师弯弯腰。

看着他的后影，俞先生的嘴唇颤着，"呕"了两声。

"年轻火气盛，不必——"我安慰着俞先生。

"哼，他得毁在他们手里！他们会告诉他，我的玩艺老了，他们会给他介绍先生，他们会蹿弄他'下海'，他们会死吃他一口，他们会把他鼓逗死。可惜！可惜！"

俞先生气得不舒服了好几天。

三

小陈用不着再到俞先生那里去，他已有了许多朋友。他开始在春芳阁茶楼清唱，春芳阁每天下午有"过排"，他可是在星期日才能去露一出。因为俞先生，我也认识几位票友，所以星期日下午若有工夫，我也到那里去泡壶茶，听三两出戏；前后都有熟人，我可以随便的串——好观察小陈的行动。

就是在这个时候，开始有人说他是"兔子"。我不能相信。不错，他的脸白净，他唱"小嗓"；可是我也知道他聪明，有职业，腼腆；不论他怎么变，决不会变成个"那个"。我有这个信心，所以我一边去观察他的行动，也一边很留神去看那些说他是"那个"的那些人们。

小陈的服装确是越来越匪气了，脸上似乎也擦着点粉。可是他的神气还是在腼腆之中带着一股正气。一看那些给他造谣的，和捧他的，我就明白过来：他打扮，他擦粉，正和他穿那双葡萄灰色的鞋一样，都并不出于他的本心，而是上了他们的套儿。俞先生的话说得不错，他要毁在他们手里。

最惹我注意的，是个黑脸大汉。头上剃着月亮门，眼皮里外都是黑的，他永远穿着极长极瘦绸子衣服，领子总有半尺来高。

据说，他会唱花脸，可是我没听他唱过一句。他的嘴里并不像一般的票友那样老哼唧着戏词儿，而是念着锣鼓点儿，嘴里念着，手脚随着轻轻的抬落；不用说，他的工夫已超过研究耍腔念字，而到了能背整出的家伙点的程度，大概他已会打"单皮"。

这个黑汉老跟着小陈，就好像老鸨子跟着妓女那么寸步不离。小陈的"戏码"，我在后台看见，永远是由他给排。排在第几出，和唱哪一出，他都有主张与说法。他知道小陈的嗓子今天不得力，所以得唱出歇工儿戏；他知道小陈刚排熟了《得意缘》，所以必定得过一过。要是凑不上角儿的话，他可以临时去约。赶到小陈该露了，他得拉着小陈的手，告诉他在哪儿叫好，在哪儿偷油，要是半路嗓子不得力便应在哪个关节"码前"或"叫散"了。在必要的时候，他还递给小陈一粒华达丸。拿他和体育教员比一比，我管保说，在球队下场比赛的时候那种种嘱告与指导，实在远不及黑汉的热心与周到。

等到小陈唱完，他永远不批评，而一个劲儿夸奖。在夸奖的言词中，他顺手儿把当时最有名的旦角加以极厉害的攻击：谁谁的嗓子像个"黑头"，而腆着脸硬唱青衣！谁谁的下巴有一尺多长，脊背像黄牛那么宽，而还要唱花旦！这种攻击既显出他的内行，有眼力，同时教小陈晓得自己不但可以和那些名伶相比，而且实在自己有超过他们的地方了。因此，他有时候，我看出来，似乎很难为情，设法不教黑汉拉着他的手把他送到台上去，可是他也不敢得罪他；他似乎看出一些希望来，将来他也能变成个名伶；这点希望的实现都得仗着黑汉。黑汉设若不教他和谁说话，他就不敢违抗，黑汉要是教他擦粉，他就不敢不擦。

我看，有这么个黑汉老在小陈身旁，大概就没法避免"兔子"这个称呼吧？

小陈一定知道这个。同时，他也知道能变成个职业的伶人是多么好的希望。自己聪明，"说"一遍就会；再搭上嗓子可以对付，扮相身段非常的好；资格都有了，只要自己肯，便能伸手拿几千的包银，干什么不往这条路上走呢！什么再比这个更现成更有出息呢？

要走这条路，黑汉是个宝贝。在黑汉的口中，不但极到家的讲究戏，他也谈怎样为朋友家办堂会戏，怎样约角，怎样派份儿，怎样赁衣箱。职业的，玩票的，"使黑杵的"，全得听他的调动。他可以把谁捧起来，也可以把谁摔下去；他不但懂戏，他也懂"事"。小陈没法不听他的话，没法不和他亲近。假若小陈愿意的话，他可以不许黑汉拉他的手，可是也就不要再到票房去了。不要说他还有那个希望，就是纯粹为玩玩也不能得罪黑汉，黑汉一句话便能教小陈没地方去过戏瘾，先不用说别的了。

四

有黑汉在小陈身后，票房的人们都不敢说什么，他们对小陈都敬而远之。给小陈打鼓的决不敢加个"花键子"；给小陈拉胡琴的决不敢耍坏，暗暗长一点弦儿；给小陈配戏的决不敢弄句新"搭口"把他绕住，也不敢放胆的卖力气叫好而把小陈压下去。他们的眼睛看看黑汉而故意向小陈卖好，像众星捧月似的。他们绝不会佩服小陈——票友是不会佩服人的——可是无疑的都怕黑汉。

假如这些人不敢出声，台底下的人可会替他们说话；黑汉还不敢干涉听戏的人说什么。

听戏的人可以分作两类！一类是到星期六或星期日偶尔来泡茶解解闷，花钱不多而颇可以过过戏瘾。这一类人无所谓，高兴呢喊声好，不高兴呢就一声不出或走出去。另一类人是冬夏常青，老长在春芳阁的。他们都多知多懂。有的是玩过票而因某种原因不能再登台，所以天天上茶楼来听别人唱，专为给别人叫"倒好"，以表示自己是老行家。有的是会三句五句的，还没资格登台，所以天天来熏一熏，服装打扮已完全和戏子一样了，就是一时还不能登台表演，而十分相信假若一旦登台必会开门红的。有的是票友们的亲戚或朋友，天天来给捧场，不十分懂得戏，可是很会喊好鼓掌。有的是专为来喝茶，不过日久天长便和这些人打成一气，而也自居为行家。这类人见小陈出来就嘀咕，说他是"兔子"。

只要小陈一出来，这群人就嘀咕。他们不能挨着家儿去告诉那些生茶座儿：他是"兔子"。可是他们的嘀咕已够使大家明白过来的了。大家越因好奇而想向他们打听一下，他们便越嘀咕得紧切，把大家的耳朵都吸过来一些；然后，他们忽然停止住嘀咕，而相视微笑，大家的耳朵只好慢慢的收回去，他们非常的得意。假若黑汉能支配台上，这群人能左右台下，两道相逆的水溜，好像是，冲激那个瘦弱的小陈。

这群人里有很年轻的，也有五六十岁的。虽然年纪不同，可一律擦用雪花膏与香粉，寿数越高的越把粉擦得厚。他们之中有贫也有富，不拘贫富，服装可都很讲究，穷的也有个穷讲究——即使棉袍的面子是布的，也会设法安半截绸子里儿；即使连里子也得用布，还能在颜色上着想，衬上什么雪青的或深紫的。他们一律都卷着袖口，为是好显显小褂的洁白。

大概是因为忌妒吧，他们才说小陈是"兔子"；其实据我看呢，这群人们倒更像"那个"呢。

小陈一露面，他们的脸上就立刻摆出一种神情，能伸展成笑容，也能缩敛成怒意；一伸，就彷佛赏给了他一点世上罕有的恩宠；一缩，就好像他们触犯帝王的怪怒。小陈，为博得彩声，得向他们递个求怜邀宠的眼色。连这么着，他们还不轻易给他喊个好儿。

赶到他们要捧的人上了台，他们的神情就极严肃了，都伸着脖儿听；大家喊好的时候，他们不喊；他们却在那大家不注意的地方，赞叹着，彷佛是忘形的，不能不发泄的，喝一声彩，使大家惊异，而且没法不佩服他们是真懂行。据说，若是请他们吃一顿饭，他们便可以玩这一招。显然的，小陈要打算减除了那种嘀咕，也得请他们吃饭。

我心里替小陈说，何必呢！可是他自有他的打算。

五

有一天，在报纸上，我看到小陈彩排的消息。我决定去看一看。

当然黑汉得给他预备下许多捧场的。我心里可有准儿，不能因为他得的好儿多或少去决定他的本事，我要凭着我自己的良心去判断他的优劣。

他还是以作工讨好，的确是好。至于唱工，凭良心说，连一个好儿也不值。在小屋里唱，不错，他确是有味儿；一登台，他的嗓子未免太窄了，只有前两排凑合着能听见，稍微靠后一点的，便只见他张嘴而听不见声儿了。

想捐着唱戏挣钱，谈何容易呢！我晓得这个，可是不便去劝告他。黑汉会给他预备好捧场的，教他时时得到满堂的彩，教他没法不相信自己的技艺高明。我的话有什么用呢？

事后，报纸上的批评是一致的，都说他可以比作昔年的田桂凤。我知道这些批评是由哪儿来的，黑汉哪能忘下这一招呢。

从这以后，义务戏和堂会就老有小陈的戏码了。我没有工夫去听，可是心中替他担忧。我晓得走票是花钱买脸的事，为玩票而倾家荡产的并不算新奇；而小陈是个穷小子啊。打算露脸，他得有自己的行头，得找好配角，得有跟包的，得摆出阔架子来，就凭他，公司里的一个小职员？难！

不错，黑汉会帮助他；可是，一旦黑汉要翻脸和他算清账怎么办呢？俞先生的话，我现在明白过来，的确是经验之谈，一点也非过虑。

不久，我听说他被公司辞了出来，原因是他私造了收据，使了一些钱。虽说我俩并非知己的朋友，我可深知他绝不是个小滑头。要不是被逼急了，我相信他是不会干出这样丢脸的事的。我原谅他，所以深恨黑汉和架弄着小陈的那一群人。

我决定去找他，看看我能不能帮助他一把儿；几乎不为是帮助他，而是借此去反抗黑汉，要从黑汉手中把个聪明的青年救出来。

六

小陈的屋里有三四个人，都看着他作"活"呢。因为要省点钱，凡是自己能动作的，他便自己作。现在，他正作着一件背心，戏台上丫环所穿的那种。大家吸着烟，闲谈着，他一声不出的，正往背心上粘玻璃珠子——用胶水画好一大枝梅花，而后把各色的玻璃珠粘上去，省工，省钱，而穿起来很明艳。

我进去，他只抬起头来向我笑了笑，然后低下头去继续工作，彷佛是把我打入了那三四个人里边去。我既不认识他们，又不想跟他们讲话，只好呆呆的坐在那里。

那些人都年纪在四十以上，有的已留下胡子。听他们所说的，看他们的神气，我断定他们都是一种票友。看他们的衣服，他们大概都是衙门里的小官儿，在家里和社会上也许是很热心拥护旧礼教，而主张男女授受不亲的。可是，他们来看小陈作活。他们都不野调无腔，谈吐也颇文雅，只是他们的眼老溜着小陈，带出一点于心不安而又无法克服的邪味的笑意。

他们谈话儿，小陈并不大爱插嘴，可是赶到他们一提起某某伶人，或批评某某伶人的唱法，他便放下手中的活，皱起点眉来，极注意的听着，而后神气活似黑汉，斩钉截铁的发表他的意见，话不多，可是十分的坚决，指出伶人们的缺点。他并不为自己吹腾，但是这种带着坚固的自信的批判，已经足以显出他自己的优越了。他已深信自己是独一无二的旦角，除了他简直没有人懂戏。

好容易把他们耗走，我开始说我所要说的话，为省去绕湾（弯），我开门见山的问了他一句："你怎样维持生活呢？"

他的脸忽然的红了，大概是想起被公司辞退出来的那点耻辱。看他回不出话来，我爽性就钉到家吧："你是不是已有许多的债？"

他勉强的笑了一下，可是神气很坚决："没法不欠债。不过，那不算一回事，我会去挣。假如我现在有三千块钱，作一批行头，我马上可以到上海去唱两个星期，而后，"他的眼睛亮起来，"汉口，青岛，济南，天津，绕一个圈儿；回到这儿来，我就是——"他挑起大指来。

"那么容易吗？"我非常不客气的问。

他看了我一眼，冷笑了一下，不屑于回答我。

"是你真相信你的本事，还是被债逼得没法不走这条路呢？比如说，你现在已欠下某人一两千块钱，去作个小事儿决不能还上，所以你想一下子去搂几千来，而那个人也往这么引领你，是不是？"

想了一会儿，犹豫了一下，咽了一口气，没回答出什么来。我知道我的话是钉到他的心窝里。

"假若真像我刚才说的，"我往下说，"你该当想一想，现在你欠他的，那么你要是'下海'，就还得向他借。他呢，就可以管辖你一辈子，不论你挣多少钱，也永远还不清他的债，你的命就交给他了。捧起你来的人，也就是会要你命的人。你要是认为我不是吓唬你，想法子还他的钱，我帮助你，找个事作，我帮助你，从此不再玩这一套。你想想看。"

"为艺术是值得牺牲的！"他没看我，说出这么一句。

这回该我冷笑了。"是的，因为你在中学毕业，所以会说这么一句话，一句话，什么意思也没有。"

他脸又红了。不愿再跟我说什么，因为越说他便越得气馁；他的岁数不许他承认自己的错误。他向外边喊了一声："二妹！你坐上一壶水！"

我这才晓得他还有个妹妹，我的心中可也就更不好过了；没再说什么，我走了出去。

七

"全球驰名，第一青衫花旦陈……表演独有历史佳剧……"在报纸上，街头上，都用极大的字登布出来。我知道小陈是"下了海"。

在"打炮"的两天前，他在东海饭店招待新闻界和一些别的朋友。不知为什么，他也给了我张请帖。真不愿吃他这顿饭，可是我又要看看他，把请帖拿起又放下好几回，最后我决定去看一眼。

席上一共有七八十人，有戏界的重要人物，有新闻记者，有捧角专家，有地面上的流氓。我没大去注意这些人们，我彷佛是专为看小陈而来的。

他变了样。衣服穿得顶讲究，讲究得使人看着难过，嫁新娘子打扮得那么不自然，那么过火。不过，这还不算出奇；最使人惊异的是右手的无名指上戴着个钻石戒指，假若是真的，须值两三千块钱。谁送给他的呢？凭什么送给他呢？他的脸上分明的是擦了一点胭脂，还是那么削瘦，可是显出点红润来。有这点假的血色在脸上，他的言语动作彷佛都是在作戏呢；他轻轻的扭转脖子，好像唯恐损伤了那条高领子；他偏着脸向人说话，每说一句话先皱一下眉，而后嘴角用力的往上兜，故意的把腮上弄成两个小坑儿。我看着他，我的脊背上一阵阵的起鸡皮疙瘩。

可是，我到底是原谅了他，因为黑汉在那里呢。黑汉是大都督，总管着一切：他拍大家的肩膀，向大家嘀咕，向小陈递眼色，劝大家喝酒，随着大家笑，出来进去，进去出来，用块极大的绸子手绢擦着黑亮的脑门，手绢上抖出一股香水味。

据说，人熊见到人便过去拉住手狂笑。我没看见过，可是我想像着那个样子必定就像这个黑汉。

黑汉把我的眼睛引到一位五十来岁的矮胖子身上去。矮胖子坐首席，黑汉对他说的话最多，虽然矮胖子并不大爱回答，可是黑汉依然很恭敬。对了，我心中一亮，我找到那个钻石戒指的来路！

再细看，我似乎认识那个胖脸。啊，想起来了，在报纸和杂志上见过：楚总长！楚总长为热心提倡"艺术"的。

不错，一定是他，因为他只喝了一杯酒，和一点汤，便离席了。黑汉和小陈都极恭敬的送出去。再回到席上，黑汉开始向大家说玩笑话了，彷佛是表示：贵人已走，大家可以随便吧。

吃了一道菜，我也溜出去了。

八

楚总长出钱，黑汉办事。小陈住着总长的别墅，有了自己的衣箱，钻石戒指，汽车。他只是摸不着钱，一切都由黑汉经手。

只要有小陈的戏，楚总长便有个包厢，有时候带着小陈的妹妹一同来：看完戏，便一同回到别墅，住下。小陈的妹妹长得可是真美。

楚总长得到个美人，黑汉落下了不少的钱，小陈得去唱戏，而且被人叫做"兔子"。

大局是这么定好了，无论是谁也无法把小陈从火坑里拉出来了。他得死在他们手里，俞先生一点也没说错。

九

事忙，我一年多没听过一次戏。小陈的戏码还常在报纸上看到，他得意与否可无从知道。

　　有一次，我到天津办一点事，晚上独自在旅馆里非常的无聊，便找来小报看看戏园的广告。新到的一个什么"香"，当晚有戏。我连这个什么"香"是男是女也不晓得，反正是为解闷吧，就决定去看看。对于新起来的角色，我永远不希望他得怎样的好，以免看完了失望，弄一肚子别扭。

　　这个什么"香"果然不怎么高明，排场很阔气，可是唱作都不够味儿；唱到后半截儿，简直有点支持不下去的样子。唱戏是多么不容易的事呢，我不由的想起小陈来。

　　正在这个时候，我看见了黑汉。他轻快的由台门闪出来，斜着身和打鼓的说了两句话，又轻快的闪了进去。

　　哈！又是这小子！我心里说。哼，我同时想到了，大概他已把小陈吸干了，又来耍这个什么"香"了！该死的东西！

　　由天津回来，我遇见了俞先生，谈着谈着便谈到了小陈，俞先生的耳朵比我的灵通，刚一提起小陈，他便叹了口气："完喽！妹妹被那个什么总长给扔下不管了，姑娘不姑娘，太太不太太的在家里闷着。他呢，给那个黑小子挣够了钱，黑小子撒手不再管他了，连行头还让黑小子拿去多一半。谁不知道唱戏能挣钱呢，可是事儿并不那么简单容易。玩票，能被人吃光了；使黑杆，混不上粥喝；下海，谁的气也得受着，能吃饱就算不离。我全晓得，早就劝过他，可是……"俞先生似乎还有好些个话，但是只摇了摇头。

十

　　又过了差不多半年，我到济南有点事。小陈正在那里唱呢，他挂头牌，二牌三牌是须生和武生，角色不算很硬，可也还看得过去。这里，连由北平天桥大棚里约来的角儿还要成千论百的拿包银，那么小陈——即使我们承认他一切的弱点——总比由天桥来的强着许多了。我决定去看他的戏，彷佛也多少含着点捧捧场的意思，谁教我是他的朋友呢。

　　那晚上他贴的是独有的"本儿戏"，九点钟就上场，文武带打，还赠送戏词。我恰好有点事，到九点一刻才起身到戏园去，一路上我还怕太晚了点，买不到票。钉（到）九点半我到了戏园，里里外外全清锅子冷灶，由老远就听到鼓锣响，可就是看不见什么人。由卖票人的神气我就看出来，不上座儿；因为他非常的和气，一伸手就给了我张四排十一号——顶好的座位。

　　四排以后，我进去一看，全空着呢。两廊稀棱棱的有些人，楼上左右的包厢全空着。一眼望过去，台上被水月电照得青虚虚的，四个打旗的失了魂的立在左右，中间坐着个穿红袍的小生，都像纸糊的。台下处处是空椅子，只在前面有一堆儿人，都像心中有点委屈似的。世上最难看的是半空的戏园子——既不像戏园，又不像任何事情，彷佛是一种梦景似的。

我坐下不大会儿，锣鼓换了响声，椅垫桌裙全换了南绣的，绣着小陈的名字。一阵锣鼓敲过，换了小锣，小陈扭了出来。没有一声碰头好——人少，谁也不好意思喊。我真要落泪！

他瘦得已不成样子。因为瘦，所以显着身量高，就像一条打扮好了的刀鱼似的。

他并不因为人少而敷衍，反之，他的瘦脸上带出一些高傲，坚决的神气；唱，念，作派，处处用力；越没有人叫好，他越努力；就好像那宣传宗教的那么热烈，那么不怕困苦。每唱完一段，回过头去喝水的工夫，我看见他嗽得很厉害，嗽一阵，揉一揉胸口，才转过脸来。他的嗓音还是那么窄小，可是作工已臻化境，每一抬手迈步都有尺寸，都恰到好处；耍一个身段，他便向台下打一眼，彷佛是对观众说：这还不值个好儿吗？没人叫好，始终没人喊一声好！

我忽然像发了狂，用尽了力量给他喝了几声彩。他看见了我，向我微微一点头。我一直坐到了台上吹了呜嘟嘟，虽然并没听清楚戏中情节到底是怎回事；我心中很乱。

散了戏，我跑到后台去，他还上着装便握住了我的手，他的手几乎是一把骨头。

"等我卸了装，"他笑了一下，"咱们谈一谈！"

我等了好大半天，因为他真像个姑娘，事事都作得很慢很仔细，头上的每一朵花，每一串小珠子，都极小心的往下摘，看着跟包的给收好。

我跟他到了三义栈，已是夜里一点半钟。

一进屋，他连我也不顾得招待了，躺在床上，手哆嗦着，点上了烟灯。吸了两大口，他缓了缓气："没这个，我简直活不了啦！"

我点了点头。我想不起说什么。设若我要说话，我就要说对他有些用处的，可是就凭我这个平凡的人，怎能救得了他呢？只好听着他说吧，我彷佛成了个傻子。

又吸了一大口烟，他轻轻的擘了个橘子，放在口中一瓣。"你几儿个来的？"

我简单的告诉了他关于我自己的事，说完，我问他："怎样？"

他笑了笑："这里的人不懂戏！"

"赔钱？"

"当然！"他不像以前那么爱红脸了，话说得非常的自然，而且绝没有一点后悔的意思。"再唱两天吧，要还是不行，简直得把戏箱留在这儿！"

"那不就糟了？"

"谁说不是！"他咳嗽了一阵，揉了揉胸口。"玩艺好也没用，人家不听，咱有什么法儿呢？"

我要说：你的嗓子太窄，你看事太容易！可是我没说。说了又有什么用呢？他的嗓子无从改好，他的生活已入了辙，他已吸惯了烟，他已有了很重的肺病；我干吗既帮不了他，还惹他难受呢？

"在北平大概好一点？"我为是给他一点安慰。

"也不十分好，班子多，地方钱紧，也不容易，哪里也不容易！"他揉着一点橘子皮，心中不耐烦，可是要勉强着镇定。"可是，反正我对得起老郎神，玩艺地道，别的……"

是的，玩艺地道；不用说，他还是自居为第一的花旦。失败，困苦，压迫，无法摆脱，给他造成了一点自信，他只仗着这点自信活着呢。有这点自信欺骗着他自己，他什么也不怕，什么也可以一笑置之；妹妹被人家糟践了，金钱被人家骗去，自己只剩下一把骨头与很深的烟瘾；对谁也无益，对自己只招来毁灭；可是他自信玩艺儿地道。"好吧，咱们北平见吧！"我告辞走出来。

"你不等听听我的全本《凤仪亭》[2]啦？后天就露！"他立在屋门口对我说。

我没说出什么来。

回到北平不久，我在小报上看到小陈死去的消息。他至多也不过才廿四五岁吧。

---

[1] 兔子，男妓或男同性恋的隐称。

[2] 《凤仪亭》，京剧传统剧目，亦名"梳妆掷戟"，剧情出自《三国演义》，讲述貂蝉和吕布二人在凤仪亭私会却被董卓撞破的故事。凤仪亭事导致董卓吕布两人彻底决裂，吕布下了杀掉董卓的决心。

杀狗

东西

不，不能恨自己。到底英国留学生是英国留学生；设若鹿书香到过英国，也许还不会坏到这个地步！况且，政治与外交是变化多端的，今年东洋派抬头，焉知明年不该留欧的走运呢？是的，真要讲亡国的话，似乎亡在英国人手里还比较的好一些。想到这里，郝凤鸣的气消了一些，仿佛国家亡在英人手里是非常的有把握，而自己一口气就阔起来，压倒鹿书香，压倒整个的东洋派，买上汽车，及一切需要的东西，是必能作到的。

这里收录的两篇小说写的都是当时青年学生的存在状态。

《杀狗》原载1937年7月1日《文学杂志》第1卷第3期。初收《火车集》，上海杂志公司1939年8月出版。小说写的是在外敌入侵的背景下，几个青年学生的愤激与惶惑。大学生杜亦甫和他的同学起初是慷慨激昂的，常于深夜秘密集会，讨论民族危亡的大问题，然而到了真正需要行动的时候，他们却退缩了，在日本人"杀狗"淫威下胆怯偷生。与之形成对比的是，杜亦甫的父亲，一位国术馆教练，虽目不识丁，然勇于反抗，在日本人面前不失民族气节。有时，勇气比知识更重要，也更有震慑力。

《东西》原载1937年2月1日《文学》第8卷第2号。初收《火车集》，上海杂志公司1939年8月出版。小说写的是两个归国留学生的故事，一个东洋留学生叫鹿书香，一个西洋留学生叫郝凤鸣，一东一西合称"东西"。他们留学回国后，寡廉鲜耻，投机钻营，为满足自己的物质欲望而无所不用其极，甚至不惜投靠日本人，丢弃了基本人格与国格。作品隐含着一个爱国者的良知良能，也流露出一个现代文化人对国家前途命运的隐忧。

杀　狗

灯灭了。宿舍里乱哄了一阵儿，慢慢的静寂起来。没光亮，没响声，夜光表的针儿轻轻的凑到一处，十二点。

杜亦甫本没脱去短衣，轻轻的起来，披上长袍。夜里的春寒教他不得已的吸了一下鼻子。摸着洋蜡，点上，发出点很懒惰无聊的光儿。他呆呆的看着微湾（弯）的烛捻儿：慢慢的，羞涩的，黑线碰到了蜡槽，蜡化开一点，像个水仙花心；轻轻炸了两声，水仙花心散化在一汪儿油里；暗了一会儿，忽然想起它的责任来似的，放出一支蜡所应供给的全份儿光亮。杜亦甫痛快了一些。

转身，他推醒周石松。周石松慢慢的坐起来，蜷着腿，头支在膝上，看着那支蜡烛。

"我叫他们去！"杜亦甫在周石松耳边轻轻的说。

不大的工夫，像领着两个囚徒似的，杜亦甫带进一高一矮两位同学来。高的——徐明侠——坐在杜的床上，矮的——初济辰——坐在周的枕旁。周石松似乎还没十分醒好。大家都看着那微动的烛光，一声不响，像都揣着个炸弹似的，勇敢，又害怕，不敢出声。杜亦甫坐在屋中唯一的破籐椅上，压出一点声音聱来。

周石松要打哈欠，嘴张开，不敢出声，脸上的肉七扭八折的乱用力量，几乎怪可怕。杜亦甫在籐椅上轻轻扭动了两下，看着周石松的红嘴慢慢的并拢起来，才放了心。

徐明侠探着头，眼睛睁得极大，显出纯洁而狡猾，急切的问："什么事？"

初济辰抬着头看天花板，态度不但自然，而且带出点傲慢狂放来，他自居为才子。

"有紧要的事！"杜亦甫低声的回答。

周石松赶紧点头，表示他并不傻。更进一步的为表示自己精细，他问了句："好不好把毯子挂上，遮住灯光；省得又教走狗们去报告？"

谁也没答碴儿，初才子嗤的笑了一声，像一个水点落在红铁上。

杜亦甫又在椅子上扭动了一下。他长得粗眉大眼，心里可很精细；他的精细管拘住他的热烈，正像个炸弹，必须放在极合适的地方才好爆发。大学二年级的学生，功课，能力，口才，身体，都不坏。父亲是国术馆的教师，有人说杜亦甫也有些家传的武艺，他自己可不这么承认；使别人相信，他永远管国术叫作："拿好架子，等着挨揍。"他不大看得起他的父亲，每逢父子吵了嘴，他很想把老人叫作"挨揍的代表"，可是决不对别人公然这么说。

夜间十二点，他们常开这样的小组会议。夜半，一豆灯光，语声低重，无论有无实际的问题来讨论，总使他们感到兴奋，满意。多少多少不平与不满意的事，他们都可以在这里偷偷的用些激烈的言语来讨论，想办法。他们以为这是把光藏在洞里，不久，他们会炸破这个洞，给东亚放起一把野火来，使这衰老的民族变成口吐火焰的怪兽。他们兴奋，恐惧，骄傲，自负，话多，心跳得快。

杜亦甫是这小团体的首领"有紧要的事！"他又说了一句。看大家都等待着他解释，他向前探了探身，两脚妥实的踩在地上，好使他的全身稳当有力："和平就是屈服，我们不能再受任何人的骗！刀放在脖子上——是的，刀已经放在我们的脖子上了——闭眼的就死，还手的生死不定。丧去生命才有生命，除了流血没有第二条路，没有！我们不能坐以待毙，去预备流血，给自己造流血的机会！我们是为流血而来的！"

"假如我们能造成局部的惨变，"周石松把被子往上拉了拉，"而结果只是局部的解决了，岂不是白流自家的血，白死一些好人——"

"糊涂人！"初才子矫正着。

"啊，糊涂人，"周石松心中乱了一些。"我说，岂不是，没用，没多大的用？"

徐明侠的眼中带着点泪光，看着杜亦甫，彷佛已知道杜亦甫要说什么，而欢迎他说。

杜亦甫要笑一下，可是极快的想起自己是首领，于是拿出更郑重的样子，显出只懂得辩驳，而一点也不小看人："多一个疮口就多使人注意点他的生命。一个疮，因为能引起对全身的注意，也许就能救——能救，不是能害——一条命！一个民族也如是！我们为救民族，得给它去造疮口！"

"由死亡里学会了聪明！"初济辰把手揣到袖子里去。

徐明侠向杜亦甫点头，向初才子点头，眼睛由这个看到那个，轻送着泪光，彷佛他们的话都正好打在他的心坎上，只有佩服，同情，说不出来话。

周石松对着烛光愣起来。

"老周你先不必怕！"徐明侠也同情于老周，但是须给他一点激动。

　　"谁怕？谁怕？"周石松的脸立刻红了一块，语声超出这种会议所允许的高度。"哪回事我落在后边过？难道不许我发言吗？"

　　"何必呢，老周？"杜亦甫的神气非常的老到，安详，恳切："你顾虑得对！不过——"

　　"有点妇人之仁！"初才子极快的接过去。

　　"不准捣蛋！"杜亦甫镇赫着初济辰。

　　周石松不再说什么。

　　"谁也知道，"杜亦甫接入了正文！"战争需要若干若干准备，不是专凭人多就能制胜的。不过，说句不科学的话，勇气到底还是最要紧的。勇气得刺激起来，正如军事需要准备。军事准备了没有？准备了什么？我们不知道也许是真正在准备，也许是骗人。我们可是一定能作刺激起勇气的工作。造出流血的机会，使人们手足无措，战也死，不战也死，于是就有了战的决心。我们能作这个，应作这个，马上就得去作这个！局部的解决，也好，因为它到底是一个疮。人们不愿全身因此溃烂，就得去想主意！"

　　说罢，杜亦甫挺起身来，两脚似有千斤沈（沉）重，平放在地上。皱着粗眉，大眼呆呆的看着烛光，似乎心中思念已空，只有热血在身上奔流。

　　"是不是又教我拟稿，发传单？"初才子问。

　　"正是又得劳驾！"杜亦甫听出来才子话中的邪味，可是用首领所应有的幽默，把才子扣住："后天大市有香会，我们应去发些传单。危险的事，也就是去造流血的机会。教巡警抓去呢，没关系；若是和敌人们碰了头，就必出乱子——出乱子是我们的目的。大家都愿意？"

　　周石松首先举起手来。

　　徐明侠随着举起手，可是不十分快当；及至把手举好，就在空中放了好大半天。

　　"我去拟稿，不必多此一'举'了吧？"初才子轻轻的一笑。

　　"通过！"杜亦甫的脸上也微带出一点笑意。"初，你去拟稿子，明天正午交卷。老周你管印刷，后天清早都得印好。后天九点，一齐出发。是这样不是？"

　　徐明侠连连点头。

　　"记得好像咱们发过好几次传单了，并没流过血？"初济辰用眼角撩了杜一下。

　　"那——"杜亦甫极快的想起一句话，到嘴边上又忘了。

　　"大而引起流血，小而散散我们的闷气，都好！事情没有白作了的！"徐明侠对杜亦甫说。

　　杜亦甫没找回来刚才忘掉的那一句，只好勉强的接过来徐明侠的："事情没有白作了的，反正传单就有人看。什么——"

"啊——哈——"周石松的哈欠吞并了杜亦甫的语声。

"嘘！"徐明侠把食指放在唇上，"小点声！走狗们，"没说下半句，他猫似的跑到屋门那里，爬下去，耳朵贴着地，听了听。没听到什么，轻快的跑回来："好像听见有脚步声！"

"福尔摩斯！"初才子立起来："提议散会。"

杜亦甫拉了初济辰一把，两步跑到屋门那里，轻轻推开门，向外探着头，仔细的看了看："没人，散会；别忘了咱们的事！"

徐，初，轻轻的走出去。

周石松一下子钻进被窝去，蒙上了头。

杜亦甫独自呆看着蜡烛，好大半天；吹灭了蜡，随着将灭未灭的那一线余光，叹了口气。

躺下之后，他睡不着。屋里污浊的空气，夹杂着蜡油味，像可以摸到的一层什么油腻，要蒙在他的脸上，压住他的胸口，使他出不来气。想去开开窗子，懒得起来。周石松的呼声，变化多端，使人讨厌而又惊异。

起初他讨厌这个呼声、慢慢的转而羡慕周石松了——吃得饱，睡得熟，傻傻糊糊的只有一个心眼。他几乎有点恨自己不那么简单；是的，简单就必能直爽，而直爽一定就会快乐。

由周石松想到了初济辰——狂傲，一天到晚老把头扬到云里去。也可羡慕！狂傲由于无知，也许由于豪爽；无论怎说吧，初才子也快乐，至少比自己快乐。

想不出徐明侠那高个子有什么特点，也看不出他快乐不快乐。为什么？是不是因为徐明侠不那么简单，豪爽呢？自己是不是和徐害着一路病呢？

不，杜亦甫绝不能就是徐明侠。徐明侠有狡猾的地方，而自己，凭良心说，对谁向来不肯掏坏。那么，为什么自己不快乐呢？不错，家事国事天下事，没有一样足以使一个有志的青年打起精神，去笑一笑的。可是，一天到晚憋着一口丧气，又有什么用处呢？一个有作为的人，恐怕不专凭着一张苦脸而能成功吧？战士不是笑着去成仁取义么？

是不是自己根本缺乏着一点什么，一点像生命素的东西？想到这里，他把头藏在被子里去。极快的他看见了以前所作过的事，那些虚飘，薄小，像一些懒懒的雪花儿似的事，他的头更藏深了些，他惭愧，不肯再教鼻子吸到一些凉气，得闻着自己身上的臭味。那些事，缺乏着点什么，不能说，不能说，对不起那些事，对不起人，也对不起自己！他的头上见了汗！

睡吧，不要再想！再说，为什么这样小看自己呢？他的头伸出来，吸了一口凉气。睁着眼看屋中的黑暗，停止住思索。不久，心中松通了一些，东一个西一个的念头又慢慢的零散的浮上来，像一些春水中的小虫，都带着一点生气。为什么小看自己呢？那些事不是大学生所应作的么？缺乏着点什么，大家所作的不都缺乏着什么吗？那些事不见得不漂亮，自己作的不见得不出色，还要怎样呢？干吗不快乐呢？

心里安静了许多，再把头藏进去，暖气围着耳鼻，像钻入一间温室里去似的。他睡着了。

胡梦颠倒：一会儿，他梦见自己在荒林恶石之间，指挥着几百几千几万热血的男儿作战，枪声响成一片，如同夜雨击打着秋叶。敌人退了，退了；追！喊声震天，血似的，箭似的，血箭似的，一边飞走一边向四外溅射着血花。忽然，四面八方全是敌人，被包围起来，每个枪口都红红的向着他，每个毒狠凶恶的眼睛都看着他；枪口，眼睛，红的，白的，一点一点，渐渐的联成几个大圈，绕着他乱转。他的血凉起来，生命似藏在一把汗里，心里堵得难过，张开嘴要喊，喊不出来。醒了，迷迷糊糊的，似醒非醒，胸口还觉得发堵，身上真出了汗。要定神想一想，心中一软似的又睡去了。似乎是个石洞里，没有一点光，他和周石松都倒捆双臂，口中堵着使人恶心的一块什么东西。洞里似乎有蝙蝠来回扇着腥而凉的风，洞外微微的有些脚步响。他和周，都颤抖着，他一心的只盼望着父亲来救他们，急得心中发辣。他很惭愧，这样不豪横，没骨气，想求救于父亲的那点本事！但是，只有这个思念的里边含着一点希望……不是石洞了，他面对面的与父亲坐在一处，十分讨厌那老人，头脑简单，不识字，在国术馆里学来一些新名词，都用在错的地方！对着父亲，他心里觉得异常的充实，什么也不缺欠，缺欠都在父亲身上呢。

隐隐的听到起床钟，像在浓雾里听到散落的一两声响动似的。好似抱住了一些什么贵重的东西，弯着腰，蜷着腿，他就又睡着了。隐隐的又听到许多声音，使他厌恶，他放肆的骂出一些什么，把手伸出来，垫在脑袋底下；醒了。太阳上来老高，屋中的光亮使他不愿睁眼，迷迷糊糊的，懒懒的，乱七八糟的，记得一角儿梦景，不愿去细细追想，心中怪堵得慌，不是憋（憋）着一点什么，就是缺乏着一点什么，说不清。打了极长的两个哈欠，大泪珠像虫儿似的向左右轻爬，倒还痛快。

起来，无聊；偶尔的误一两堂功课，不算什么；倒是这么无事可作，幌幌悠悠的，有些憋（别）扭。到外边散散步去。春风很小很尖，飕人们的脑子；可是墙角与石缝里都悄悄的长出细草芽，还不十分绿，显着勇敢而又乖巧似的。他很想往远处蹓蹓，腿可是不愿意动，那股子憋（别）扭劲儿又回来了，又觉到心中缺乏着一点什么东西，一点不好意思承认而又不能不承认的什么东西。他把手揣在袖子里，低着头，懒散的在院中走，小风很硬的撩着他的脑门儿。

刚走出不远，周石松迎面跑了来，跑得不快，可是样子非常的急迫。到了杜亦甫面前，他张开嘴，要说什么，没有说出来，脸上硬红硬白的像是受了极大的惊恐。

"怎了？"杜亦甫把手伸下去，挺起腰来。

"上岸了，来了，我看见了！"周石松的嘴还张着，但是找不到别的话说。

"谁？"

"屋里去说！"周石松没顾得杜亦甫怎样，拿起腿就跑，还是小跑着，急切而不十分的快。快到宿舍了，他真跑起来。

杜亦甫莫名其妙的在后面跟着，跑也不好，不跑也不好，十分的不好过；他忽然觉得周石松很讨厌，不定是什么屁大的事呢，就这样见神见鬼的瞎闹。到了屋里，他几乎是含着怒问：

"到底怎回事？"

"老杜，你不是都已经知道？"周石松坐在床沿上，样子还很惊慌。

"我知道什么？"杜亦甫瞪着眼问。

"昨天夜里，"周石松把声音放低，赶紧立起来，偏着头向杜亦甫低切的嘀咕："昨天夜里你不是说刀已经放在脖子上了？你怎会不知道？！"

"我什么也不知道，真不知道！你要不说，我可就还出去绕我的湾（弯）儿，我觉得身上不大合适，不精神！"杜亦甫坐在了破簸椅上，心中非常的不耐烦。

"好吧，你自己看吧！"周石松从袋中掏出不大的一张"号外"来，手哆嗦着，递给了杜亦甫。把这张纸递出去，他好像觉得除去了块心病似的，躺在床上，眨巴着眼睛看杜亦甫。

几个丑大的黑字像往杜亦甫的眼里飞似的，刚一接过报来，他的脸上就变了颜色。这几个大字就够了，他安不下心去再细看那些小的。"老周，咱们的报纸怎么说，看见了吗？"

"看见了，一字没提！"

"一字没提？一字没提？"杜亦甫眼看着号外，可并没看清任何一字。"那么这个消息也许不确，造空气吓人。"

"我看见了！亲眼看见了！"周石松坐起来，嘴唇有些发干似的，直用舌尖来回舔。"铁甲车，汽车，车上的兵都抱着枪，枪口朝外比画着！我去送徐明侠。"

"他上哪儿？"

"回家，上汽车站！"周石松的脸红得很可怕。"这小子！他知道了，可一声儿也不出，像个会掏坏的狗熊似的，轻轻的，人不知鬼不觉的逃走了。他没说什么，只求我陪他上趟街；他独自不敢出去！及至到了汽车站，他告诉我给他请两天假，还没说别的。我独自往回走，看见了，看见了，原来是这么回事！我急忙回来找你，你必有办法；刀真搁在脖子上了，我们该怎办呢？"

杜亦甫不想说话，心中很乱，可是不便于楞起来，随便的说了声："为什么呢？"

"难道你没看见那些字？我当是你预先知道这回事，想拚上命呢！拿来，我念！"他从杜亦甫的手里抢过号外来，急忙的舐了下嘴唇：

"特务机关报告：'祸事之起，起于芝麻洲大马路二十一弄五十二号。此处住有我侨商武二郎，年五十六岁，独身，此人养德国种狼狗一条：性别，雌；毛色灰黄；名，银鱼。银鱼于二月前下小狗一窝：三雄一雌，三黄一黑，均肥健可喜。不幸，一周前，黑小狗在门外游戏，被人窃去。急报芝地警所，允代寻觅，实则敷衍无诚意。武二郎乃急来特务机关报告，即遣全部侦探出发寻查。第一日无所获，足证案情之诡秘严重。翌日清晨，寻得黑小狗于海滨，已死。黑小狗直卧海滨，与早潮成丁字形，尾直伸，时被浪花所掩，为状至惨！面东向，尚睁二目，似切盼得见朝阳者。腹涨（胀）如鼓，项上有噬痕，显系先被伤害，而后掷入水中者，岸沙上有足迹。查芝地养犬者共有一万三千五百六十二家，其中有四千以上为不满半岁之小狗，二千以上为哈巴狗，均无咬毙黑小狗之能力。此外，则均为壮实大犬，而黑小狗之伤痕实为此种大犬所作。乃就日常调查报告，检出反抗我国之激烈分子，蓄有巨犬，且与武二郎为邻者，先加以侦察。侦察结果，得重要嫌疑犯十人，即行逮捕拷问，所蓄之犬亦一并捉到。此十人者，既系激烈分子，当然狡猾异常，坚不吐实。为促其醒悟，乃当面将十巨犬枪决。芝地有俗语：鸡犬不留；故不惜杀狗以警也。狗血四溅，此十人者仍顽抗推赖。同时，芝地官吏当有所闻，而寂寂无一言，足证内疚于心，十人身后必有广大之背景。设任其发展，则黑小狗之血将为在芝我国国民之前导，由犬及人，国人危矣！'"周石松念的很快，念完，头上见了汗："为了一只小狗！"

"往下念！"杜亦甫低着头，咬着牙。

"没什么可念的了，左不是兵上岸，来屠杀，来恐吓，来肃清激烈人物与思想，来白找便宜！"周石松几乎是喊着。"我们怎办呢？流血的机会不用我们去造，因为条狗——，哼狗！——就来到了！"他的声音彷彿噎住了他的喉，还有许多话，但只能打了两个极不痛快的嗝儿。

"老初呢？"杜亦甫无聊的，想躲避着正题而又不好意思楞起来，这么问了一声。看周石松没回答，他搭讪着说："我找他去。"

不大的工夫，杜和初一同进来。初济辰的头还扬着，可是脸色不大正，一进门，他向周石松笑了笑，笑得很不自然。

"你都知道了，老初？"周石松想笑，没能成功，他的脸上抽动了两下，像刚落上个苍蝇那样。

没等初济辰开口，杜亦甫急忙的说："老初，别再瞎扯，咱们得想主意！徐明侠已经溜了，咱们——"

"我听天由命！"初济辰眼看天花板，手揣在袖子里。"据我看呢，战事决不会有，因为此地的买卖都是他们的，他们开炮就轰了他们自己的财产建设。绑去像你我这样的一些人，羞辱一场，甚至杀害几个，倒许免不了的。他们始终以为我们仇视他们，只是几个读过书的人所要弄的把戏，把这几个激烈分子杀掉或镇吓住，就可以骑着我们脖子拉屎，而没人敢出一声了。我等着就是了，我自己也许有点危险，战争是不会有的，不会！"

"你呢？老杜？"周石松看初才子软下去，气儿微索了些。"我听你的，你说去硬碰，我随着。老初说不会有战事，我看要是有人硬碰，大概就不会和平了结。你昨天说的对，和平就是屈服，只为了一条狗，一条狗；这么下去还有完吗？"

杜亦甫低下头去，好大半天没说出话来。一点也不用再疑惑了，他心中承认了自己的的确确缺乏着一点什么，这点缺欠使他撑不起来昨天所说的话。他抬不起头来，不能再辩论，在两个同志面前，除了承认自己的缺欠，别无办法。这极难堪，可是究竟比再胡扯与掩饰要强的多！他的嘴唇动了半天，直到眼中湿了，才得到张开的勇气："老初！老周！咱们也躲一躲吧！这，这，"他的泪落下来。

周石松的心软，眼圈也红了。他有许多话要质问杜亦甫，每句话都得使杜亦甫无地自容，所以他一句也不说了。他觉得随着杜亦甫一同去死或一同去逃，是最对得住人的事，不愿再问应死还是应逃的道理。不好意思对杜亦甫说什么，他转过来问初济辰："你呢？"

"你俩要是非拉着我不可呢，就一同走；反之，我就在这儿死等，等死！"初济辰又笑了笑。

"还有人上课吗？"杜亦甫问，眼撩了外边一下。

"有！"初济辰回答："大家很镇定！"

"街上的人也并不慌，"周石松找补上。

"麻木不仁！"杜亦甫刚说出这个，马上后悔了，几乎连头皮全红了起来。

初济辰把要说的话咽了下去。

彷佛为遮羞，杜亦甫提议："上我家去，好不好？一时哪能找到合适的地方？家里窄蹩一点，可是。"

"先不用忙吧，我看，"初济辰很重的说。"搜查是可能的，可是必在夜里，他们精细得要命：昨天夜里，也就是三点来钟吧，我醒了，看走廊的灯也全灭了，心中很纳闷。起来，我扒着窗子往外看，连街上也没了灯亮。往上运军火呢，必是。他们白天用枪口对着你，运军火可得灭了灯。精细而矛盾。可是，无论怎说吧，他们总想精细就是了。我们若是有走的必要，吃完晚饭再去，决不迟。在这后半天，我们也好采采消息，看看风头，也许事情还不至于那么严重，谁知道。"

"对！"杜亦甫点了点头，可是问了周石松一句："你呢？"

"怎办都好，我听你们的！假若你们说去硬碰，"看了杜亦甫一眼，他把话打住了。

后半天的消息越来越坏了，什么样的谣言也有，以那专为造谣惑乱人心的"号外"为主，而随地的补充变化。学校的大钟还按时候敲打，可是课堂上没有多少人了。街上的铺户也还照旧的开着，连买的带卖的可都有点不安的神气。大家都不慌，不急，不乱，只是无可如何的等着一些什么危险。不幸，这点危险要是来到头上呢，谁也没办法，没主意。在这种不安，无可如何，没办法的心境中，大家似乎都希望着侥幸把事情对付过去，在半点钟内若是没看见铁甲车的影子，大家的心就多放下一点去。

可是，消息越来越坏。连见事较比明彻的初济辰也被谣言给弄得撑不住劲儿了。他几乎要放弃他所观察到的，而任凭着感情去分担大家的惊恐与乱想。

周石松还有胆子到外面买"号外"，他把最坏的消息给杜亦甫带了来："矫正以往的因循！断然的肃清破坏两国亲善的分子！"这类的标题都用丑肿的大字排印出来，这些字的本身彷佛就能使人颤抖。捕了谁去，没有登载，但无疑的已经有大批的人被捕。这，教杜亦甫担心他的父亲。要捕人，国术馆是必得照顾到的，它一向是眼中的钉，不因为它实际上有什么用处，而是因为它提倡武艺，"提倡"就是最大的罪名。杜亦甫飞也似的去打电话，国术馆的电话已经不通。无疑的，一定出了事，极快的，由父亲想到了自己；父亲若是已经被捕，自己便也很难逃出去；人家连狗的数目调查得都那么清楚，何况是人呢，何况是大学学生呢，又何况是学生中的领袖呢！他愤恨，切齿，迷乱，没办法。他只想跺着脚痛骂一场，哪怕是骂完了便千刀万剐呢，也痛快。这是还有太阳的世界么？这是个国家么？问谁呢？没人能回答他，只有热血足以洗去这种污辱！怎么去流血呢？

"老周！"他喊了声："我——我——"嗓子像朵受了热气的花似的，没有一点声响便软下去。

"怎样？"周石松问。

待了好大半天，杜亦甫自言自语的："没办法！"

一直到晚餐的时候，杜亦甫没有出屋门。他背着手在屋里来回走，有时候也躺在床上一会儿，心中不断的思索：一会儿他想去拚命，这不是人所能忍受的，拼了命，也许一点好处没有，但究竟是自己流了血，有一个敢流血的就不能算国里没有人。一会儿他又往回想，白死有什么用处，快意一时，拿自己这一点点血洒在沙漠上，连点血痕也留不下吧？他思索，一刻不停的思索，越想越乱，越不得主意。他仍然不肯承认他害怕，可是无论怎样也找不到去干点什么的勇气。

草草的扒搂进去两口饭，他急忙的又跑回宿舍来，好像背后追随着个鬼似的。天黑了，到了该走的时候。可是父亲设若已被拿去，家里怎能是安全的地方呢？在学校里？初济辰说的对，晚上必定来捉人！天黑一点，他的心便紧一点，他没想到过自己会能这样的慌张，外边的黑影好像直往前企扈，要把他逼到墙根去，慢慢的把他挤死。

好容易初济辰和周石松都来了，他的胸中松了一口气。怎办呢？初和周都没主意，而且很有留在校里的勇气。他不能逼着他们走，他既是说不出地方来。往外边看了一眼，院中已黑得可怕。初济辰躺在了周石松的床上，半闭着眼彷佛想着点什么事。周石松坐在破藤椅上，脸上还有点红，可是不像白天那么慌张了。杜亦甫靠窗子立着，呆呆的看着外面的黑暗。待了一会儿，把黑暗看惯了，他心中稍微舒服了一些。那大片的黑暗包着稀疏的几点灯光，非常的安静。黑得彷佛有些近于紫茸茸的，好像包藏着一点捉摸不定而可爱的什么意思或消息，像古诗那么纯朴，静恬，含着点只能领略而道不出的意思。心中安静了一些，他的想象中的勇气又开始活动。他想象着：自己握着一把手枪，哪怕是块石头呢也好，轻手蹑脚的过去，过去，一下子把个戴铁盆的敌人打得脑浆迸裂！然后，枪响了，火起来，杀，杀，无论老幼男女全出来厮杀，即使惨败，也是光荣的，伟大的人民是可杀而不可辱的！

正这么想着，一道白闪猛孤仃的把黑暗切成两块，像从天上落下一把极大的白刃。探海灯！白光不动，黑影在白光边上颤动，好似刚杀死的牲口的肉那样微动。忽然，极快的，白光硬挺挺的左右摆动了两下，黑影几乎来不及躲避，乱颤了几下，无声的，无可如何的，把地位让给了白光。忽然，白光改为上下的动，黑影默默的，无可如何的任着戏弄；白光昂起，黑影低落；白光追下来，黑影躲到地面上，爬伏着不动。一道白光，又一道白光，又一道白光，十几条白光一齐射出，旋转，交叉，并行，冷森森，白亮亮，上面遮住了星光，下面闪扫着楼房山树，狂傲的，横行的，忽上忽下，忽左忽右，忽然联成一排，协力同心的扫射一圈，把小小的芝麻洲穿透，照通，围起来，一块黑，一块白，一块黑，一块白，一切都随现随灭，眩晕，迷乱，在白光与黑影中乱颤乱幌。

　　一道光闪到了杜亦甫的窗上，稍微一停，闪过去了；接着又是一道，一停，又过去了。他扶住了窗台，闭上了眼。

　　周与初全立起来，呆呆的看着，等着，极难堪的，不近情理等着，期待着。可怕，可爱，这帝国主义舞场的灯光拿山与海作了舞台，白亮亮的四下里寻找红热的血。黑的海，黑的山，黑的楼房，黑的松林，黑的人物，全潜伏着，任凭这几条白光来回的详细的找合适的地方，好轰炸与屠杀。

　　等着，等着，可是光不再来了，黑暗，无聊，只有他们三人的眼里还留着一点残光，不很长，不很亮，像月色似的照在窗上。初济辰先坐下了。杜亦甫极慢的转过身来，看了周石松一眼，周石松像极疲乏了似的又坐在藤椅上。杜亦甫用手摸到了床，坐下，舐了舐嘴唇。

　　老久，谁也没话可讲，心中都想着刚才那些光的游戏与示威。忽然，初济辰大声的笑起来，不知道为什么，他只觉得一阵颤动，全身都感到痛快。笑够了，他并上嘴；忘了，那阵笑好像已经是许久以前的事了。

　　"我一点也不恼你，我真可笑！"杜亦甫低着头说。

　　"他没笑你，老杜！"周石松很欢迎有人说句话。

　　初济辰没言语，像是没听见什么似的。

　　"不管他笑我没有，我必须对你们俩说出来，要不然我就憋（憋）闷死了！"杜亦甫把头抬起来，看着他们。"我无须多说什么，只有俩字就够了：我怯！"

　　"以卵击石，勇敢也是愚昧！"初济辰笑了笑。

　　"即使你说的一点不错，到底我还是怯！"杜亦甫的态度很自然了，像吃下一料泻药，把心中的虚伪全打净了似的。

　　"我也说不上我是怯，还是勇，反正我就是没主意！"周石松也微笑了一下。

　　全不再言语了，可是不再显着寂寞与难堪，好像彼此已能不用言语传达什么，而能默默的互相谅解。

　　他们就那么坐了一夜。

　　第二天，消息缓和了许多。杜亦甫回了家。他急于要看看父亲，不管父亲是受了惊没有，也并不是要尽什么孝道，而几乎是出于天真一点什么，和小孩受了欺侮而想去找父亲差不多。平日他很看不起父亲，到现在他还并没把父亲的身分提高多少，不过他隐隐的似有一点希冀，想在父亲身上找出一些平日被他忽略了的东西。这点东西，假若能找到，彷彿就能教他有一种新的希望，不只关乎他们父子，而几乎可以把整个民族的问题都拉扯在内。这样的拉扯是可笑的，可是他一时像迷了心窍似的，不但不觉得可笑，反而以为这是个最简单切近方便的解决问题的方法。只须一见到父亲，他就马上可以得到个"是"或"不"；不管是怎样，得到这个回答，他便不必再悬着心了。

他不愿绕着湾（弯）儿去原谅自己，可也不愿过火的轻看自己，把事情拉平了看，他觉得他的那点教育使他会思索，会顾虑，会作伪，所以胆小。他得去拿父亲证实了这个。父亲不识字，不会思索顾虑与作伪，那么就天然的应当胆粗气壮。可是，父亲到底是不是这样呢？假若父亲是这样，那么，他便可以原谅自己，而且得到些希望。这就是说，真正有骨气的倒是那不识字的人们，并不必等着几个读书人去摇旗呐喊才挺起胸来——恰恰和敌人们所想的相反。果然要是这样，这是个绝大的力量。反之，那便什么也不用再说，全民族统统是挨揍的货了！他得去看父亲，似乎民族兴亡都在这一看中。可笑，谁管，他飞也似的回了家。

只住着楼上两间小屋，屋外有个一张桌子大小的凉台，杜老拳师在凉台上坐着呢。一眼看到儿子，他赶紧立起来，喊了声："你来了？正要找你去呢！"

杜亦甫一步跳三层楼梯，一眨眼，微喘着立在父亲跟前。他找不到话讲，可是心中极痛快，自自然然的看着父亲：五十七八岁，矮个子，圆脸，黑中透亮，两眼一大一小，眼珠都极黑极亮，微笑着，两只皮糙骨硬的手在一块搓着："想你也该来了！想你也该来了！坐下！"把椅子让给了杜亦甫，老人自己愿意立着。杜亦甫进去，又搬出一把椅子来。父子都坐下，老人还搓着手："差点没见着你，春子！"他叫着儿子的乳名："我让他们拿去了！"老人又笑了，一大一小的俩眼眨巴的很快。

"没受委屈？"杜亦甫低声的问。

"那还有不受委屈的？"老人似乎觉得受委屈是可笑的事，又笑了。"你看，正赶上我值班，在馆里过夜。白天本听到一些谣言，这个的，那个的，咱也没往心里去。不到十点钟我就睡了，你知道我那间小屋？墙上挂着单刀，墙角立着花枪？一躺下我就着了。大概有十二点吧，我听见些动静，可没大研究，心里说，国术馆[1]还能闹贼？我刚要再睡，我的门开了，灯也捻着了，一看，是伙计王顺。王顺干什么？我就问。王顺没言语，往后一闪身，喝，先进来一对刺刀。我哈哈的笑起来了，就凭一对刺刀，要我的命还不大老容易；别看我是在屋子里！紧跟着刺刀，是枪，紧跟着枪，是一对小鬼子，都戴着小铁盆，托着枪冲我来了。我往后望望，后边还有呢，都托着枪，戴着小铁盆。我心里就一研究，我要是早知道了信，我满可以埋伏在门后边，就凭我那口刀，进来一个宰一个，至少也宰他们几个。我太晚了，十几枝快枪把我挤在床上，我连伸手摸刀的工夫也没有哇。我看了看窗户，也不行，洋窗户，上下都扣着呢，我跑不了。好了，研究不出道儿来，我就来文明的吧，等着好了，看他们把我怎样了！幸而我老穿着裤褂睡觉，摸着大棉袍就披上了，一语不发。进来一个咱们的人，狗娘养的，汉奸！他教我下来，跟着走。我没言语，只用手背一撩，哼，那小子的右脸上立刻红了一块。他一哎哟，刺刀可就把我围上了，都白亮亮的，硬梆梆的，我看着他们，不动，也不出声。那些王八日的唧里骨碌不知说了些什么，那个狗娘养的捂着脸又过来了，教我下来，他说到院里就枪毙了我。我下来了，狗娘养的赶紧退出老远，怕我的手背再撩他。一个王八日的指了指我的刀，狗娘养的教我抱着刀，他说：抱着你的刀，看你的刀能救了你的命不能。这是成心要弄我，我知道；好，我就抱着我的刀。往外走吧，脊背上，肋条上，全是刺刀，我只要一歪身，大概就得有一两把插到肉里去。我挺着胸，直溜溜的走。走到院里，我心里说，这可到了回老家的时候了。我那会儿，谁也没想，倒是直想你，春子。我心里就这么研究，王八日的杀了我，我有儿子会报仇呀。"老人笑了笑，缓了口气，亲热的看了儿子一眼。"反正咱们和王八日的们是你死我活，没个散儿。我不识文断字，可是我准知道这个。果不其然，到院里那个狗娘养的奉了圣旨似的教我跪下。我不言语，也不跪下，心里说，开枪吧，小子们，把你太爷打成漏勺，不用打算弯一弯腿！两个王八日的看我不跪，由后面给了我两枪靶子，哼，心里说，你俩小子还差点目的，太爷不是这么容易打倒的。见我不倒，一个王八日的，也就是像你离我这么远儿，托起枪来，瞄我的胸口，我把胸挺出去。拍！响了。连我都纳闷了，怎么还不倒下呢？那些王八羔子们笑起来，原来是空枪，专为吓吓我。王八羔子们杀人，我告诉你，春子，决不痛痛快快的，他们拿你当个小虫子，翻来覆去的揉搓你，玩够了再杀；所以我看见他们就生气，他们狠毒，又坏！"老人不笑了，连那只小一点的眼也瞪起来，似乎是从心里憎恶那些王八羔子们。

"那个狗娘养的又传了圣旨，"老人接着说，"带回去收拾，反正早晚你得吃上一颗黑枣。我还是不言语，我研究好了，就是不出声，咱们谁得手谁杀，用不着费话；是不是，春子？"

杜亦甫点了点头，没有话可说。

"出了大门，"老人又说下去："他们还好，给我预备的大汽车，就上了车。还抱着刀，我挺着腰板，教他们看看，太爷是没得手，没能把刀切在你们脖子上，好吧，你们的枪子儿我也不怕！你们要得了我的命，可要不了我的心气；这是一口气，这口气由我传给我的儿子孙子，永远不能磕膝盖儿着土！我这么研究好了，就看他们的瞄准吧！到了个什么地方，黑灯下火的我也没看清是哪里。这里听不见别的，齐噔咯噔的净是皮鞋响。他们把我圈在一间小屋里，我就坐在地板上闭眼养神，等着枪毙。我没有别的事可想，就是恨我的刀没能出鞘。他们人多，枪多，我不必挣蹦，白费力气干吗。我等着好了，死到临头，我得大大方方的，皱皱眉就不算练过工夫。是不是，春子？"

杜亦甫又点了点头。

"待了不知好久，"老人又搓起双手来，彷彿要表演出那时怎样的不耐烦。"他们把我提到一间大厅上去，灯光很亮，人也不少，坐的是官儿，立着的是兵。他们又教我跪下，我还是不出声，也不跪。磨烦了半天，他们没有了主意，刺刀可就又戳在我胸口上，我不动，纹丝不动，眼皮连抬也不抬；哼，杀剐随便，我就是不能弯腿！慢慢的，刺刀挪开了，他们拿出一张字纸来教我看，我闭上了眼。我那天夜里就说了一共这么三个字：'不认字！'他们问我那些字——他们管它叫什么'言'呀，我记不清了——什么意思？我不出声。又问，那是我画的押，签的名，不是？我还是不出声。我心里说，这回真该杀我了，痛快点吧！我犯了什么罪？没有。凭什么他们有生杀之权？没道理。我就这么寻思着，他们无缘无故的杀了我，我的儿孙以后会杀他们，这叫作世仇。我一点也不怕死，我可就怕后辈忘了这点事儿。俗语说的好，冤仇应解不应结，可那得看什么事，就这么胡杀乱砍呀，这点仇不能白白的散了！这并不是我心眼小，我是说人生在世不能没骨头，骑着脖子拉屎，还教我说怪香的，我不能！你看，果然，他们又把枪举起来了，我看见过，甭吓嚇谁！他们装枪子，瞄准儿，装他妈的王八羔子，气派大远了去啦。其实，用不着，我不怕，你可有什么主意呢？比画了半天，哼，枪并没放。又把我送回小屋里去了。什么东西！今个天亮的时候，他们也不是怎么，把我放了，还彷彿怪客气的，什么玩艺儿！我不明白这是哪一出戏，你来的时候，我还正研究呢。一句话抄百总吧，告诉你，春子，咱们得长志气，跟他们干，这个受不了！我不认字，不会细细的算计，我可准知道这么个理儿，只要挺起胸脯不怕死，谁也不敢斜眼看咱们！去泡壶茶喝好不好？"

杜亦甫点了点头。

---

[1]　国术，指中国传统武术。见《断魂枪》注5。

殺狗

老舍

燈滅了。宿舍裏亂哄了一陣兒，慢慢的靜寂起來。沒光亮，汗潺聲，夜光錶的針兒輕輕的潺到一處，十二點。

杜亦甫本沒脫去短衣，輕輕的起來，披上長袍。夜裏的春寒教他不得已的吸了一下鼻子。摸着洋蠟，點上，發出點很懶惰無聊的光兒。他呆呆的看着微溫的燭燄兒：慢慢的，遲澀的，黑綫碰到「蠟槽，蠟化開一點，像個水仙花心，輕輕炸了兩聲，水仙花心散化在一汪兒油裏；暗了會兒，忽然想起牠的責任來似的，放出一枝蠟所應供給的全份兒光亮。杜亦甫痛快轉身，他推醒周石松。周石松慢慢的坐起來，踡着腿，頭支在膝上，看着那枝

「我叫他們去！」杜亦甫在周石松耳邊輕輕的說。

不大的工夫，像領着兩個囚徒似的，一高一矮兩位同學來。高的坐在杜的床上，矮的——初濟辰——坐在周的枕旁。周石松似乎還沒十分醒好。

動的燭光，一聲不響，像都揣着個炸彈似的，勇敢，又害怕，不敢出聲。杜亦甫

《杀狗》原发表页
1937年7月1日
《文学杂志》第1卷第3期

《杀狗》首页
上海杂志公司
1939年初版，1946年再版

东　西

　　晚饭吃过了好久，电报还没有到；鹿书香和郝凤鸣已等了好几点钟——等着极要紧的一个电报。

　　他俩是在鹿书香的书房里。屋子很大，并没有多少书。电灯非常的亮，亮得使人难过。鹿书香的嘴上搭拉着支香烟，手握在背后，背向前探着些；在屋中轻轻的走。中等身材，长脸，头顶上秃了一小块；脸上没什么颜色，可是很亮。光亮掩去些他的削瘦；大眼，高鼻梁，长黑眼毛，显出几乎是俊秀的样子。似乎是欣赏着自己的黑长眼毛，一边走一边连连的眨巴眼。每隔一会儿，他的下巴猛的往里一收，脖子上抽那么一下，像噎住了食。每逢一抽，他忽然改变了点样儿，很难看，像个长脸的饿狼似的。抽完，他赶快又眨巴那些黑美的眼毛，彷佛为是恢复脸上的俊秀。

　　烟卷要掉下来好几回，因为他抽气的时候带累得嘴唇也捌（咧）一捌（咧）；可是他始终没用手去扶，没工夫顾及烟卷。烟卷到底被脖子的抽动给弄掉了，他眨巴着眼用脚把它揉碎。站定，似乎想说话；脖子又噎了一下，忘了说什么。

　　郝凤鸣坐在写字台前的转椅上，脸朝着玻璃窗出神。他比鹿书香年轻着好些，有三十五六岁的样子，圆头圆脸圆眼睛，有点傻气，可是傻得挺精神，像个吃饱了的笨狗似的。洋服很讲究，可是被他的面貌上体态减少了些衣服的漂亮。自膝以下都伸在写字台的洞儿里，圆满得像俩金橘似的手指肚儿无声的在膝上敲着。他早就想说话，可是不便开口。抽冷子院中狗叫了一声，他差点没由转椅上出溜下去，无声的傻笑了一下，向上提了提身子，继续用手指敲着膝盖。

　　在饭前，虽然着急，还能找到些话说；即使所说的不都入耳，也愿意活动着嘴唇，掩饰着心中的急躁。现在，既然静默了许久，谁也不肯先开口了，谁先开口彷佛就是谁沈（沉）不住气。口既张不开，而着急又无济于事，他们都想用一点什么别的事岔开心中的烦恼。那么，最方便的无过于轻看或甚至于仇视面前的人了。郝凤鸣看着玻璃，想起自己当年在英国的一个花园里，伴着个秀美的女友，欣赏着初夏的樱花。不敢顺着这个景色往下想，他瞭了鹿书香一眼——在电灯下立着，头顶上秃的那一块亮得像个新铸的铜子。什么东西！他看准了这个头上秃了一块的家伙。心中咒骂，手指在膝盖上无声的击节：小小的个东洋留学生，人模狗样的竟自把个地道英国硕士给压下去，什么玩艺！

郝凤鸣真是不平，凭自己的学位资格，地道西洋留学生，会来在鹿书香这里打下手，作配角；鹿书香不过上东洋赶过几天集，会说几个什么什么"一马司[1]！"他不敢再想在英国时候那些事，那些女友，那些志愿。过去的一切都是空的。把现在的一切调动好了才算好汉。是的，现在他有妻小，有包车，有摆着沙发的客厅，有必须吃六角钱一杯冰激凌的友人……这些凑在一块才稍微像个西洋留学生，而这一切都需要钱，越来越需要更多的钱。为满足太太，为把留学生作到家，他得来敷衍向来他所轻视的鹿书香，小小的东洋留学生！

他现在并非没有事作，所以他不完全惧怕鹿书香。不过，他想要进更多的钱，想要再增高些地位，可就非仗着鹿书香不可。鹿书香就是现在不作事，也能极舒服的过活，这个，使他羡慕，由羡慕而忌妒。鹿书香可以不作事而还一天到晚的跳腾，这几乎是个灵感；鹿书香，连鹿书香还不肯闲着，郝凤鸣就更应当努力；以金钱说，以地位说，以年纪说，他都应当拚命的往前干，不能知足，也不许知足。设若光是由鹿书香得到这点灵感，他或者不会怀恨，虽然一向看不起这个东洋留学生。现在，他求到鹿书香的手里，他的更好的希望是仗着鹿书香的力量才能实现，难堪倒在其次，他根本以为不应当如此，一个西洋留学生就是看洋楼也比留东洋的多看见过几所，先不用说别的！他不平。可是一时无法把他与鹿书香的上下颠倒过来。走着瞧吧，有朝一日，姓郝的总会教鹿书香认识清楚了！

又偷偷看了鹿书香一眼，他想起韵香——他的太太。鹿书香的叔伯妹妹。同时，他也想起在英国公园里一块玩耍的那个女郎，心中有点迷糊。把韵香与那个女郎都攒在一处，彷佛在梦中那样能把俩人合成一个人，他不知是应当后悔好，还是……不，娶了就是娶了，不便后悔；韵香又清楚的立在目前。她的头发，烫一次得十二块钱；她的衣服，香粉，皮鞋，手提包……她可是怪好看呢！花钱，当然得花钱，不成问题。天下没有不费钱的太太。问题是在自己得设法多挣。想到这儿，他几乎为怜爱太太而也想对鹿书香有点好感。鹿书香也的确有好处：永远劝人多挣钱，永远教给人见缝子就钻……郝凤鸣多少是受了这个影响，所以才肯来和他一同等着那个电报。有这么个大舅子，正如有那么个漂亮的太太，也并不是件一希望就可以作到的事。到底是自己的身分；当然，地道留英的学生再弄不到这么点便宜，那还行！

即使鹿书香不安着好心，利用完了个英国硕士而过河拆桥，郝凤鸣也不怕，他是鹿家的女婿，凭着这点关系他敢拍着桌子，指着脸子，和鹿书香闹。况且到必要的时候，还可以把韵香搬了来呢！是的，一个西洋留学生假若干不过东洋留学生的话，至少一个妹夫也可以挟制住个大舅子。他心中平静起来，脸上露出点笑容，像夏天的碧海，只在边岸上击弄起一线微笑的白花。他闭上了眼。

狗叫起来，有人去开大门，郝凤鸣猛的立起来，脸上忽然发了热。看看窗外，很黑；回过头来看鹿书香，鹿书香正要点烟，右手拿着火柴，手指微微的哆嗦；看着黑火柴头，连噎了三口气。

张顺推门进来，手里拿着个白纸封，上面画着极粗的蓝字。亮得使人难过的电灯似乎把所有的光全射在那个白纸封儿上。鹿书香用手里的火柴向桌上一指。等张顺出去，他好像跟谁抢夺似的一把将电报抓到手中。

郝凤鸣不便于过来，英国绅士的气派使他管束住心中的急切。可是，他脸上更热了。这点热气使他不能再呆呆的立候，又立了几秒钟，他的绅士气度被心中的热气烧散，他走了过来。

鹿书香已把电报看了两遍，或者不止两遍，一字一字的细看，好像字字都含着些什么不可解的意思。似乎没有可看的了，他还不肯撒手；郝凤鸣立在他旁边，他觉得非常的可厌。他一向讨厌这个穿洋服的妹夫，以一个西洋留学生而处处仗着人，只会吃冰激凌与跳舞，正事儿一点也不经心。这位留学生又偏偏是他的妹丈，为鹿家想，为那个美丽的妹妹想，为一点不好说出来的嫉妒想，他都觉得这个傻蛋讨厌，既讨厌而又幸运；他猜不透为什么妹妹偏爱这么个家伙，妹妹假若真是爱他，那么他——鹿书香——似乎就该讨厌他；说不出道理来，可是只有这么着心里才舒服一点。他把电报扔在桌子上，就手儿拿起电报的封套来，也细细的看了看。然后，似乎忘了郝凤鸣的讨厌，又从郝的手里看了电报一遍，虽然电报上的几个字他已能背诵出来，可还细心的看，好似那些蓝道子有什么魔力。

郝凤鸣也至少细看了电报两遍。觉出鹿书香是紧靠在他的身旁，他心中非常憋闷得慌：纸上写的是鹿书香，身旁立着的是鹿书香，一切都是鹿书香，小小的东洋留学生，大舅子！

"怕什么偏有什么，怕什么——"鹿书香似乎没有力量说完这句话，坐下，噎了口气。

"可不是，"郝凤鸣心中几乎有点快活，鹿书香的失败正好趁了他的心愿，不过，鹿的失败也就是自己的失败，他不能完全凭着情感作事，他也皱上了眉。

鹿书香闭上了眼，彷彿极疲倦了似的。过了一会儿，脸上又见了点血色，眼睛睁开，像和自己说似的："副局长！副——局长！"

"电码也许……"郝凤鸣还没有放手那个电报，开始心里念那些数目字，虽然明知一点用处没有。

"想点高明的会不会！"鹿书香的话非常的难听。他很想说："都是你，有你，什么事也得弄哗拉了！"可是他没有往外说，一来因为现在不是闹脾气的时候，二来面前没有别人，要泄泄怒气还是非对郝凤鸣说说不可；既然想对他说说，就不能先开口骂他。他的话转到正面儿来："局长，好；听差，也好；副局长，哼！我永不嫌事小，只要独当一面就行。副局长，副师长，副总统，副的一切，凡是副的都没用！递给我支烟！"

"电报是犬棱发的，正式的命令还没有到。"郝凤鸣郑重的说。对鹿书香的人，他看不大起；对鹿书香的话，他可是老觉得有些价值。鹿书香的话总是由经验中提炼出来的，老能够赤裸裸的说到事情的根儿上，就事论事，不带任何无谓的感情与客气。郝凤鸣晓得自己没这份儿本事，所以不能不佩服大舅子的话，大舅子的话比英国绅士的气度与文化又老着几个世纪，一点虚伪没有，伸手就碰在痒痒筋儿上。

"什么正式的命令？你这人没办法！"鹿书香很想发作一顿了，可是又管住了自己，而半恼半亲近的加了点解释："犬棱的电报才算事；命令？屁！"

郝凤鸣依然觉得这种话说得很对，不过像"屁"字这类的字眼不大应该出个绅士的口中。是的，他永远不能佩服鹿书香的态度与举动——永成不了个英国人所谓的"贞头曼"[2]；大概西洋留学生的这点陶冶永远不是东洋留学生所能及的。好吧，不用管这个，先讨论事情吧："把政府放在一边，我们好意思驳回犬棱？"

"这就是你不行的地方！什么叫好意思不好意思？无所谓！"鹿书香故意的笑了一下。"合我的适便作，反之就不作；多嗜你学会这一招，你就会明白我的伟大了。你知道，我的东洋朋友并不止是犬棱？"

郝凤鸣没说出什么来。他没法不佩服鹿书香的话，可又没法改变他一向轻视这位内兄的心理，他没了办法。

鹿书香看妹丈没了话，心中高兴了些："告诉你，凤鸣，我若是只弄到副局长，那就用不着说，正局长必定完全是东洋那边的；我坏在摆脱不开政府这方面。你记住了：当你要下脚的时候，得看清楚哪边儿硬！"

"那么正局长所靠着的人也必定比犬棱还硬？"郝凤鸣准知道这句说对了地方，圆脸上转着遭儿流动着笑意。

鹿书香咂摸着味儿点了点头："这才像句话！所以我刚才说，我的东洋朋友并不止是犬棱。你要知道，自从九一八以后，东洋人的势力也并不集中，谁都想建功争胜，强中自有强中手。在这种乱动的局面中，不能死靠一个人。作事，如同游泳，如同驶船，要随着水势，随势变动。按说，我和犬棱的关系不算不深，我给他出主意，他不能不采纳；他给我要位置，我一点也不能怀疑。无奈，他们自己的争斗也非常的激烈，咱们可就吃了挂落！现在的问题是我还是就职呢，还是看看再说？"

"土地局的计画是我们拟就的，你要是连副局长都推了，岂不是连根儿烂？"郝凤鸣好似受了鹿书香的传染，也连连的眨巴眼。"据我看，即使一点实权拿不到，也跟他们苦腻。这，一来是不得罪犬棱，二来是看机会还得把局长抓过来，是不是？"

"也有你这么一说，也有你这么一说，"鹿书香轻轻的点着头。"可是有一样，我要就了副局长，空筒子的副局长，你可就完了。你想呀，有比犬棱还硬的人立在正局长背后，还有咱们荐人的份儿？我挂上个名，把你甩了，何苦呢！我闲也还闲得起，所以不肯闲着的原因，一来是我愿意提拔一些亲友，造成咱们自己的势力，为咱们的晚辈设想，咱们自己不能不多受点累。二来是我有东洋朋友，我知道东洋的事，这点知识与经验不应当随便扔弃了。妒恨我的也许叫我卖国贼，其实我是拿着自己的真本领去给人民作点事，况且东洋人的办法并不像大家所说的那么可恶，人家的确是有高明人；老实不客气的说，我愿意和东洋人合作；卖国贼？盖棺论定，各凭良心吧！"他闭上眼，缓了一口气。"往回说吧，你要是教我去作副局长，而且一点不抱怨我不帮忙你，我就去；你若是不谅解我呢，吹，我情愿得罪了犬棱，把事推了！怎样？"

郝凤鸣的气不打一处来。倒退——不用多了——十年，他一定会对着鹿书香的脸，呐喊一声卖国贼。现在，他喊不出来。现在，他只知道为生活而生活着；他，他的太太，都短着许多许多的东西；没有这些东西，生活就感到贫窭，难堪，毫无乐趣。比如说，夫妇们商议了多少日子了，始终也没能买上一辆小汽车；没有这辆小汽车，生活受着多么大的限制，几乎哪里也不敢去，一天的时间倒被人力车白白费去一半！为这辆小汽车，为其他好些个必需的东西，使生活丰富的东西，他不能喊卖国贼；他现在知道了生命的意义，认识了生活的趣味；少年时一切理想都是空的，现在也只知道多挣钱，去丰富生命。可是受了骗，受了大舅子的骗，他不能忍受，他喊不出卖国贼这三个字，可是也不甘心老老实实的被大舅子这么玩弄。

他恨自己，为什么当初要上英国去读书，而不到东洋去。看不起东洋留学生是真的，可是事实是事实，现在东洋留学生都长了行市，他自己落了价。假若他会说日语，假若他有东洋朋友，就凭鹿书香？哼，他也配！

不，不能恨自己。到底英国留学生是英国留学生；设若鹿书香到过英国，也许还不会坏到这个地步！况且，政治与外交是变化多端的，今年东洋派抬头，焉知明年不该留欧的走运呢？是的，真要讲亡国的话，似乎亡在英国人手里还比较的好一些。想到这里，郝凤鸣的气消了一些，彷佛国家亡在英人手里是非常的有把握，而自己一口气就阔起来，压倒鹿书香，压倒整个的东洋派，买上汽车，及一切需要的东西，是必能作到的。

气消了一些，他想要大仁大义的劝鹿书香就职，自己情愿退后，以后再也不和大舅子合作；好说好散，贞头曼！

他刚要开口，电话铃响了。本不想去接，可是就这么把刚才那一场打断，也好，省得再说什么。他拿下耳机来："什么局长？方？等等。"一手捂住口机，"大概是新局长，姓方。"

鹿书香极快的立起来："难道是方佐华？"接过电话机来："喂，方局长吗？"声音非常的温柔好听，眼睛像下小雨似的眨巴着。"啊？什么？"声音高了些，不甚好听了。"呕，局长派我预备就职礼，派——我；嗯，晓得！"猛的把耳机挂上了。"你怎么不问明白了！什么东西，一个不三不四的小职员敢给我打电话，还外带着说局长派我，派——我！"他深深的噎了一口气。

"有事没事？"郝凤鸣整着脸问，"没事，我可要走啦；没工夫在这儿看电话！"

鹿书香彷佛没有听见，只顾说他自己的："哼，说不定教我预备就职典礼就是瞧我一手儿呢！厉害！挤我！我还是干定了，凤鸣你说对了，给他们个苦腻！"说完，向郝凤鸣笑了笑。

"预备个会场，还不就是摆几把椅子的事？"郝凤鸣顺口答音的问了句，不希望得到什么回答，他想回家，回家和韵香一同骂书香去。

"我说你不行，你老不信，坐下，不忙，回头我用车送你去。"看郝凤鸣又坐下，他闭了会儿眼才说："光预备几把椅子可不行！不行！挂国旗与否，挂遗嘱与否，都成问题！挂呢，"右手的中指搬住左手的大指，"显出我倾向政府。犬棱们都是细心的人。况且，即使他们没留神，方佐华们会偷偷的指点给他们。不挂呢，"中指点了点食指，"方佐华会借题发挥，向政府把我刷下来，先剪去我在政府方面的势力。你看，这不是很有些文章吗？"

郝凤鸣点了点头，他承认了自己的不行。不错，这几年来，他已经把少年时的理想与热气扫除了十之八九，可是到底他还是太直爽简单。他"是"得和鹿书香学学，即使得不到什么实际的利益，学些招数也是极可宝贵的。

"现在的年月，作事好不容易！"鹿书香一半是叹悔自己这次的失败，一半是——比起郝凤鸣来——赞美自己的精明。"我们这是闲谈，闲谈。你看，现在的困难是，人才太多，咱们这边和东洋那边都是人多于事。于是，一人一个主意，谁都设法不教自己的主意落了空。主意老在那儿变动。结果弄成谁胳臂粗谁得势，土地局是咱们的主意，临完教别人把饭锅端了去。我先前还力争非成厅不可，哼，真要是被人家现成的把厅长端去，笑话才更大呢！我看出来了，我们的主意越多，东洋人的心也就越乱，他们的心一乱，咱们可就抓不着了头。你说是不是？为今之计，咱们还得打好主意。只要有主意，不管多么离奇，总会打动东洋人——他们心细，不肯轻易放过一个意见；再加上他们人多，咱们说不动甲，还可以献计给乙，总会碰到个愿意采纳的。有一个点头的，事情就有门儿。凤鸣，别灰心，想好主意。你想出来，我去作；一旦把正局长夺回来，你知道我不会白了你。我敢起誓！"

"上回你也起了誓！"郝凤鸣横着来了一句。

"别，别，咱俩不过这个！"鹿书香把对方的横劲儿往竖里扯。"你知道我是副局长，你也知道副局长毫无实权，何苦呢！先别捣乱，想高明的，想！只要你说出这道儿，我就去，我不怕跑腿；这回干脆不找犬棱，另起炉灶，找沈（沉）重的往下硬压。我们本愿规规矩矩的作，不过别人既是乱抄家伙，我们还能按规矩作吗？先别气馁，人家乱，咱们也跟着乱就是了，这就叫作时势造英雄！我就去就副局长的职，也尝尝闲职什么味儿。假若有好主意的话。也许由副而正，也许一高兴另来个机关玩玩。反正你我的学问本领不能随便弃而不用，那么何不多跑几步路呢？"

"我要是给你一个主意，你给我什么？"郝凤鸣笑着，可是笑得僵不吃的。"这回我不要空头支票，得说实在的。比如说，韵香早就跟我要辆小汽车……"

"只要你肯告诉我，灵验了以后，准有你的汽车。我并非没有主意，不过是愿意多搜集一些。谁知道哪一个会响了呢。"

"一言为定？我回去就告诉她！你知道姑奶奶是不好惹的？"

"晓得呀，还用你说！"

"你听这个怎样，"郝凤鸣的圆眼睛露出点淘气的神气，"掘墓行不行？"

"什么？"

"有系统的挖坟，"郝凤鸣笑了，承认这是故意的开玩笑。

"有你这么一说，"鹿书香的神气可是非常的郑重，"有你这么一说！你怎么想起来的？是不是因为土地局而联想到坟墓？"

"不是快到阴历十月一了？"郝凤鸣把笑意收起去，倒觉得有点不大好意思了。"想起上坟烧纸，也就想起盗墓来，报纸上不是常登着这种事儿？"

"你倒别说，这确是个主意！"鹿书香立起来，伸出右手，彷佛是要接过点什么东西来似的。"这个主意你给我了？"

"送给你了；灵验之后，跟你要辆汽车！不过，我想不起这个主意能有什么用处。就是真去实行，也似乎太缺德，是不是？"郝凤鸣似乎有点后悔。

"可惜你这个西洋留学生！"鹿书香笑着坐下了。"坟地早就都该平了！民食不足，而教坟墓空占着那么多地方，岂不是愚蠢？我告诉你，我先找几个人去调查一下，大概的哪怕先把一县的地亩与坟地的比例弄出来呢，报上去，必足以打动东洋人，他们想开发华北，这也是一宗事业，只须把坟平了，平白的就添出多少地亩，是种棉，种豆，或是种鸦片，谁管它种什么呢，反正地多出产才能多！这是一招。假如他们愿意，当然愿意，咱们就有第二招：既然要平坟，就何不一打两用，把坟里埋着的好东西就手儿掘出来？这可又得先调查一下，大概的能先把一县的富家的茔地调查清了，一报上去就得教他们红眼。怎么说呢，平坟种地需要时间，就地抠饼够多么现成？真要是一县里挖出几万来，先不用往多里说，算算看，一省该有多少？况且还许挖出些件无价之宝来呢？哼！我简直可以保险，平坟的主意假若不被采纳，拣着古坟先掘几处一定能行！说不定，因此咱们还许另弄个机关——譬如古物之类的玩艺——专办这件事呢！你要知道，东洋人这二年来的开发计画，都得先投资而后慢慢的得利；咱们这一招是开门见山，手到擒来！就是大爵儿们不屑于办，咱们会拉那些打快杵子的，这不比走私省事？行，凤鸣！你的汽车十之八九算是妥当了！"

"可是，你要真能弄成个机关，别光弄辆破汽车搪塞我；你的会长，我至少得来个科长！"郝凤鸣非常的后悔把这么好的主意随便的卖出去。

"你放心吧，白不了你！只要你肯用脑子，肯把好主意告诉我，地位金钱没问题！谁教咱们赶上这个乱世呢，咱们得老别教脑子闲着，腿闲着。只要不怕受累，话又往回来说，乱世正是给我们预备的，乱世才出英雄！"

郝凤鸣郑重的点了点头，东西两位留学生感到合作的必要，而前途有无限的光明！

---

[1] 一马司，日语：います。无法直译，作为敬语时句末结尾用的。

[2] 贞头曼，英语：gentleman，指先生。用于一般场合、不指具体某个人的情况。

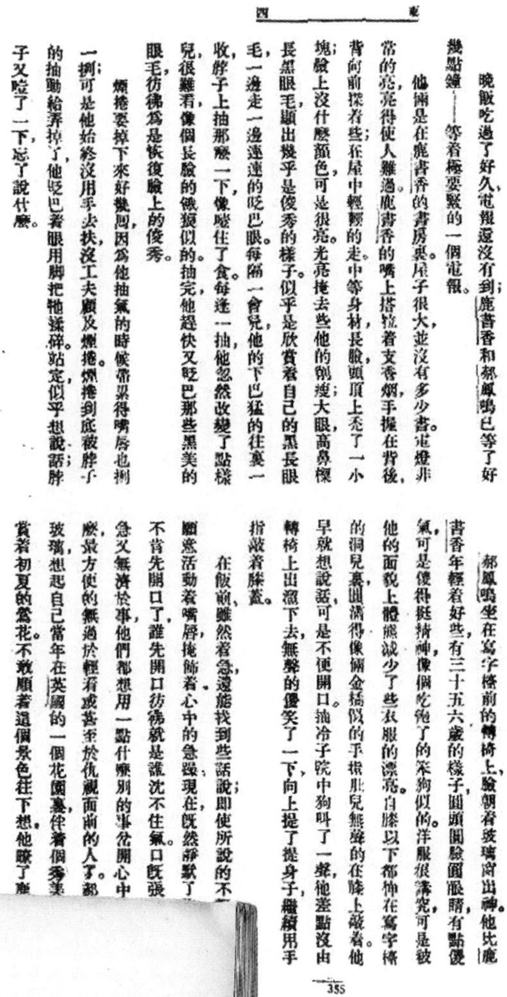

東西

老舍

晚飯吃過了好久，電報還沒有到；鹿書香和郝鳳鳴已等了好幾點鐘——等着極要緊的一個電報。

他倆是在鹿書香的書房裏；屋子很大，並沒有多少書。電燈非常的亮，亮得使人難過。鹿書香的嘴上搭拉着支香煙，手握在背後，背向前探着些，在屋中輕輕的走。中等身材，長臉，頭頂上禿了一小塊；臉上沒什麼顏色，可是很亮，光亮掩去些他的削瘦。大眼，高鼻樑，長黑眼毛，顯出幾乎是傻秀的樣子，似乎是欣賞着自己的黑長眼毛，一邊走一邊連連的眨巴眼。每隔一會兒，他的下巴猛的往裏一收，脖子上抽那麼一下，像噎住了食。每逢一抽，他忽然改變了點樣兒，很難看，像個長臉的鐵猴似的。抽完，他趕快又眨巴那些黑美的眼毛，彷彿爲是恢復臉上的俊秀。

煙捲要掉下來好幾回，因爲他抽氣的時候常累得嘴唇也抽一掣；可是他始終沒用手去扶，沒工夫顧及煙捲。煙捲到底被脖子的抽動給弄掉了，他眨巴着眼用腳把牠蹍碎，站定，似乎想說話；脖子又噎了一下，忘了說什麼。

郝鳳鳴坐在寫字檯前的轉椅上，臉朝着玻璃窗出神。他比鹿書香年輕着好些，有三十五六歲的樣子，圓頭圓臉圓眼睛，有點傻氣，可是使得挺精神，像個吃飽了的笨狗似的。洋服很講究，可是被他的面貌上體態減少了些衣服的漂亮。自膝以下都伸在寫字檯的洞兒裏，圓滿得像倆金橘似的手指肚兒無聲的在膝上敲着。他早就想說話，可是不便開口。抽冷子院中狗叫了一聲，他差點沒由轉椅上出溜下去，無聲的傻笑了一下，向上提了提身子，繼續用手指敲着膝蓋。

在飯前，雖然着急，還能找到些話說；即使所說的不

腦，還活動着嘴唇，掩飾着心中的急躁。現在，既然靜默了

不肯先開口了，誰先開口彷彿就是誰沉不住氣。口既張

急又無濟於事，他們都想用一點什麼別的事岔開心中

麼，最方便的無過於輕看或甚至於仇視面前的人了。郝

玻璃，想起自己當年在英國的一個花園裏，伴着個秀美

賞着初夏的鶯花。不敢順着這個景色往下想，他瞭了鹿

355

《东西》原发表页

1937年2月1日

《文学》第8卷第2号

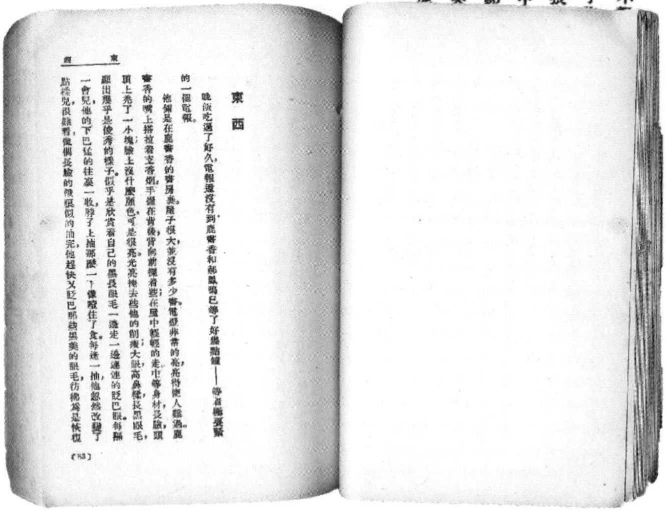

《东西》首页

上海杂志公司

1939年初版，1946年再版

我这一辈子

穷人的命——并不像那些施舍稀粥的慈善家所想的——不是几碗粥所能救活了的；有粥吃，不过多受几天罪罢了，早晚还是死。我的履历就跟这样的粥差不多，它只能帮助我找上个小事，教我多受几天罪；我还得去当巡警。除了说我当巡警，我还真没法介绍自己呢！它我就像颗不体面的痣或瘤子，永远跟着我。我懒得说当过巡警，懒得再去当巡警，可是不说不当，还真连碗饭也吃不上，多么可恶呢！

本篇原载1937年7月1日《文学》第9卷第1号。初收《火车集》，上海杂志公司1939年8月出版。1947年1月，惠群出版社出版单行本。

作品完成于1937年夏，可视为老舍青岛"黄金时代"文学创作的压轴之作。与《骆驼祥子》一样，再度呈现了小人物的大悲剧。写的是一个旧时代普通巡警的坎坷一生，以第一人称叙述，"我"是一个正直的人，很要强，帅气精明，怀有美好梦想。"我"娶了老婆，有了孩子，可后来，老婆突然跟着别人私奔了，抛下"我"和两个没长大的孩子。在巨大的耻辱和痛苦中，"我"不敢见太阳，世界一片漆黑。缓过劲来，另觅生计，"我"去当了巡警，不偷懒，也不怕苦，勤勤恳恳、任劳任怨地做事，被提拔为巡长，满以为有希望再高升一步，可不久后就被新来的局长给无端地裁掉了。"我"丢了职，又去煤矿谋了份新差事，但很快就被别人给顶了，解雇"我"的理由是办事过于认真。再往后，又到盐务缉私队当差，也不像以前那么老实了，学会了收私钱，提醒自己"别再为良心而坏了事；良心在这年月并不值钱"。这当口，得了孙子，可是儿子却因舍不得花钱治病而死了。于是，"我"去东北为儿子运灵，等运回来，已身无分文。"我"刚五十岁就失业了，为了"给小孩子找点粥吃"，又干起了苦力，很累很苦，仿佛已经摸到了死亡。这就是一个卑微小人物的故事，无论怎样努力挣扎，都无法改变命运，多灾多难之后，最后终于看清了这是一个不公平的世界，好人得不到好报，连糊口都很艰难，遑论梦想了。这既是一个普通人在不公平的社会中的受苦过程，亦是历史与灵魂的冲撞过程，光影交错，弥漫着诙谐中的沉重和幽默中的悲凉，在笑声中体味生活的沉重，在哀伤、落魄与义愤的交织中诉说着生活的故事，触及了诸多发人深省的社会问题。小说浓缩了作者丰富的人生感慨、社会思考和人性探索。艺术风格纯熟，带有浓郁的京味，以忽明忽暗、浓淡相间的色调展开人世沧桑，在小人物的命运中展开了一部阔大的风俗画卷。手法基本上是自然主义的，在大巧大拙之间塑造着人物形象，语调平缓，善于用平凡场景中的小镜头来映现生活的无常与荒谬，表现个人在时代变幻中的沉浮与无助，形成个人命运、社会现实与文化风貌的交织。可以说，这是老舍作品中看似平淡而不失神奇的一部。

我这一辈子

一

我幼年读过书，虽然不多，可是足够读七侠五义[1]与三国志演义[2]什么的。我记得好几段聊斋[3]，到如今还能说得很齐全动听，不但听的人都夸奖我的记性好，连我自己也觉得应该高兴。可是，我并念不懂聊斋的原文，那太深了；我所记得的几段，都是由小报上的"评讲聊斋"念来的——把原文变成白话，又添上些逗哏打趣，实在有个意思！

我的字写得也不坏。拿我的字和老年间衙门里的公文比一比，论个儿的匀适，墨色的光润，与行列的齐整，我实在相信我可以作个很好的"笔帖式"[4]。自然我不敢高攀，说我有写奏折的本领，可是眼前的通常公文是准保能写到好处的。

凭我认字与写字的本事，我本该去当差。当差虽不见得一定能增光耀祖，但是至少也比作别的事更体面些。况且呢，差事不管大小，多少总有个升腾。我看见不止一位了，官职很大，可是那笔字还不如我的好呢，连句整话都说不出来。这样的人既能作高官，我怎么不能呢？

可是，当我十五岁的时候，家里教我去学徒。五行八作，行行出状元，学手艺原不是什么低搭的事；不过比较当差稍差点劲儿罢了。学手艺，一辈子逃不出手艺人去，即使能大发财源，也高不过大官儿不是？可是我并没和家里闹别扭，就去学徒了；十五岁的人，自然没有多少主意。况且家里老人还说，学满了艺，能挣上钱，就给我说亲事。在当时，我想像着结婚必是件有趣的事。那么，吃上二三年的苦，而后大人似的去耍手艺挣钱，家里再有个小媳妇，大概也很下得去了。

我学的是裱糊匠。在那太平年月，裱糊匠是不愁没饭吃的。那时候，死一个人不像现在这么省事。这可并不是说，老年间的人要翻来覆去的死好几回，不干脆的一下子断了气。我是说，那时候死人，丧家要拚命的花钱，一点不惜力气与金钱的讲排场。就拿与冥衣铺有关系的事来说吧，就得花上老些个钱。人一断气，马上就得去糊"倒头车"——现在，连这个名词儿也许有好多人不晓得了。紧跟着便是"接三"，必定有些烧活：车轿骡马，墩箱灵人，引魂幡，灵花等等。要是害月子病死的，还必须另糊一头牛，和一个鸡罩。赶到"一七"念经，又得糊楼库，金山银山，尺头元宝，四季衣服，四季花草，古玩陈设，各样木器。及至出殡，纸亭纸架之外，还有许多烧活，至不济也得弄一对"童儿"举着。"五七"烧伞，六十天糊船桥。一个死人到六十天后才和我们裱糊匠脱离关系。一年之中，死那么十来个有钱的人，我们便有了吃喝。

裱糊匠并不专伺候死人，我们也伺候神仙。早年间的神仙不像如今晚儿的这样寒蠢，就拿关老爷说吧，早年间每到六月廿四，人们必给他糊黄幡宝盖，马童马匹，和七星大旗什么的。现在，几乎没有人再惦记着关公了！遇上闹"天花"，我们又得为娘娘们忙一阵。九位娘娘得糊九顶轿子，红马黄马各一匹，九份凤冠霞帔，还得预备痘哥哥痘姐姐们的袍带靴帽，和各样执事。如今，医院都施种牛痘，娘娘们无事可作，裱糊匠也就陪着她们闲起来了。此外还有许许多多的"还愿"的事，都要糊点什么东西，可是也都随着破除迷信没人再提了。年头真是变了啊！

除了伺候神与鬼外，我们这行自然也为活人作些事。这叫作"白活"，就是给人家糊顶棚。早年间没有洋房，每遇到搬家，娶媳妇，或别项喜事，总要把房间糊得四白落地，好显出焕然一新的气象。那大富之家，连春秋两季糊窗子也雇用我们。人是一天穷似一天了，搬家不一定糊棚顶，而那些有钱的呢，房子改为洋式的，棚顶抹灰，一劳永逸；窗子改成玻璃的，也用不着再糊上纸或纱。什么都是洋式好，耍手艺的可就没了饭吃。我们自己也不是不努力呀，洋车时行，我们就照样糊洋车；汽车时行，我们就糊汽车，我们知道改良。可是，有几家死了人来糊一辆洋车或汽车呢？年头一旦大改良起来，我们的小改良全算白饶，水大漫不过鸭子去，有什么法儿呢！

二

上面交代过了：我若是始终仗着那份儿手艺吃饭，恐怕就早已饿死了。不过，这点本事虽不能永远有用，可是三年的学艺并非没有很大的好处，这点好处教我一辈子享用不尽。我可以撂下家伙，干别的营生去；这点好处可是老跟着我。就是我死后，有人谈到我的为人如何，他们也必须要记得我少年曾学过三年徒。

学徒的意思是一半学手艺，一半学规矩。在初到铺子去的时候，不论是谁也得害怕，铺中的规矩就是委屈。当徒弟的得晚睡早起，得听一切人的指挥与使遣，得低三下四的伺候人，饥寒劳苦都得高高兴兴的受着，有眼泪往肚子里咽。像我学艺的所在，铺子也就是掌柜的家；受了师傅的，还得受师母的，夹板儿气！能挺过这么三年，顶倔强的人也得软了，顶软和的人也得硬了；我简直的可以这么说，一个学徒的脾性不是天生带来的，而是被板子打出来的；像打铁一样，要打什么东西便成什么东西。

在当时正挨打受气的那一会儿，我真想去寻死，那种气简直不是人所受得住的！但是，现在想起来，这种规矩与调教实在值金子。受过这种排练，天下便没有什么受不了的事啦。随便提一样吧，比方说教我去当兵，好哇，我可以作个满好的兵。军队的操演有时有会儿，而学徒们是除了睡觉没有任何休息时间的。我抓着工夫去出恭，一边蹲着一边就能打个盹儿，因为遇上赶夜活的时候，我一天一夜只能睡上三四点钟的觉。我能一口吞下去一顿饭，刚端起饭碗，不是师傅喊，就是师娘叫，要不然便是有照顾主儿来定活，我得恭而敬之的招待，并且细心听着师傅怎样论活讨价钱。不把饭整吞下去怎办呢？这种排练教我遇到什么苦处都能硬挺，外带着还是挺和气。读书的人，据我这粗人看，永远不会懂得这个。现在的洋学堂里开运动会，学生跑上两个圈就仿佛有了汗马功劳一般，喝！又是搀着，又是抱着，往大腿上拍火酒，还闹脾气，还坐汽车！这样的公子哥儿哪懂得什么叫作规矩，哪叫排练呢？话往回来说，我所受的苦处给我打下了作事忍劳忍怨的底子，我永远不肯闲着，作起活来永不晓得闹脾气，耍别扭，我能和大兵们一样受苦，而大兵们不能像我这么和气。

再拿件实事来证明这个吧：在我学成出师以后，我和别的耍手艺的一样，为表明自己是凭本事挣钱的人，第一我先买了根烟袋，只要一闲着便捻上一袋吧唧着，仿佛很有身分，慢慢的，我又学会了喝酒，时常弄两盅猫尿哑着嘴儿抿几口。嗜好就怕开了头，会了一样就不难学第二样，反正都是个玩艺吧咧。这可也就出了毛病。我爱烟爱酒，原本不算什么出奇的事，大家伙儿都差不多是这样。可是，我一来二去的学会了吃大烟。那个年月，鸦片烟不犯私，非常的便宜；我先是吸着玩，后来可就上了瘾。不久，我便觉出手紧来了，作事也不似先前那么上劲了。我并没等谁劝告我，不但戒了大烟，而且把汉（旱）烟袋也撅了，从此烟酒不动！我入了"理门"[5]。入理门，烟酒都不准动；一旦破戒，必走背运。所以我不但戒了嗜好，而且入了理门；背运在那儿等着我，我怎肯再犯戒呢？这点心胸与硬气，如今想起来，还是由学徒得来的。多大的苦处我都能忍受。初一戒烟戒酒，看着别人吸，别人饮，多么难过呢！心里真像有一千条小虫爬扰那么痒痒触触的难过。但是我不能破戒，怕走背运。其实背运不背运的，都是日后的事，眼前的罪过可是真不好受呀！硬挺，只有硬挺才能成功，怕走背运还在其次。我居然挺过来了，因为我学过徒，受过排练呀！

提到我的手艺来，我也觉得学徒三年的光阴并没白费了。凡是一门手艺，都得随时改良，方法是死的，运用可是活的。卅年前的瓦匠，讲究会磨砖对缝，作细工儿活；现在，他得会用洋灰和包镶人造石什么的。卅年前的木匠，讲究会雕花刻木，现在得会造洋式木器。我们这行也如此，不过比别的行业更活动。我们这行讲究看见什么就能糊什么。比方说，人家落了丧事，教我们糊一桌全席，我们就能糊出鸡鸭鱼肉来。赶上人家死了未出阁的姑娘，教我们糊一全份嫁妆，不管是四十八抬，还是卅二抬，我们便能由粉罐油瓶一直糊到衣橱穿衣镜。眼睛一看，手就能模仿下来，这是我们的本事。我们的本事不大，可是得有点聪明，一个心窟窿的人绝不会成个好裱糊匠。

这样，我们作活，一边工作也一边游戏，彷彿是。我们的成败全仗着怎么把各色的纸调动的合适，这是耍心路的事儿。以我自己说，我有点小聪明。在学徒时候所挨的打，很少是为学不上活来，而多半是因为我有聪明而好调皮不听话。我的聪明也许一点也显露不出来，假若我是去学打铁，或是拉大锯——老那么打，老那么拉，一点变动没有。幸而我学了裱糊匠，把基本的技能学会了以后，我便开始自出花样，怎么灵巧逼真我怎么作。有时候我白费了许多工夫与材料，而作不出我所想到的东西，可是这更教我加紧的去揣摸，去调动，非把它作成不可。这个，真是个好习惯。有聪明，而且知道用聪明，我必须感谢这三年的学艺，在这三年里养成了我会用自己的聪明的习惯。诚然，我一辈子没作过大事，但是无论什么事，只要是平常人能作的，我一瞧就能明白个五六成。我会砌墙，栽树，修理钟表，看皮货的真假，合婚择日，知道五行八作的行话上诀窍……这些，我都没学过，只凭我的眼去看，我的手去试验；我有勤苦耐劳与多看多学的习惯；这个习惯是在冥衣铺学徒三年养成的。到如今我才明白过来——我已是快饿死的人了！——假若我多读上几年书，只抱着书本死啃，像那些秀才与学堂毕业的人们那样，我也许一辈子就糊糊涂涂的下去，而什么也不晓得呢！裱糊的手艺没有给我带来官职和财产，可是它让我活得很有趣；穷，但是有趣，有点人味儿。

刚廿多岁，我就成为亲友中的重要人物了。不因为我有钱与身分，而是因为我办事细心，不辞劳苦。自从出了师，我每天在街口的茶馆里等着同行的来约请帮忙。我成了街面上的人，年轻，利落，懂得场面。有人来约，我便去作活；没人来约，我也闲不住：亲友家许许多多的事都托咐我给办，我甚至于刚结过婚便给别人家作媒了。

给别人帮忙就等于消遣。我需要一些消遣。为什么呢？前面我已说过：我们这行有两种活，烧活和白活。作烧活是有趣而干净的，白活可就不然了。糊顶棚自然得先把旧纸撕下来，这可真够受的。没作过的人万也想不到顶棚上会能有那么多尘土，而且是日积月累攒下来的，比什么土都干、细，钻鼻子，撕完三间屋子的棚，我们就都成了土鬼。及至扎好秫秸，糊新纸的时候，新银花纸的面子是又臭又挂鼻子。尘土与纸面子就能教人得痨病——现在叫作肺病。我不喜欢这种活儿。可是，在街口上等工作，有人来约就不能拒绝，有什么活得干什么活。应下这种活儿，我差不多老在下边裁纸递纸抹浆糊，为的是可以不必上"交手"，而且可以低着头干活儿，少吃点土。就是这样，我也得弄一身灰，我的鼻子也得像烟筒。作完这么几天活，我愿意作点别的，变换变换。那么，有亲友托我办点什么，我是很乐意帮忙的。

再说呢，作烧活吧，作白活吧，这种工作老与人们的喜事或丧事有关系。熟人们找我定活，也往往就手儿托我去讲别项的事，如婚丧事的搭棚，讲执事，雇厨子，定车马等等。我在这些事儿中渐渐找出乐趣，晓得如何能捏住巧处，给亲友们既办得漂亮，又省些钱，不能窝窝囊囊的被人捉了"大头"。我在办这些事儿的时候。得到许多经验，明白了许多人情，久而久之，我成了个很精明的人，虽然还不到卅岁。

三

由前面所说过的去推测，谁也能看出来，我不能老靠着裱糊的手艺挣饭吃。像逛庙会忽然遇上雨似的，年头一变，大家就得往四散里跑。在我这一辈子里，我彷佛是走着下坡路，收不住脚。心里越盼着天下太平，身子越往下出溜。这次的变动，不使人缓气，一变好像就要变到底。这简直不是变动，而是一阵狂风，把人糊糊涂涂的刮得不知上哪里去了。在我小时候发财的行当与事情，许多许多都忽然走到绝处，永远不再见面，彷佛掉在了大海里头似的。裱糊这一行虽然到如今还阴死巴活的始终没完全断了气，可是大概也不会再有抬头的一日了。我老早的就看出这个来。在那太平的年月，假若我愿意的话，我满可以开个小铺，收两个徒弟，安安顿顿的混两顿饭吃。幸而我没那么办。一年得不到一笔大活，只仗着糊一辆车或两间屋子的顶棚什么的，怎能吃饭呢？睁开眼看看，这十几年了，可有过一笔体面的活？我得改行，我算是猜对了。

不过，这还不是我忽然改了行的唯一的原因。年头儿的改变不是个人所能抵抗的，胳臂扭不过大腿去，跟年头儿叫死劲简直是自己找彆（别）扭。可是，个人独有的事往往来得更厉害，它能马上教人疯了。去投河觅井都不算新奇，不用说把自己的行业放下，而去干些别的了。个人的事虽然很小，可是一加在个人身上便受不住；一个米粒很小，教蚂蚁去搬运便很费力气。个人的事也是如此。人活着是仗了一口气，多噜有点事儿，把这口气彆（憋）住，人就要抽风。人是多么小的玩艺儿呢！

我的精明与和气给我带来背运。乍一听这句话彷佛是不合情理，可是千真万确，一点儿不假，假若这要不落在我自己身上，我也许不大相信天下会有这宗事。它竟自找到了我；在当时，我差不多真成了个疯子。隔了这么二三十年，现在想起那回事儿来，我满可以微微一笑，彷佛想起一个故事来似的。现在我明白了个人的好处不必一定就有利于自己。一个人好，大家都好，这点好处才有用，正是如鱼得水。一个人好，而大家并不都好，个人的好处也许就是让他倒霉的祸根。精明和气有什么用呢！现在，我悟过这点理儿来，想起那件事不过点点头，笑一笑罢了。在当时，我可真有点咽不下去那口气。那时候我还很年轻啊。

哪个年轻的人不爱漂亮呢？在我年轻的时候，给人家行人情或办点事，我的打扮与气派教谁也不敢说我是个手艺人。在早年间，皮货很贵，而且不准乱穿。如今晚的人，今天得了马票或奖券，明天就可以穿上狐皮大衣，不管是个十五岁的孩子还是二十岁还没刮过脸的小伙子。早年间可不行，年纪身分决定个人的服装打扮。那年月，在马褂或坎肩上安上一条灰鼠领子就彷佛是很漂亮阔气。我老安着这么条领子，马褂上坎肩也都是青大缎的——那时候的缎子也不怎么那样结实，一件马褂至少也可以穿上十来年。在给人家糊棚的时候，我是个土鬼；回到家中一梳洗打扮，我立刻变成个漂亮小伙子。我不喜欢那个土鬼，所以更爱这个漂亮的青年。我的辫子又黑又长，脑门剃得增光青亮，穿上带灰鼠领子的缎子坎肩，我的确像个"人儿"！

一个漂亮小伙子所最怕的恐怕就是娶个丑八怪似的老婆吧。我早已有意无意的向老人们透了个口话：不娶倒没什么，要娶就得来个够样儿的。那时候，自然还不时行自由婚，可是已有男女两造对相对看的办法。要结婚的话，我得自己去相看，不能马马虎虎就凭媒人的花言巧语。

廿岁那年，我结了婚，我的妻比我小一岁。把她放在哪里，她也得算个俏式利落的小媳妇；在定婚以前，我亲眼相看的呀。她美不美，我不敢说，我说她俏式利落，因为这四个字就是我择妻的标准；她要是不够这四个字的格儿，当初我决不会点头。在这四个字里很可以见出我自己是怎样的人来。那时候，我年轻，漂亮，作事马（麻）利，所以我一定不能要个笨牛似的老婆。

这个婚姻不能说不是天配良缘。我俩都年轻，都利落，都个子不高；在亲友面前，我们像一对轻巧的陀螺似的，四面八方的转动，招得那年岁大些的人们眼中要笑出一朵花来。我俩竞争着去在大家面前显出个人的机警与口才，到处争强好胜，只为教人夸奖一声我们是一对最有出息的小夫妇。别人的夸奖增高了我俩彼此间的敬爱，颇有点英雄惜英雄，好汉爱好汉的劲儿。

我很快乐，说实话：我的老人没挣下什么财产，可是有一所儿房。我住着不用花租金的房子，院中有不少的树木，檐前挂着一对黄鸟。我呢，有手艺，有人缘，有个可心的年轻女人。不快乐不是自找彆（别）扭吗？

对于我的妻，我简直找不出什么毛病来。不错，有时候我觉得她有点太野；可是哪个利落的小媳妇不爽快呢？她爱说话，因为她会说；她不大躲避男人，因为这正是作媳妇所应享的利益，特别是刚出嫁而有些本事的小媳妇，她自然愿意把作姑娘时的腼腆收起一些，而大大方方的自居为"媳妇"。这点实在不能算作毛病。况且，她见了长辈又是那么亲热体贴，殷勤的伺候，那么她对年轻一点的人随便一些也正是理之当然；她是爽快大方，所以对于年老的正像对于年少的，都愿表示出亲热周到来。我没因为她爽快而责备她过。

她有了孕，作了母亲，她更好看了，也更大方了——我简直的不忍再用那个"野"字！世界上还有比怀孕的少妇更可怜，年轻的母亲更可爱的么？看她坐在门坎上，露着点胸，给小娃娃奶吃，我只能更爱她，而想不起责备她太不规矩。

到了廿四岁，我已有一儿一女。对于生儿养女，作丈夫的有什么功劳呢！赶上高兴，男子把娃娃抱起来，耍巴一回；其余的苦处全是女人的。我不是个糊涂人，不必等谁告诉我才能明白这个。真的，生小孩，养育小孩，男人有时候想去帮忙也归无用；不过，一个懂得点人事的人，自然该使作妻的更痛快一些，自由一些；欺侮孕妇或一个年轻的母亲，据我看，才真是混蛋呢！对于我的妻，自从有了小孩之后，我更放任了些；我认为这是当然的，合理的。

再一说呢，夫妇是树，儿女是花；有了花的树才能显出根儿深。一切猜忌，不放心，都应该减少，或者完全消灭；小孩子会把母亲拴得结结实实的。所以，即使我觉得她有点野——真不愿用这个臭字——我也不能不放心了，她是个母亲呀。

四

直到如今，我还是不能明白那到底是怎么一回事。

我所不能明白的事也就是当时教我差点儿疯了的事，我的妻跟人家跑了。

我再说一遍，到如今我还不能明白那到底是怎回事。我不是个固执的人，因为我久在街面上，懂得人情，知道怎样找出自己的长处与短处。但是，对于这件事，我把自己的短处都找遍了。也找不出应当受这种耻辱与惩罚的地方来。所以，我只能说我的聪明与和气给我带来祸患，因为我实在找不出别的道理来。

我有位师哥，这位师哥也就是我的仇人。街口上，人们都管他叫作黑子，我也就还这么叫他吧；不便道出他的真名实姓来，虽然他是我的仇人。"黑子"，由于他的脸不白；不但不白，而且黑得特别，所以才有这个外号。他的脸整像个早年间人们揉的铁球，黑，可是非常的亮；黑，可是光润；黑，可是油光水滑的可爱。当他喝下两盅酒，或发热的时候，脸上红起来，就好像落太阳时的一些黑云，黑里透出一些红光。至于他的五官，简直没有什么好看的地方，我比他漂亮多了。他的身量很高，可也不见得怎么魁梧，高大而懈懈松松的。他所以不至教人讨厌他，总而言之，都仗着那一张发亮的黑脸。

我跟他是很好的朋友。他既是我的师哥，又那么傻大黑粗的，即使我不喜爱他，我也不能无缘无故的怀疑他。我的那点聪明不是给我预备着去猜疑人的；反之，我知道我的眼睛里不容砂子，所以我因信任自己而信任别人。我以为我的朋友都不至于偷偷的对我掏坏招数。一旦我认定谁是个可交的人，我便真拿他当个朋友看待。对于我这个师哥，即使他有可猜疑的地方，我也得敬重他，招待他，因为无论怎样，他到底是我的师哥呀。同是一门儿学出来的手艺，又同在一个街口上混饭吃，有活没活，一天至少也得见几面；对这么熟的人，我怎能不拿他当作个好朋友呢？有活，我们一同去作活；没活，他总是到我家来吃饭喝茶，有时候也摸几把索儿胡玩——那时候"麻将"还不十分时兴。我和蔼，他也不客气；遇到什么就吃什么，遇到什么就喝什么，我一向不特别为他预备什么，他也永远不挑剔。他吃的很多，可是不懂得挑食。看他端着大碗，跟着我们吃热汤儿面什么的，真是个痛快的事。他吃得四脖子汗流，嘴里西啦胡噜的响，脸上越来越红，慢慢的成了个半红的大煤球似的；谁能说这样的人能存着什么坏心眼儿呢！

一来二去，我由大家的眼神看出来天下并不很太平。可是，我并没有怎么往心里搁这回事。假若我是个糊涂人，只有一个心眼，大概对这种事不会不听见风就是雨，马上闹个天昏地暗，也许立刻把事情弄个水落石出，也许是望风捕影而弄一鼻子灰。我的心眼多，决不肯这么糊涂瞎闹，我得平心静气的想一想。

先想我自己，想不出我有什么不对的地方来，即使我有许多毛病，反正至少我比师哥漂亮，聪明，更像个人儿。

再看师哥吧，他的长像，行为，财力，都不能教他为非作歹，他不是那种一见面就教女人动心的人。

最后，我详详细细的为我的年轻的妻子想一想：她跟了我已经四五年，我俩在一处不算不快乐。即使她的快乐是假装的，而愿意去跟个她真喜爱的人——这在早年间几乎是不能有的——大概黑子也绝不会是这个人吧？他跟我都是手艺人，他的身分一点不比我高。同样，他不比我阔，不比我漂亮，不比我年轻；那么，她贪图的是什么呢？想不出。就满打说她是受了他的引诱而迷了心，可是他用什么引诱她呢，是那张黑脸，那点本事，那身衣裳，腰里那几吊钱？笑话！哼，我要是有意的话吗，我倒满可以去引诱引诱女人；虽然钱不多，至少我有个样子。黑子有什么呢？再说，就是说她一时迷了心窍，分别不出好歹来，难道她就肯舍得那两个小孩吗？

　　我不能信大家的话，不能立时疏远了黑子，也不能傻子似的去盘问她。我全想过了，一点缝子没有，我只能慢慢的等着大家明白过来他们是多虑。即使他们不是凭空造谣，我也得慢慢的察看，不能无缘无故的把自己，把朋友，把妻子，都卷在黑土里边。有点聪明的人作事不能卤莽。

　　可是，不久，黑子和我的妻子都不见了。直到如今，我没再见过他俩。为什么她肯这么办呢？我非见着她，由她自己吐出实话，我不会明白。我自己的思想永远不够对付这件事的。

　　我真盼望能再见她一面，专为明白明白这件事。到如今我还是在个葫芦里。

　　当时我怎样难过，用不着我自己细说。谁也能想到，一个年轻漂亮的人，守着两个没了妈的小孩，在家里是怎样的难过；一个聪明规矩的人，最亲爱的妻子跟师哥跑了，在街面上是怎么难堪。同情我的人，有话说不出，不认识我的人，听到这件事，总不会责备我的师哥，而一直的管我叫"王八"。在咱们这讲孝弟忠信的社会里，人们很喜欢有个王八，好教大家有放手指头的准头。我的口闭上，我的牙咬住，我心中只有他们俩的影儿和一片血。不用教我见着他们，见着就是一刀，别的无须乎再说了。

　　在当时，我只想拚上这条命，才觉得有点人味儿。现在，事情过去这么多年了，我可以细细的想这件事在我这一辈子里的作用了。

　　我的嘴并没闲着，到处我打听黑子的消息。没用，他俩真像石沈（沉）大海一般。打听不着确实的消息，慢慢的我的怒气消散了一些；说也奇怪，怒气一消，我反倒可怜我的妻子。黑子不过是个手艺人，而这种手艺只能在京津一带大城里找到饭吃，乡间是不需要讲究的烧活的。那么，假若他俩是逃到远处去，他拿什么养活她呢？哼，假若他肯偷好朋友的妻子，难道他就不会把她卖掉么？这个恐惧时常在我心中绕来绕去。我真希望她忽然逃回来，告诉我她怎样上了当，受了苦处；假若她真跪在我的面前，我想我不会不收下她的，一个心爱的女人，永远是心爱的，不管她作了什么错事。她没有回来，没有消息，我恨她一会儿，又可怜她一会儿，胡思乱想，我有时候整夜的不能睡。

　　过了一年多，我的这种乱想又轻淡了许多。是的，我这一辈子也不能忘了她，可是我不再为她思索什么了。我承认了这是一段千真万确的事实，不必为它多费心思了。

　　我到底怎样了呢？这倒是我所要说的，因为这件我永远猜不透的事在我这一辈子里实在是件极大的事。这件事好像是在梦中丢失了我最亲爱的人，一睁眼，她真的跑得无影无踪了。这个梦没法儿明白，可是它的真确劲儿是谁也受不了的。作过这么个梦的人，就是没有成疯子，也得大大的改变；他是丢失了半个命呀！

五

最初，我连屋门也不肯出，我怕见那个又明又暖的太阳。

顶难堪的是头一次上街：抬着头大大方方的走吧，准有人说我天生来的不知羞耻。低着头走，便是自己招认了脊背发软。怎么着也不对。我可是问心无愧，没作过一点对不起人的事。

我破了戒，又吸烟喝酒了。什么背运不背运的，有什么再比丢了老婆更倒霉的呢？我不求人家可怜我，也犯不上成心对谁耍刺儿，我独自吸烟喝酒，把委屈放在心里好了。再没有比不测的祸患更能扫除了迷信的；以前，我对什么神仙都不敢得罪；现在，我什么也不信，连活佛也不信了。迷信，我咂摸出来，是盼望得点意外的好处；赶到过（遇）上意外的难处，你就什么也不盼望，自然也不迷信了。我把财神和灶王的龛——我亲手糊的——都烧了。亲友中很有些人说我成了二毛子的。什么二毛子三毛子的，我再不给谁磕头。人若是不可靠，神仙就更没准儿了。

我并没变成忧郁的人。这种事本来是可以把人愁死的，可是我没往死牛犄角里钻。我原是个活泼的人，好吧，我要打算活下去，就得别丢了我的活泼劲儿。不错，意外的大祸往往能忽然把一个人的习惯与脾气改变了；可是我决定要保持住我的活泼。我吸烟，喝酒，不再信神佛，不过都是些使我活泼的方法。不管我是真乐还是假乐，我乐！在我学艺的时候，我就会这一招，经过这次的变动，我更必须这样了。现在，我已快饿死了，我还是笑着，连我自己也说不清这是真的还是假的笑，反正我笑，多咱死了多咱我并上嘴。从那件事发生了以后，直到如今，我始终还是个有用的人，热心的人，可是我心中有了个空儿。这个空儿是那件不幸的事给我留下的，像墙上中了枪弹，老有个小窟窿似的。我有用，我热心，我爱给人家帮忙，但是不幸而事情没办到好处，或者想不到的扎手，我不着急，也不动气，因为我心中有个空儿。这个空儿会教我在极热心的时候冷静，极欢喜的时候有点悲哀，我的笑常常和泪碰在一处，而分不清哪个是哪个。

这些，都是我心里头的变动，我自己要是不说——自然连我自己也说不大完全——大概别人无从猜到。在我的生活上，也有了变动，这是人人能看到的。我改了行，不再当裱糊匠。我没脸再上街口去等生意，同行的人，认识我的，也必认识黑子；他们只须多看我几眼，我就没法再咽下饭去。在那报纸还不大时行的年月，人们的眼睛是比新闻还要厉害的。现在，离婚都可以上衙门去明说明讲，早年间男女的事儿可不能这么随便。我把同行中的朋友全放下了，连我的师傅师母都懒得去看，我彷佛是要由这个世界一脚跳到另一个世界去。这样，我觉得我才能独自把那桩事关在心里头。年头的改变教裱糊匠们的活路越来越狭，但是要不是那回事，我也不会改行改得这么快，这么干脆。放弃了手艺，没什么可惜；可是这么放弃了手艺，我也不会感谢"那"回事儿！不管怎说吧，我改了行，这是个显然的变动。

决定扔下手艺可不就是我准知道应该干什么去。我得去乱碰，像一只空船浮在水面上，浪头是它的指南针。在前面我已经说过，我认识字，还能抄抄写写，很够当个小差事的。再说呢，当差是个体面的事，我这丢了老婆的人若能当上差，不用说那必能把我的名誉恢复一些。现在想起来，这个想法真有点可笑；在当时我可是诚心的相信这是最高明的办法。"八"字还没有一撇儿，我觉得很高兴，彷佛我已经很有把握，既得到差事，又能恢复了名誉。我的头又抬得很高了。

哼！手艺是三年可以学成的；差事，也许要卅年才能得上吧！一个钉子跟着一个钉子，都预备着给我碰呢！我说我识字，哼！敢情有好些个能整本背书的人还挨饿呢。我说我会写字，敢情会写字的才不算出奇呢。我把自己看得太高了。可是，我又亲眼看见，那作着很大的官儿的，一天到晚山珍海味的吃着，连自己的姓都不大认得。那么，是不是我的学问又太大了，而超过了作官所需要的呢？我这个聪明人也没法儿不显着糊涂了。

慢慢的，我明白过来。原来差事不是给本事预备着的，想做官第一得有人。这简直没了我的事，不管我有多么大的本事。我自己是个手艺人，所认识的也是手艺人；我爸爸呢，又是个白丁，虽然是很有本事与品行的白丁。我上哪里去找差事当呢？

事情要是逼着一个人走上哪条道儿，他就非去不可，就像火车一样，轨道已摆好，照着走就是了，一出花样准得翻车！我也是如此。决定扔下了手艺，而得不到个差事，我又不能老这么闲着。好啦，我的面前已摆好了铁轨，只准上前，不许退后。

我当了巡警。

巡警和洋车是大城里头给苦人们安好的两条火车道。大字不识而什么手艺也没有的，只好去拉车。拉车不用什么本钱，肯出汗就能吃窝窝头。识几个字而好体面的，有手艺而挣不上饭的，只好去当巡警；别的先不提，挑巡警用不着多大的人情，而且一挑上先有身制服穿着，六块钱拿着；好歹是个差事。除了这条道，我简直无路可走。我既没混到必须拉车去的地步，又没有作高官的舅舅或姐丈，巡警正好不高不低，只要我肯，就能穿上一身铜钮子的制服。当兵比当巡警有起色，即使熬不上军官，至少能有抢劫些东西的机会。可是，我不能去当兵，我家中还有俩没娘的小孩呀。当兵要野，当巡警要文明；换句话说，当兵有发邪财的机会，当巡警是穷而文明一辈子；穷得要命，文明得稀松！

以后这五六十年的经验，我敢说这么一句：真会办事的人，到时候才说话，爱张罗办事的人——像我自己——没话也找话说。我的嘴老不肯闲着，对什么事我都有一片说词，对什么人我都想很恰当的给起个外号。我受了报应：第一件事，我丢了老婆，把我的嘴封起来一二年！第二件是我当了巡警。在我还没当上这个差事的时候，我管巡警们叫作"马路行走"，"避风阁大学士"和"臭脚巡"。这些无非都是说巡警们的差事只是站马路，无事忙，跑臭脚。哼！我自己当上"臭脚巡"了！生命简直就是自己和自己开玩笑，一点不假！我自己打了自己的嘴巴，可并不因为我作了什么缺德的事；至多也不过爱多说几句玩笑话罢了。在这里，我认识了生命的严肃，连句玩笑话都说不得的！好在，我心中有个空儿；我怎么叫别人"臭脚巡"，也照样叫自己。这在早年间叫作"抹稀泥"，现在的新名词应叫着什么，我还没能打听出来。

我没法不去当巡警，可是真觉得有点委屈。是呀，我没有什么出众的本事，但是论街面上的事，我敢说我比谁知道的也不少。巡警不是管街面上的事情吗？那么，请看看那些警官儿吧：有的连本地的话都说不上来，二加二是四还是五都得想半天。哼！他是官，我可是"招募警"；他的一双皮鞋够开我半年的饷！他什么经验与本事也没有，可是他作官。这样的官儿多了去啦！上哪儿讲理去呢？记得有位教官，头一天教我们操法的时候，忘了叫"立正"，而叫了"闸住"。用不着打听，这位大爷一定是拉洋车出身。有人情就行，今天你拉车，明天你姑父作了什么官儿，你就可以弄个教官当当；叫"闸住"也没关系，谁敢笑教官一声呢！这样的自然是不多，可是有这么一位教官，也就可以教人想到巡警的操法是怎么稀松二五眼了。内堂的功课自然绝不是这样教官所能担任的，因为至少得认识些个字才能"虎"得下来。我们的内堂的教官大概可以分为两种：一种是老人儿们，多数都有口鸦片烟瘾；他们要是能讲明白一样东西，就凭他们那点人情，大概早就作上大官儿了；唯其什么也讲不明白，所以才来作教官。另一种是年轻的小伙子们，讲的都是洋事，什么东洋巡警怎么样，什么法国违警律如何，彷佛我们都是洋鬼子。这种讲法有个好处，就是他们信口开河瞎扯，我们一边打盹一边听着，谁也不准知道东洋和法国是什么样儿，可不就随他的便说吧。我满可以编一套美国的事讲给大家听，可惜我不是教官罢了。这群年轻的小人们真懂外国事儿不懂，无从知道；反正我准知道他们一点中国事儿也不晓得。这两种教官的年纪上学问上都不同，可是他们有个相同的地方，就是他们都高不成低不就，所以对对付付的只能作教官。他们的人情真不小，可是本事太差，所以来教一群为六块洋钱而一声不敢出的巡警就最合适。

教官如此，别的警官也差不多是这样。想想：谁要是能去作一任知县或税局局长，谁肯来作警官呢？前面我已交代过了，当巡警是高不成低不就，不得已而为之。警官也是这样。这群人由上至下全是"狗熊耍扁担，混碗儿饭吃"。不过呢，巡警一天到晚在街面上，不论怎样抹稀泥，多少得能说会道，见机而作，把大事化小，小事化无；既不多给官面上惹麻烦，又让大家都过得去；真的吧假的吧，这总得算点本事。而作警官的呢，就连这点本事似乎也不必有。阎王好作，小鬼难当，诚然！

六

我再多说几句，或者就没人再说我太狂傲无知了。我说我觉得委屈，真是实话；请看吧：一月挣六块钱，这跟当仆人的一样，而没有仆人们那些"外找儿"；死挣六块钱，就凭这么个大人——腰板挺直，样子漂亮，年轻力壮，能说会道，还得识文断字！这一大堆资格，一共值六块钱！

六块钱饷粮，扣去三块半钱的伙食，还得扣去什么人情公议儿，净剩也就是两块上下钱吧。衣服自然是可以穿官发的，可是到休息的时候，谁肯还穿着制服回家呢；那么，不作不作也得有件大褂什么的。要是把钱作了大褂，一个月就算白混。再说，谁没有家呢？父母——呕，先别提父母吧！就说一夫一妻吧：至少得赁一间房，得有老婆的吃，喝，穿。就凭那两块大洋！谁也不许生病，不许生小孩，不许吸烟，不许吃点零碎东西；连这么着，月月还不够嚼谷！

我就不明白为什么肯有人把姑娘嫁给当巡警的，虽然我常给同事的做媒。当我一到女家提说的时候，人家总对我一撇嘴，虽不明说，但是意思很明显："哼！当巡警的！"可是我不怕这一撇嘴，因为十回倒有九回是撇完嘴而点了头。难道是世界上的姑娘太多了么？我不知道。

由哪面儿看，巡警都活该是鼓着腮帮子充胖子而教人哭不得笑不得的。穿起制服来，干净利落，又体面又威风，车马行人，打架吵嘴，都由他管着。他这是差事；可是他一月除了吃饭，净剩两块来钱。他自己也知道中气不足，可是不能不硬挺着腰板，到时候他得娶妻生子，还是仗着那两块来钱。提婚的时候，头一句是说："小人呀当差！"当差的底下还有什么呢？没人愿意细问，一问就糟到底。

是的，巡警们都知道自己怎样的委屈，可是风里雨里他得去巡街下夜，一点懒儿不敢偷；一偷懒就有被开除的危险；他委屈，可不敢抱怨，他劳苦，可不敢偷闲，他知道自己在这里混不出来什么，而不敢冒险搁下差事。这点差事扔了可惜，作着又没劲；这些人也就人儿似的先混过一天是一天，在没劲中要露出劲儿来，像打太极拳似的。

世上为什么应当有这种差事，和为什么有这样多肯作这种差事的人？我想不出来。假若下辈子我再托生为人，而且忘了喝迷魂汤，还记得这一辈子的事，我必定要扯着脖子去喊：这玩艺儿整个的是丢人，是欺骗，是杀人不流血！现在，我老了，快饿死了，连喊这么几句也顾不及了，我还得先为下顿的窝窝头着忙呀！

自然在我初当差的时候，我并没有一下子就把这些都看清楚了，谁也没有那么聪明。反之，一上手当差我倒觉出点高兴来：穿上整齐的制服，靴帽，的确我是漂亮精神，而且心里说：好吧歹吧，这是个差事；凭我的聪明与本事，不久我必有个升腾。我很留神看巡长巡官们制服上的铜星与金道，而想像着我将来也能那样。我一点也没想到那铜星与金道并不按着聪明与本事颁给人们呀。

新鲜劲儿刚一过去，我已经讨厌那身制服了。它不教任何人尊敬，而只能告诉人："臭脚巡"来了！拿制服的本身说，它也很讨厌：夏天它就像牛皮似的，把人闷得满身臭汗；冬天呢，它一点也不像牛皮了，而倒像是纸糊的；它不许谁在里边多穿一点衣服，只好任着狂风由胸口钻进来，由脊背钻出去，整打个穿堂！再看那双皮鞋，冬冷夏热，永远不教脚舒服一会儿；穿单袜的时候，它好像是两大篓子似的，脚指脚踵都在里边乱抓弄，而始终找不到鞋在那（哪）里；到穿棉袜的时候，它们忽然变得很紧，不许棉袜与脚一齐伸进去。有多少人因包办制服皮鞋而发了财，我不知道，我只知道我的脚永远烂着，夏天闹湿气，冬天闹冻疮。自然，烂脚也得照常的去巡街站岗，要不然就别挣那六块洋钱！多么热，或多么冷，别人都可以找地方去躲一躲，连洋车夫都可以自由的歇半天，巡警得去巡街，得去站岗，热死冻死都活该，那六块现大洋买着你的命呢！

记得在哪儿看见过这么一句：食不饱，力不足。不管这句在原地方讲的是什么吧，反正拿来形容巡警是没有多大错儿的。最可怜，又可笑的是我们既吃不饱，还得挺着劲儿，站在街上得像个样子！要饭的花子有时不饿也弯着腰，假充饿了三天三夜；反之，巡警却不饱也得鼓起肚皮，假装刚吃完三大碗鸡丝面似的。花子装饿倒有点道理，我可就是想不出巡警假装酒足饭饱有什么理由来，我只觉得这真可笑。

人们都不满意巡警的对付事，抹稀泥。哼！抹稀泥自有它的理由。不过，在细说这个道理之前，我愿先说件极可怕的事。有了这件可怕的事，我再返回头来细说那些理由，彷彿就更顺当，更生动。好！就这样办啦。

七

应当有月亮，可是教黑云给遮住了，处处都很黑。我正在个僻静的地方巡夜。我的鞋上钉着铁掌，那时候每个巡警又须带着一把东洋刀，四下里鸦雀无声，听着我自己的铁掌与佩刀的声响，我感到寂寞无聊，而且几乎有点害怕。眼前忽然跑过一只猫，或忽然听见一声鸟叫，都教我觉得不是味儿，勉强着挺起胸来，可是心中总空空虚虚的，彷佛将有些什么不幸的事情在前面等着我。不完全是害怕，又不完全气粗胆壮，就那么怪不得劲的，手心上出了点凉汗。平日，我很有点胆量，什么看守死尸，什么独自看管一所脏房，都算不了一回事。不知为什么这一晚上我这样胆虚，心里越要耻笑自己，便越觉得不定哪里藏着点危险。我不便放快了脚步，可是心中急切的希望快回去，回到那有灯光与朋友的地方去。

忽然，我听见一排枪！我立定了，胆子反倒壮起来一点；真正的危险似乎倒可以治好了胆虚，惊疑不定才是恐惧的根源。我听着，像夜行的马竖起耳朵那样。又一排枪，又一排枪！没声了，我等着，听着，静寂得难堪。像看见闪电而等着雷声那样，我的心跳得很快。拍，拍，拍，拍，四面八方都响起来了！

我的胆气又渐渐的往下低落了。一排枪，我壮起气来；枪声太多了，真遇到危险了；我是个人，人怕死；我忽然的跑起来，跑了几步，猛的又立住，听一听，枪声越来越密。看不见什么，四下漆黑，只有枪声，不知为什么，不知在哪里，黑暗里只有我一个人，听着远处的枪响。往哪里跑？到底是什么事？应当想一想，又顾不得想；胆大也没用，没有主意就不会有胆量。还是跑吧，糊涂的乱动，总比呆立哆嗦着强。我跑，狂跑，手紧紧的握住佩刀。像受了惊的猫狗，不必想也知道往家里跑。我已忘了我是巡警，我得先回家看看我那没娘的孩子去，要是死就死在一处！

要跑到家，我得穿过好几条大街。刚到了头一道大街，我就晓得不容易再跑了。街上黑黑忽忽的人影，跑得很快，随跑随着放枪。兵！我知道那是些辫子兵。而我才刚剪了发不多日子。我很后悔我没像别人那样把头发盘起去，而是连根儿烂真正剪去了辫子。假若我能马上放下辫子来，虽然这些兵们平素很讨厌巡警，可是因为我有辫子或者不至于把枪口冲着我来。在他们眼中，没有辫子便是二毛子，该杀。我没有了这么条宝贝！我不敢再动，只能藏在黑影里，看事行事。兵们在路上跑，一队跟着一队，枪声不停。我不晓得他们是干什么呢？待了一会儿，兵们好像是都过去了，我往外探了探头。见后面没有什么动静。我就像一只夜鸟儿似的飞过了马路，到了街的另一边。在这极快的穿过马路的一会儿里，我的眼梢撩着一点红光。十字街头起了火。我还藏在黑影里，不久，火光远远的照亮了一片；再探头往外看，我已可以影影抄抄的看到十字街口，所有四面把角的铺户已全烧起来，火影中那些兵们来回的奔跑，放着枪。我明白了，这是兵变。不久，火光更多了，一处接着一处，由光亮的距离我可以断定：凡是附近的十字口与丁字街全烧了起来。

说句该挨嘴巴的话，火是真好看！远处，漆黑的天上，忽然一白，紧跟着又黑了。忽然又一白，猛的冒起一个红团，有一块天像烧红的铁板，红得可怕。在红光里看见了多少股黑烟，和火舌们高低不齐的往上冒，一会儿烟遮住了火苗；一会儿火苗冲破了黑烟。黑烟滚着，转着，千变万化的往上升，凝成一片，罩住下面的火光，像浓雾掩住了夕阳。待一会儿，火光明亮了一些，烟也改成灰白色儿，纯净，旺炽，火苗不多，而光亮结成一片，照明了半个天。那近处的，烟与火中带着种种的响声，烟往高处起，火往四下里奔；烟像些丑恶的黑龙，火像些乱长乱钻的红铁笋。烟裹着火，火裹着烟，卷起多高，忽然离散，黑烟里落下无数的火花，或者三五个极大的火团。火花火团落下，烟像痛快轻松了一些，翻滚着向上冒。火团下降，在半空中遇到下面的火柱，又狂喜的往上跳跃，炸出无数火花。火团远落，遇到可以燃烧的东西，整个的再点起一把新火，新烟掩住旧火，一时变为黑暗；新火冲出了黑烟，与旧火联成一气，处处是火舌，火柱，飞舞，吐动，摇摆，颠狂。忽然花（哗）啦一声，一架房倒下去，火星，焦炭，尘土，白烟，一齐飞扬，火苗压在下面，一齐在底下往横里吐射，像千百条探头吐舌的火蛇。静寂，静寂，火蛇慢慢的，忍耐的，往上翻。绕到上边来，与高处的火接到一处，通明，纯亮，忽忽的响着，要把人的心全照亮了似的。

我看着，不，不但看着，我还闻着呢！在种种不同的味道里，我咂摸着：这是那个金匾黑字的绸缎庄，那是那个山西人开的油酒店。由这些味道，我认识了那些不同的火团，轻而高飞的一定是茶叶铺的，迟笨黑暗的一定是布店的。这些买卖都不是我的，可是我都认得，闻着它们火葬的气味，看着它们的火团起落，我说不上来心中怎样难过。

我看着，闻着，难过，我忘了自己的危险，我彷佛是个不懂事的小孩，只顾了看热闹，而忘了别的一切。我的牙打得很响，不是为自己害怕，而是对这奇惨的美丽动了心。

回家是没希望了。我不知道街上一共有多少兵，可是由各处的火光猜度起来，大概是热闹的街口都有他们。他们的目的是抢劫，可是顺着手儿已经烧了这么多铺户，焉知不就棍打腿的杀些人玩玩呢？我这剪了发的巡警在他们眼中还不和个臭虫一样，只须一搂枪机就完了，并不费多少事。

想到这个，我打算回到"区"里去，"区"离我不算远，只须再过一条街就行了。可是，连这个也太晚了。当枪声初起的时候，连贫带富，家家关了门；街上除了那些横行的兵们，简直成了个死城。及至火一起来，铺户里的人们开始在火影里奔走，胆大一些的立在街旁，看着自己的或别人的店铺燃烧，没人敢去救火，可也舍不得走开，只那么一声不出的看着火苗乱窜。胆小一些的呢，争着往胡同里藏躲，三五成群的藏在巷内，不时向街上探探头，没人出声，大家都哆嗦着。火越烧越旺了，枪声慢慢的稀少下来，胡同里的住户彷佛已猜到是怎么一回事，最先是有人开门向外望望，然后有人试着步往街上走。街上，只有火光人影，没有巡警，被兵们抢过的当铺与首饰店全大敞着门！……这样的街市教人们害怕，同时也教人们胆大起来；一条没有巡警的街正像是没有老师的学房，多么老实的孩子也要闹哄闹哄。一家开门，家家开门，街上人多起来；铺户已有被抢过的了，跟着抢吧！平日，谁能想到那些良善守法的人民会去抢劫呢？哼！机会一到，人们立刻显露了原形。说声抢，壮实的小伙子们首先进了当铺，金店，钟表铺。男人们回去一趟，第二趟出来已搀夹上女人和孩子们。被兵们抢过的铺子自然不必费事，进去随便拿就是了；可是紧跟着那些尚未被抢过的铺户的门也拦不住谁了。粮食店，茶叶铺，百货店，什么东西也是好的，门板一律砸开。

我一辈子只看见了这么一回大热闹：男女老幼喊着叫着，狂跑着，拥挤着，争吵着，砸门的砸门，喊叫的喊叫，嗑喳！门板倒下去，一窝蜂似的跑进去，乱挤乱抓，压倒在地的狂号，身体利落的往柜台上蹿，全红着眼，全拚着命，全奋勇前进，挤成一团，倒成一片，散走全街。背着，抱着，扛着，曳着，像一片战胜的蚂蚁，昂首疾走，去而复归，呼妻唤子，前呼后应。

苦人当然出来了，哼！那中等人家也不甘落后呀！

贵重的东西先搬完了，煤米柴炭是第二拨。有的整坛的搬着香油，有的独自扛着两口袋面，瓶子罐子碎了一街，米面洒满了便道，抢啊！抢啊！抢啊！谁都恨自己只长了一双手，谁都嫌自己的腿脚太慢；有的人会推着一坛子白糖，连人带坛在地上滚，像屎哥（壳）螂推着个大粪球。

强中自有强中手，人是到处会用脑子的！有人拿出切菜刀来了，立在巷口等着："放下！"刀晃了晃。口袋或衣服，放下了；安然的，不费力的，拿回家去。"放下！"不灵验，刀下去了，把面口袋砍破，下了一阵小雪，二人滚在一团。过路的急走，稍带着说了句："打什么，有的是东西！"两位明白过来，立起来向街头跑去。抢啊，抢啊！有的是东西！

我挤在了一群买卖人的中间，藏在黑影里。我并没说什么，他们似乎很明白我的困难，大家一声不出，而紧紧的把我包围住。不要说我还是个巡警，连他们买卖人也不敢抬起头来。他们无法去保护他们的财产与货物，谁敢出头抵抗谁就是不要命，兵们有枪，人民也有切菜刀呀！是的，他们低着头，好像倒怪羞惭似的。他们唯恐和抢劫的人们——也就是他们平日的照顾主儿——对了脸，羞恼成怒，在这没有王法的时候，杀几个买卖人总才不算一回事呢！所以，他们也保护着我。想想看吧，这一带的居民大概不会不认识我吧！我三天两头的到这里来巡逻。平日，他们在墙根撒尿，我都要讨他们的厌，上前干涉；他们怎能不恨恶我呢？现在大家正在兴高彩烈的白拿东西，要是遇见我，他们一人给我一砖头，我也就活不成了。即使他们不认识我，反正我是穿着制服，佩着东洋刀呀！在这个局面下，冒而咕咚的出来个巡警，够多么不合适呢！我满可以上前去道歉，说我不该这么冒失，他们能白白的饶了我吗？

街上忽然清静了一些，便道上的人纷纷往胡同里跑，马路当中走着七零八散的兵，都走得很慢；我摘下帽子，从一个学徒的肩上往外看了一眼，看见一位兵士，手里提着一串东西，像一串儿螃蟹似的。我能想到那是一串金银的镯子。他身上还有多少东西，不晓得，不过一定有许多硬货，因为他走得很慢。多么自然，多么可羡慕呢！自自然然的，提着一串镯子，在马路中心缓缓的走，有烧亮的铺户作着巨大的火把，给他们照亮了全城！

兵过去了，人们又由胡同里钻出来。东西已抢得差不多了，大家开始搬铺户的门板，有的去摘门上的匾额。我在报纸上常看见"澈底"这两个字，咱们的良民们打抢的时候才真正澈底呢！

这时候，铺户的人们才有出头喊叫的："救火呀！救火呀！别等着烧净了呀！"喊得教人一听见就要落泪！我身旁的人们开始活动。我怎么办呢？他们要是都去救火，剩下我这一个巡警，往哪儿跑呢？我拉住了一个屠户！他脱给了我那件满是猪油的大衫。把帽子夹在夹肢窝底下。一手握着佩刀，一手揪着大襟，我擦着墙根，逃回"区"里去。

八

我没去抢，人家所抢的又不是我的东西，这回事简直可以说和我不相干。可是，我看见了，也就明白了。明白了什么？我不会干脆的，恰当的，用一半句话说出来；我明白了点什么意思，这点意思教我几乎改变了点脾气。丢老婆是一件永远忘不了的事，现在它有了伴儿，我也永远忘不了这次的兵变。丢老婆是我自己的事，只须记在我的心里，用不着把家事国事天下事全拉扯上。这次的变乱是多少万人的事，只要我想一想，我便想到大家，想到全城，简直的我可以用这回事去断定许多的大事，就好像报纸上那样谈论这个问题那个问题似的。对了，我找到了一句漂亮的了。这件事教我看出一点意思，由这点意思我哑摸着许多问题。不管别人听得懂这句与否，我可真觉得它不坏。

我说过了：自从我的妻潜逃之后，我心中有了个空儿。经过这回兵变，那个空儿更大了一些，松松通通的能容下许多玩艺儿。还接着说兵变的事吧！把它说完全了，你也就可以明白我心中的空儿为什么大起来了。

当我回到宿舍的时候，大家还全没睡呢。不睡是当然的，可是，大家一点也不显着着急或恐慌，吸烟的吸烟，喝茶的喝茶，就好像有红白事熬夜那样。我的狼狈的样子，不但没引起大家的同情，倒招得他们直笑。我本瞥（憋）着一肚子话要向大家说，一看这个样子也就不必再言语了。我想去睡，可是被排长给拦住了："别睡！待一会儿，天一亮，咱们全得出去弹压地面！"这该轮到我发笑了；街上烧抢到那个样子，并不见一个巡警，等到天亮再去弹压地面，岂不是天大的笑话！命令是命令，我只好等到天亮吧！

还没到天亮，我已经打听出来：原来高级警官们都预先知道兵变的事儿，可是不便于告诉下级警官和巡警们。这就是说，兵变是警察们管不了的事，要变就变吧；下级警官和巡警们呢，夜间糊糊涂涂的照常去巡逻站岗，是生是死随他们去！这个主意够多么活而毒辣呢！再看巡警们呢，全和我自己一样，听见枪声就往回跑，谁也不傻。这样巡警正好对得起这样警官，自上而下全是瞎打混的当"差事"，一点不假！

虽然很要困，我可是急于想到街上去看看，夜间那一些情景还都在我的心里，我愿白天再去看一眼，好比较比较，教我心中这张画儿有头有尾。天亮得似乎很慢，也许是我心中太急。天到底慢慢的亮起来，我们排上队。我又要笑，有的人居然把盘起来的辫子梳好了放下来，巡长们也作为没看见。有的人在快要排队的时候，还细细刷了刷制服，用布擦亮了皮鞋！街上有那么大的损失，还有人顾得擦亮了鞋呢。我怎能不笑呢！

到了街上，我无论如何也笑不出了！从前，我没真明白过什么叫作"惨"，这回才真晓得了。天上还有几颗懒得下去的大星，云色在灰白中稍微带出些蓝，清凉，暗淡。到处是焦糊的气味，空中游动着一些白烟。铺户全敞着门，没有一个整窗子，大人和小徒弟都在门口，或坐或立，谁也不出声，也不动手收拾什么，像一群没有主儿的傻羊。火已经停止住延烧，可是已被烧残的地方还静静的冒着白烟，吐着细小而明亮的火苗。微风一吹，那烧焦的房柱忽然又亮起来，顺着风摆开一些小火旗。最初起火的几家已成了几个巨大的焦土堆，山墙没有倒，空空的围抱着几座冒烟的坟头。最后燃烧的地方还都立着，墙与前脸全没塌倒，可是门窗一律烧掉，成了些黑洞。有一只猫还在这样的一家门口坐着，被烟熏的连连打嚏，可是还不肯离开那里。

平日最热闹体面的街口变成了一片焦木头破瓦，成群的焦柱静静的立着，东西南北都是这样，懒懒的，无聊的，欲罢不能的冒着些烟。地狱什么样？我不知道。大概这就差不多吧！我一低头，便想起往日街头上的景象，那些体面的铺户是多么华丽可爱。一抬头，眼前只剩了焦糊的那么一片。心中记得的景象与眼前看见的忽然碰到一处，碰出一些泪来。这就叫作"惨"吧？火场外有许多买卖人与学徒们呆呆的立着，手揣在袖里，对着残火发愣。遇见我们，他们只淡淡的看那么一眼，没有任何别的表示，彷彿他们已绝了望，用不着再动什么感情。

过了这一带火场，铺户全敞着门窗，没有一点动静，便道上马路上全是破碎的东西，比那火场更加凄惨。火场的样子教人一看便知道那是遭了火灾，这一片破碎静寂的铺户与东西使人莫明（名）其妙，不晓得为什么繁华的街市会忽然变成绝大的垃圾堆。我就被派在这里站岗。我的责任是什么呢？不知道。我规规矩矩的立在那里，连动也不敢动，这破烂的街市彷彿有一股凉气，把我吸住。一些妇女和小孩子还在铺子外边拾取一些破东西，铺子的人不作声，我也不便去管；我觉得站在那里简直是多此一举。

太阳出来，街上显着更破了，像阳光下的叫化子那么丑陋。地上的每一个小物件都露出颜色与形状来，花哨的奇怪，杂乱得使人憋气。没有一个卖菜的，赶早市的，卖早点心的，没有一辆洋车，一匹马，整个的街上就是那么破破烂烂，冷冷清清，连刚出来的太阳都彷彿垂头丧气不大起劲，空空洞洞的悬在天上。一个邮差从我身旁走过去，低着头，身后扯着一条长影。我哆嗦了一下。

待了一会儿，段上的巡官下来了。他身后跟着一名巡警，两人都非常的精神在马路当中当当的走，好像得了什么喜事似的。巡官告诉我：注意街上的秩序，大令已经下来了！我行了礼，莫明（名）其妙他说的是什么？那名巡警似乎看出来我的傻气，低声照补了一句：赶开那些拾东西的，大令下来了！我没心思去执行，可是不敢公然违抗命令，我走到铺户外边，向那些妇人孩子们摆了摆手，我说不出话来！

一边这样维持秩序，我一边往猪肉铺走，为是说一声，那件大褂等我给洗好了再送来。屠户在小肉铺门口坐着呢，我没想到这样的小铺也会遭抢，可是竟自成个空铺子了。我说了句什么，屠户连头也没抬。我往铺子里望了望：大小肉墩子，肉钩子，钱筒子，油盘，凡是能拿走的吧，都被人家拿走了，只剩下了柜台和架肉案子的土台！

我又回到岗位，我的头痛得要裂。要是老教我看着这条街，我知道不久就会疯了。

大令真到了。十二名兵，一个长官，捧着就地正法的令牌，枪全上着刺刀。呕！原来还是辫子兵啊！他们抢完烧完，再出来就地正法别人；什么玩艺呢？我还得给令牌行礼呀！

行完礼，我急快往四下里看，看看还有没有捡拾零碎东西的人，好警告他们一声。连屠户的木墩都搬了走的人民，本来值不得同情；可是被辫子兵们杀掉，似乎又太冤枉。

说时迟，那时快，一个十四五岁的男孩子没有走脱。枪刺围住了他，他手中还攥住一块木板与一双旧鞋。拉倒了，大刀亮出来，孩子喊了声"妈！"血溅出去多远，身子还抽动，头已悬在电线杆子上！

我连吐口唾沫的力量都没有了，天地都在我眼前翻转。杀人，看见过，我不怕。我是不平！我是不平！请记住这句，这就是前面所说过的，"我看出一点意思"的那点意思。想想看，把整串的金银镯子提回营去，而后出来杀个拾了双破鞋的孩子，还说就地正"法"呢！天下要有这个"法"，我X"法"的亲娘祖奶奶！请原谅我的嘴这么野，但是这种事恐怕也不大文明吧？

事后，我听人家说，这次的兵变是有什么政治作用，所以打抢的兵在事后还出来弹压地面。连头带尾，一切都是预先想好了的。什么政治作用？咱不懂！咱只想再骂街。可是，就凭咱这么个"臭脚巡"，骂街又有什么用呢！

九

简直我不愿再提这回事了，不过为圆上场面，我总得把问题提出来；提出来放在这里，比我聪明的人有的是，让他们自己去细咂摸吧！

怎么会"政治作用"里有兵变？

若是有意教兵来抢，当初干吗要巡警？

巡警到底是干吗的？是只管在街上小便的，而不管抢铺子的么？

安善良民要是会打抢，巡警干吗去专拿小偷？

人们到底愿意要巡警不愿意？不愿意吧！为什么刚要打架就喊巡警，而且月月往外拿"警捐"？愿意吧！为什么又喜欢巡警不管事：要抢的好去抢，被抢的也一声不言语？

好吧，我只提出这么几个"样子"来吧！问题还多得很呢！我既不能去解决，也就不便再瞎叨叨了。这几个"样子"就真够教我糊涂的了，怎想怎不对，怎摸不清哪里是哪里，一会儿它有头有尾，一会儿又没头没尾，我这点聪明不够想这么大的事的。

我只能说这么一句老话，这个人民，连官儿，兵丁，巡警，带安善的良民，都"不够本"！所以，我心中的空儿就更大了呀！在这群"不够本"的人们里活着，就是个对付劲儿，别讲究什么"真"事儿，我算是看明白了。

还有个好字眼儿，别忘下："汤儿事"[6]。谁要是跟我一样，想不出什么好办法来，顶好用这个话，又现成，又恰当，而且可以不至把自己绕糊涂了。"汤儿事"，完了；如若还嫌稍微秃一点呢，再补上"真他妈的"，就挺合适。

十

不须再发什么议论，大概谁也能看清楚咱们国的人是怎回事了。由这个再谈到警察，稀松二五眼正是理之当然，一点也不出奇。就拿抓赌来说吧：早年间的赌局都是由顶有字号的人物作后台老板；不但官面上不能够抄拿，就是出了人命也没什么了不得的；赌局里打死人是常有的事。赶到有了巡警之后，赌局还照旧开着，敢去抄吗？这谁也能明白，不必我说。可是，不抄吧，又太不像话；怎么办呢？有主意，捡着那老实的办几案，拿几个老头儿老太太，抄去几打儿纸牌，罚上十头八块的。巡警呢，算交上了差事；社会上呢，大小也有个风声，行了。拿这一件事比方十件事，警察自从一开头就是抹稀泥，它养着一群混饭吃的人，作些个混饭吃的事。社会上既不需要真正的巡警，巡警也不犯上为六块钱卖命。这很清楚。

这次兵变过后，我们的困难增多了老些。年轻的小伙子们，抢着了不少的东西，总算发了邪财。有的穿着两件马褂，有的十个手指头戴着十个戒指，都扬扬得意的在街上扭，斜眼看着巡警，鼻子里哽哽的哼白气。我只好低下头去，本来吗，那么大的阵式，我们巡警都一声没出，事后还能怨人家小看我们吗？赌局到处都是，白抢来的钱，输光了也不折本儿呀！我们不敢去抄，想抄也抄不过来，太多了。我们在墙儿外听见人家里面喊"人九"，"对子"，只作为没听见，轻轻的走过去。反正人们在院儿里头耍，不到街上来就行。哼！人们连这点面子也不给咱们留呀！那穿两件马褂的小伙子们偏要显出一点也不怕巡警——他们的祖父，爸爸，就没怕过巡警，也没见过巡警，他们为什么这辈子应当受巡警的气呢？——单要来到街上赌一场。有骰子就能开宝，蹲在地上就玩起活来。有一对石球就能踢，两人也行，五个人也行，"一毛钱一脚，踢不踢？好啦！'倒回来！'"拍（啪），球碰了球，一毛。耍儿真不小呢，一点钟里也过手好几块。这都在我们鼻子底下，我们管不管呢？管吧！一个人，只佩着连豆腐也切不齐的刀，而赌家老是一帮年轻的小伙子。明人不吃眼前亏，巡警得绕着道儿走过去，不管的为是。可是，不幸，遇见了稽察，"你难道瞎了眼，看不见他们聚赌？"回去，至轻是记一过。这份儿委屈上哪儿诉去呢？

这样的事还多得很呢！以我自己说，我要不是佩着那么把破刀，而是拿着把手枪，跟谁我也敢碰碰，六块钱的饷银自然合不着卖命，可是泥人也有个土性，架不住碰在气头儿上。可是，我摸不着手枪，枪在土匪和大兵手里呢。

明明看见了大兵坐了车不给钱，而且用皮带抽洋车夫，我不敢不笑着把他劝了走。他有枪，他敢放，打死个巡警算得了什么呢！有一年，在三等窑子里，大兵们打死了我们三位弟兄，我们连凶首也没要出来。三位弟兄白白的死了，没有一个抵偿的，连一个挨几十军棍的也没有！他们的枪随便放，我们赤手空拳，我们这是文明事儿呀！

总而言之吧，在这么个以蛮横不讲理为荣，以破坏秩序为增光耀祖的社会里，巡警简直是多余。明白了这个，再加上我们前面所说过的食不饱力不足那一套，大概谁也能明白个八九成了。我们不抹稀泥，怎么办呢？我——我是个巡警——并不求谁原谅，我只是愿意这么说出来，心明眼亮，好教大家心里有个谱儿。

爽性我把最泄气的也说了吧：

当过了一二年差事，我在弟兄们中间已经是个了不得的人物。遇见官事，长官们总教我去挡头一阵。弟兄们并不因此而忌妒我，因为对大家的私事我也不走在后边。这样，每逢出个排长的缺，大家总对我咕唧："这回一定是你补缺了！"彷佛他们非常希望要我这么个排长似的。虽然排长并没落在我身上，可是我的才干是大家知道的。

我的办事诀窍，就是从前面那一大堆话中抽出来的。比方说吧，有人来报被窃，巡长和我就去察看。糙糙的把门窗户院看一过儿，顺口搭音就把我们在哪儿有岗位，夜里有几趟巡逻，都说得详详细细，有滋有味，彷佛我们比谁都精细，都卖力气。然后，找门窗不甚严密的地方，话软而意思硬的开始反攻："这扇门可不大保险，得安把洋锁吧？告诉你，安锁要往下安，门坎那溜儿就很好，不容易教贼摸到。屋里圈着条小狗也是办法，狗圈在屋里，不管是多么小，有动静就会汪汪，比院里放着三条大狗还有用。先生你看，我们多留点神，你自己也得注点意，两下一凑合，准保丢不了东西了。好吧，我们回去，多派几名下夜的就是了；先生歇着吧！"这一套，把我们的责任卸了，他就赶紧得安锁养小狗；遇见和气的主儿呢，还许给我们泡壶茶喝。这就是我的本事。怎么不负责任，而且不教人看出抹稀泥来，我就怎办。话要说得好听，甜嘴蜜舌的把责任全推到一边去，准保不招灾不惹祸。弟兄们都会这一套，可是他们的嘴与神气差着点劲儿。一句话有多少种说法，把神气弄对了地方，话就能说出去又拉回来，像有弹簧似的。这点，我比他们强，而且他们还是学不了去，这是天生来的才分！

赶到我独自下夜，遇见贼，你猜我怎么办？我呀！把佩刀攥在手里，省得有响声；他爬他的墙，我走我的路，各不相扰。好吗，真要教他记恨上我，藏在黑影儿里给我一砖，我受得了吗？那谁，傻王九，不是瞎了一只眼吗？他还不是为拿贼呢！有一天，他和董志和在街口上强迫给人们剪发，一人手里一把剪刀，见着带小辫的，拉过来就是一剪子。哼！教人家记上了。等傻王九走单了的时候，人家照准了他的眼就是一把石灰："让你剪我的发，X你妈妈的！"他的眼就那么瞎了一只。你说，这差事要不像我那么去当，还活着不活着呢？凡是巡警们以为该干涉的，人们都以为是"狗拿耗子多管闲事"，有什么法子呢？

我不能像傻王九似的，平白无故的丢去一只眼睛，我还留着眼睛看这个世界呢！轻手蹑脚的躲开贼，我的心里并没闲着，我想我那俩没娘的孩子，我算计这一个月的嚼谷。也许有人一五一十的算计，而用洋钱作单位吧？我呀，得一个铜子一个铜子的算。多几个铜子，我心里就宽绰；少几个，我就得发愁。还拿贼，谁不穷呢？穷到无路可走，谁也会去偷，肚子才不管什么叫作体面呢！

十一

这次兵变过后，又有一次大的变动：大清国改为中华民国了。改朝换代是不容易遇上的，我可是并没觉得这有什么意思。说真的，这百年不遇的事情，还不如兵变热闹呢。据说，一改民国，凡事就由人民主管了；可是我没看见。我还是巡警，饷银没有增加，天天出来进去还是那一套。原先我受别人的气，现在我还是受气；原先大官儿们的车夫仆人欺负我们，现在新官儿手底下的人也并不和气。"汤儿事"还是"汤儿事"，倒不因为改朝换代有什么改变。可也别说，街上剪发的人比从前多了一些，总得算作一点进步吧。牌九押宝慢慢的也少起来，贫富人家都玩"麻将"了，我们还是照样的不敢去抄赌，可是赌具不能不算改了良，文明了一些。

民国的民倒不怎样，民国的官和兵可了不得！像雨后的蘑菇似的，不知道哪儿来的这么些官和兵。官和兵本不当放在一块儿说，可是他们的确有些相像的地方。昨天还一脚黄土泥，今天作了官或当了兵，立刻就瞪眼；越糊涂，眼越瞪得大，好像是糊涂灯，糊涂得透亮儿。这群糊涂玩艺儿听不懂哪叫好话，哪叫歹话；无论你说什么，他们总是横着来。他们糊涂得教人替他们难过，可是他们很得意。有时候他们教我都这么想了：我这辈大概作不了文官或武官啦！因为我糊涂的不够程度！

几乎是个官儿就可以要几名巡警来给看门护院，我们成了一种保镖的，挣着公家的钱，可为私人作事。我便被派到宅门里去。从道理上说，为官员看守私宅简直不能算作差事；从实利上讲，巡警们可都愿意这么被派出来。我一被派出来，就拔升为"三等警"；"招募警"还没有被派出来的资格呢！我到这时候才算入了"等"。再说呢：宅门的事情轻闲，除了站门，守夜，没有别的事可作；至少一年可以省出一双皮鞋来。事情少，而且外带着没有危险；宅里的老爷与太太若打起架来，用不着我们去劝，自然也就不会把我们打在底下而受点误伤。巡夜呢，不过是绕着宅子走两圈，准保遇不上贼；墙高狗厉害，小贼不能来，大贼不便于来——大贼找退职的官儿去偷，既有油水，又不至于引起官面严拿；他们不惹有势力的现任官。在这里，不但用不着去抄赌，我们反倒保护着老爷太太们打麻将。遇到宅里请客玩牌，我们就更轻闲自在：宅门外放着一片车马，宅里到处亮如白昼，仆人来往如梭，两三桌麻将，四五盏烟灯，彻夜的闹哄，绝不会闹贼，我们就睡大觉，等天亮散局的时候，我们再出来站门行礼，给老爷们助威。要赶上宅里有红白事，我们就更合适：喜事唱戏，我们跟着听白戏，准保都是有名的角色，在戏园子里绝听不到这么齐全。丧事呢，虽然没戏可听，可是死人不能一半天就抬出去，至少也得停三四十天，念好几棚经；好了，我们就跟着吃吧；他们死人，咱们就吃犒劳。怕就怕死小孩，既不能开吊，又得听着大家呕呕的真哭。其次是怕小姐偷偷跑了，或姨太太有了什么大错而被休出去，我们捞不着吃喝看戏，还得替老爷太太们怪不得劲儿的！

教我特别高兴的，是当这路差事，出入随便了许多，我可以常常回家看看孩子们。在"区"里或"段"上，请会儿浮假都好不容易，因为无论是在"内勤"或"外勤"，工作是刻板儿排好了的，不易调换更动。在宅门里，我站完门便没了我的事，只须对弟兄们说一声就可以走半天。这点好处常常教我害怕，怕再调回"区"里去；我的孩子们没有娘，还不多教他们看看父亲吗？

就是我不出去，也还有好处。我的身上既永远不疲乏，心里又没多少事儿，闲着干什么呢？我呀，宅上有的是报纸，闲着就打头到底的念。大报小报，新闻社论，明白吧不明白吧，我全念，老念。这个，帮助我不少，我多知道了许多的事，多识了许多的字。有许多字到如今我还念不出来，可是看惯了，我会猜出它们的意思来，就好像街面上常见着的人，虽然叫不上姓名来，可是彼此怪面善。除了报纸，我还满世界去借闲书看。不过，比较起来，还是念报纸的益处大，事情多，字眼儿杂，看着开心。唯其事多字多，所以才费劲；念到我不能明白的地方，我只好再拿起闲书来了。闲书老是那一套，看了上回，猜也会猜到下回是什么事；正因为它这样，所以才不必费力，看着玩玩就算了。报纸开心，闲书散心，这是我的一点经验。

在宅门儿里可也有坏处：吃饭就第一成了问题。在"区"里或"段"上，我们的伙食钱是由饷银里坐地儿扣，好歹不拘，天天到时候就有饭吃。派到宅门里来呢，一共三五个人，绝不能找厨子包办伙食，没有厨子肯包这么小的买卖的。宅里的厨房呢，又不许我们用；人家老爷们要巡警，因为知道可以白使唤几个穿制服的人，并不大管这群人有肚子没有。我们怎办呢？自己起灶，作不到，买一堆盆碗锅勺，知道哪时就又被调了走呢？再说，人家宅门上要巡警原为体面好看，好，我们若是给人家弄得盆朝天碗朝地，刀勺乱响，成何体统呢？没法子，只好买着吃。

这可够别扭的。手里若是有钱，不用说，买着吃是顶自由了，爱吃什么就叫什么，弄两盅酒儿伍的，叫两可口的菜，岂不是个乐子？请别忘了，我可是一月才共总进六块钱！吃的苦还不算什么，一顿一想主意可真教人难过，想着想着我就要落泪。我要省钱，还得变个样儿，不能老填干馍馍辣饼子，像填鸭子似的。省钱与可口简直永远不能碰到一块，想想钱，我认命吧，还是弄几个干烧饼，和一块老腌萝卜，对付一下吧；想到身子，似乎又不该如此。想，越想越难过，越不能决定；一直饿到太阳平西还没吃上午饭呢！

我家里还有孩子呢！我少吃一口，他们就可以多吃一口，谁不心疼孩子呢？吃着包饭，我无法少交钱；现在我可以自由的吃饭了，为什么不多给孩子们省出一点来呢？好吧，我有八个烧饼才够，就硬吃六个，多喝两碗开水，来个"水饱"！我怎能不落泪呢！

看看人家宅门里吧，老爷挣钱没数儿！是呀，只要一打听就能打听出来他拿多少薪俸，可是人家绝不指着那点固定的进项，就这么说吧，一月挣八百块的，若是干挣八百块，他怎能那么阔气呢？这里必定有文章。这个文章是这样的，你要是一月挣六块钱，你就死挣那个数儿，你兜儿里忽然多出一块钱来，都会有人斜眼看你，给你造些谣言。你要是能挣五百块，就绝不会死挣这个数儿，而且你的钱越多，人们越佩服你。这个文章似乎一点也不合理，可是它就是这么作出来的，你爱信不信！

报纸上与宣讲所里常常提倡自由；事情要是等着提倡，当然是原来没有。我原没有自由；人家提倡了会子，自由还没来到我身上，可是我在宅门里看见它了。民国到底是有好处的，自己有自由没有吧，反正看见了也就得算开了眼。

你瞧，在大清国的时候，凡事都有个准谱儿；该穿蓝布大褂的就得穿蓝布大褂，有钱也不行。这个，大概就应叫作专制吧！一到民国来，宅门里可有了自由，只要有钱，你爱穿什么，吃什么，戴什么，都可以，没人敢管你。所以，为争自由，得拚命的去搂钱；搂钱也自由，因为民国没有御史。你要是没在大宅门待过，大概你还不信我的话呢，你去看看好了。现在的一个小官都比老年间的头品大员多享着点福：讲吃的，现在交通方便，山珍海味随便的吃，只要有钱。吃腻了这些还可以拿西餐洋酒换换口味；那（哪）一朝的皇上大概也没吃过洋饭吧？讲穿的，讲戴的，讲看的听的，使的用的，都是如此；坐在屋里你可以享受全世界最好的东西。如今享福的人才真叫作享福，自然如今搂钱也比从前自由的多。别的我不敢说，我准知道宅门里的姨太太擦五十块钱一小盒的香粉，是由什么巴黎来的；巴黎在哪儿？我不知道，反正那里来的粉是很贵。我的邻居李四，把个胖小子卖了，才得到四十块钱，足见这香粉贵到什么地步了，一定是又细又香呀，一定！

好了，我不再说这个了；紧自贫嘴恶舌，倒好像我不赞成自由似的，那我哪敢呢！

我再从另一方面说几句，虽然还是话里套话，可是多少有点变化，好教人听着不俗气厌烦。刚才我说人家宅门里怎样自由，怎样阔气，谁可也别误会了人家作老爷的就整天的大把往外扔洋钱，老爷们才不这么傻呢！是呀，姨太太擦比一个小孩还贵的香粉，但是姨太太是姨太太，姨太太有姨太太的造化与本事。人家作老爷的给姨太太买那么贵的粉，正因为人家有地方可以抠出来。你就这么说吧，好比你作了老爷，我就能按着宅门的规矩告诉你许多诀窍：你的电灯，自来水，煤，电话，手纸，车马，天棚，家具，信封信纸，花草，都不用花钱；最后，你还可以白使唤几名巡警。这是规矩，你要不明白这个，你简直不配作老爷。告诉你一句到底的话吧，作老爷的要空着手儿来，满腔满馅的去，就好像刚惊蛰后的臭虫，来的时候是两张皮。一会儿就变成肚大腰圆，满兜儿血。这个比喻稍粗一点，意思可是不错。自由的搂钱，专制的省钱，两下里一凑合，你的姨太太就可以擦巴黎的香粉了。这句话也许说得太深奥了一些，随便吧！你爱懂不懂。

这可就该说到我自己了。按说，宅门里白使唤了咱们一年半载，到节了年了的，总该有个人心，给咱们那（哪）怕是顿犒劳饭呢，也大小是个意思。哼！休想！人家作老爷的钱都留着给姨太太花呢，巡警算哪道货？等咱被调走的时候，求老爷给"区"里替我说句好话，咱都得感激不尽。

你看，命令下来，我被调到别处。我把铺盖卷打好，然后恭而敬之的去见宅上的老爷。看吧，人家那股子劲儿大了去啦！带理不理的，倒彷彿我偷了他点东西似的。我托咐了几句：求老爷顺便和"区"里说一声，我的差事当得不错。人家微微的一抬眼皮，连个屁都懒得放。我只好退出来了，人家连个拉铺盖的车钱也不给；我得自己把它扛了走。这就是他妈的差事，这就是他妈的人情！

十二

机关和宅门里要人的越来越多了。我们另成立了警卫队，一共有五百人，专作那义务保镖的事。为是显出我们真能保卫老爷们，我们每人有一杆洋枪，和几排子弹。对于洋枪——这些洋枪——我一点也不感觉兴趣；它又沈（沉），又老，又破，我摸不清这是由那（哪）里找来的一些专为压人肩膀，而一点别的用处没有的玩艺儿。我的子弹老在腰间围着，永远不准往枪里搁；到了什么大难临头，老爷们都逃走了的时候，我们才安上刺刀。

这可并非是说，我可以完全不管那枝破家伙；它虽然是那么破，我可得给它支使着。枪身里外，连刺刀，都得天天擦；即使永远擦不亮，我的手可不能闲着。心到神知！再说，有了枪，身上也就多了些玩艺儿，皮带，刺刀鞘，子弹袋子，全得弄得利落抹腻，不能像猪八戒跨（挎）腰刀那么懈懈松松的，还得打裹腿呢！

多出这么些事来，肩膀上添了七八斤的分量，我多挣了一块钱；现在我是一个月挣七块大洋了，感谢天地！

七块钱，扛枪，打裹腿，站门，我干了三年多。由这个宅门串到那个宅门，由这个衙门调到那个衙门；老爷们出来，我行礼；老爷进去，我行礼。这就是我的差事。这种差事才毁人呢：你说没事作吧，又有事；说有事作吧，又没事。还不如上街站岗去呢。在街上，至少得管点事，用用心思。在宅门或衙门，简直永远不用费什么一点脑子。赶到在闲散的衙门或汤儿事的宅子里，连站门的时候都满可以随便，挂着枪立着也行，抱着枪打盹也行。这样的差事教人不起一点儿劲，它生生的把人耗疲了。一个当仆人的可以有个盼望，那（哪）儿的事情甜就想往哪儿去，我们当这份儿差事，明知一点好来头没有，可是就那么一天天的穷耗，耗得连自己都看不起了自己。按说，这么空闲无事，就应当吃得白白胖胖，也总算个体面呀。哼！我们并蹲不出膘儿来。我们一天老绕着那七块钱打算盘，穷得揪心。心要是揪上，还怎么会发胖呢？以我自己说吧，我的孩子已到上学的年岁了，我能不教他去吗？上学就得花钱，古今一理，不算出奇，可是我上那（哪）里找这份钱去呢？作官的可以白占许多许多便宜，当巡警的连孩子白念书的地方也没有。上私塾吧，学费节礼，书籍笔墨，都是钱。上学校吧，制服，手工材料，种种本子，比上私塾还费的多。再说，孩子们在家里，饿了可以擘一块窝窝头吃；一上学，就得给点心钱，即使咱们肯教他揣着块窝窝头去，他自己肯吗？小孩的脸是更容易红起来的。

我简直没办法。这么大个活人，就会干瞪着眼睛看自己的儿女在家里荒荒着！我这辈无望了，难道我的儿女应当更不济么？看着人家宅门的小姐少爷去上学，喝！车接车送，到门口还有老妈子、丫环来接书包，抱进去，手里拿着橘子苹果，和新鲜的玩具。人家的孩子这样，咱的孩子那样；孩子不都是将来的国民吗？我真想辞差不干了。我楞当仆人去，弄两零钱，好教我的孩子上学。

可是，人就是别入了辙，人到哪条辙上便一辈子拔不出腿来。当了几年的差事——虽然是这样的差事——我事事入了辙，这里有朋友，有说有笑，有经验，它不教我起劲，可是我也彷彿不大能狠心的离开它。再说，一个人的虚荣心每每比金钱还有力量，当惯了差，总以为去当仆人是往下走一步，虽然可以多挣些钱。这可笑，很可笑，可是人就是这么个玩艺儿。我一跟朋友们说这个，大家都摇头。有的说，大家混的都傻好的，干吗去改行？有的说，这山望着那山高，咱们这些苦人干什么也发不了财，先忍着吧！有的说，人家中学毕业生还有当"招募警"的呢，咱们有这个差事当，就算不错；何必呢？连巡官都对我说了：好歹混着吧，这是差事；凭你的本事，日后总有升腾！大家这么一说，我的心更活了，彷彿我要是固执起来，倒不大对得住朋友似的。好吧，还往下混吧。小孩念书的事呢？没有下文！

不久，我可有了个好机会。有位冯大人哪，官职大得很，一要就要十二名警卫；四名看门，四名送信跑道，四名作跟随。这四名跟随得会骑马。那时候，汽车还没出世，大官们都讲究坐大马车。在前清的时候，大官坐轿或坐车，不是前有顶马，后有跟班吗？这位冯大人愿意恢复这点官威，马车后得有四名带枪的警卫。敢情会骑马的人不好找，找遍了全警卫队，才找到了三个；三条腿不大像话，连巡官都急得直抓脑袋。我看出便宜来了：骑马，自然得有粮钱哪！为我的小孩念书起见，我得冒下子险，假如从马粮钱里能弄出块儿八毛的来，孩子至少也可以去私塾了。按说，这个心眼不甚好，可是我这是卖着命，我并不会骑马呀！我告诉了巡官，我愿意去。他问我会骑马不会？我没说我会，也没说我不会；他呢，反正找不到别人，也就没究根儿。

有胆子，天下便没难事。当我头一〔次〕和马见面的时候，我就合计好了：摔死呢，孩子们入孤儿院，不见得比在家里坏；摔不死呢，好，孩子们可以念书去了。这么一来，我就先不怕马了。我不怕它，它就得怕我，天下的事不都是如此么？再说呢，我的腿脚利落，心里又灵，跟那三位会骑马的瞎扯巴了一会儿，我已经把骑马的招数知道了不少。找了匹老实的，我试了试，我手心里攥着把汗，可是硬说我有了把握。头几天，我的罪过真不小，浑身像散了一般，屁股上见了血。我咬了牙。等到伤好了，我的胆子更大起来，而且觉出来骑马的快乐。跑，跑，车多快，我多快，我算是治服了一种动物！

我把马治服了，可是没把粮草钱拿过来，我白冒了险。冯大人家中有十几匹马呢，另有看马的专人，没有我什么事。我几乎气病了。可是，不久我又高兴了：冯大人的官职是这么大，这么多，他简直没有回家吃饭的工夫。我们跟着他出去，一跑就是一天。他当然喽，到处都有饭吃，我们呢？我们四个人商议了一下，决定跟他交涉，他在哪里吃饭，也得有我们的。冯大人这个人心眼还不错，他很爱马，爱面子，爱手下的人。我们一对他说，他马上答应了。这个，可是个便宜。不用往多里说。我们要是一个月准能在外边白吃半个月的饭，我们不就省下半个月的饭钱吗？我高了兴！

冯大人，我说，很爱面子。当我们去见他交涉饭食的时候，他细细看了看我们。看了半天，他摇了摇头，自言自语的说："这可不行！"我以为他是说我们四个人不行呢，敢情不是。他登时要笔墨，写了个条子："拿这个见总队长去，教他三天内都办好！"把条子拿下来，我们看了看，原来是教队长给我们换制服：我们平常的制服是斜纹布的，冯大人现在教换呢子的；袖口、裤缝，和帽箍，一律要安金绦子。靴子也换，要过膝的马靴。枪要换上马枪，还另外给一人一把手枪。看完这个条子，连我们自己都觉得怪不合适：长官们才能穿呢衣，镶金绦，我们四个是巡警，怎能平白无故的穿上这一套呢？自然，我们不能去教冯大人收回条子去，可是我们也怪不好意思去见总队长。总队长要是不敢违抗冯大人，他满可以对我们四个人发发脾气呀！

你猜怎么着？总队长看了条子，连大气没出，照话而成，都给办了。你就说冯大人有多么大的势力吧！喝！我们四个人可抖起来了，真正细黑呢制服，镶着黄登登的金绦，过膝的黑皮长靴，靴后带着白亮亮的马刺，马枪背在背后，手枪跨（挎）在身旁，枪匣外搭拉着长杏黄穗子。简直可以这么说吧，全城的巡警的威风都教我们四个人给夺过来了。我们在街上走，站岗的巡警全都给我们行礼，以为我们是大官儿呢！

当我作裱糊匠的时候，稍微讲究一点的烧活，总得糊上匹菊花青的大马。现在我穿上这么抖的制服，我到马棚去挑了匹菊花青的马，这匹马非常的闹手，见了人是连啃带踢；我挑了它，因为我原先糊过这样的马，现在我得骑上匹活的；菊花青，多么好看呢！这匹马闹手，可是跑起来真作脸，头一低，嘴角吐着点白沫，长鬃像风吹着一陇春麦，小耳朵立着像两小瓢儿；我只须一认镫，它就要飞起来。这一辈子，我没有过什么真正得意的事；骑上这匹菊花青大马，我必得说，我觉到了骄傲与得意！

按说，这回的差事总算过得去了，凭那一身衣裳与那匹马还不值得高高兴兴的混吗？哼！新制服还没穿过三个月，冯大人吹了台，巡街队也被解散；我又回去当三等警了。

十三

警卫队解散了。为什么？我不知道。我被调到总局里去当差，并且得了一面铜片的奖章，彷佛是说我在宅门里立下了什么功劳似的。在总局里，我有时候管户口册子，有时候管铺捐的账簿，有时候值班守大门，有时候看管军装库。这么二三年的工夫，我又把局子里的事情全明白了个大概。加上我以前在街面上，衙门口和宅门里的那些经验，我可以算作个百事通了，里里外外的事，没有我不晓得的。要提起警务，我是地道内行。可是一直到这个时候，当了十年的差，我才升到头等警，每月挣大洋九元。

大家伙或者以为巡警都是站街的，年轻轻的好管闲事。其实，我们还有一大群人在区里局里藏着呢。假若有一天举行总检阅，你就可以看见些奇奇古怪的巡警：罗锅腰的，近视眼的，掉了牙的，瘸着腿的，无奇不有。这些怪物才真是巡警中的盐，他们都有资格，有经验，识文断字，一切公文案件，一切办事的诀窍，都在他们手里呢。要是没有他们，街上的巡警就非乱了营不可。这些人，可是，永远不会升腾起来；老给大家办事，一点起色也没有，平生连出头露面的体面一次都没有过。他们忍劳忍怨的办事，一直到他们老得动不了窝，老是头等警，挣九块大洋。多咱你在街上看见：穿着洗得很干净的灰布大褂，脚底下可还穿着巡警的皮鞋，用脚后跟慢慢的走，彷佛支使不动那双鞋似的，那就准是这路巡警。他们有时候也到大"酒缸"上，喝一个"碗酒"，就着十几个花生豆儿，挺有规矩，一边往下咽那点辣水，一边叹着气。头发已经有些白的了，嘴巴儿可还刮得很光，猛看很像个太监。他们很规则，和蔼，会作事，他们连休息的时候还得穿着那双不得人心的鞋！

跟这群人在一处办事，我长了不少的知识。可是，我也有点害怕：莫非我也就这样下去了么？他们够多么可爱，又多么可怜呢！看着他们，我心中时常忽然凉那么一下，教我半天说不上话来。不错，我比他们都年岁小，也不见得比他们不精明，可是我有希望没有呢？年岁小？我也卅六了！

这几年在局子里可也有一样好处，我没受什么惊险。这几年，正是年年春秋准打仗的时期，旁人受的罪我先不说，单说巡警们就真够瞧的。一打仗，兵们就成了阎王爷，而巡警头朝了下！要粮，要车，要马，要人，要钱，全交派给巡警，慢一点送上去都不行。一说要烙饼一万斤，得，巡警就得挨着家去到切面铺和烙烧饼的地方给要大饼；饼烙得，还得押着清道夫给送到营里去；说不定还挨几个嘴巴回来！

要单是这么伺候着兵老爷们，也还好；不，兵老爷们还横反呢。凡是有巡警的地方，他们非捣乱不可，巡警们管吧不好，不管吧也不好，活受气。世上有糊涂人，我晓得；但是兵们的糊涂令我不解。他们只为逞一时的字号，完全不讲情理；不讲情理也罢，反正得自己别吃亏呀；不，他们连自己吃亏不吃亏都看不出来，你说天下哪里再找这么糊涂的人呢。就说我的表弟吧，他已当过十多年的兵，后来几年还老是排长，按说总该明白点事儿了。哼！那年打仗，他押着十几名俘虏往营里送。喝！他得意非常的在前面领着，彷佛是个皇上似的。他手下的弟兄都看出来，为什么不先解除了俘虏的武装呢？他可就是不这么办，拍着胸膛说一点错儿没有。走到半路上，后面响了枪，他登时就死在了街上。他是我的表弟，我还能盼着他死吗？可是这股子糊涂劲儿，教我也没法抱怨开枪打他的人。有这么一个例子，你也就能明白一点兵们是怎样的难对付了。你要是告诉他，汽车别往墙上开，好啦，他就非去碰碰不可，把他自己碰死倒可以，他就是不能听你的话。

在总局里几年，没别的好处，我算是躲开了战时的危险与受气。自然啰！一打仗，煤米柴炭都涨价儿，巡警们也随着大家一同受罪，不过我可以安坐在公事房里，不必出去对付大兵们，我就得知足。

可是，在局里我又怕一辈子就窝在那里，永没有出头之日，有人情，可以升腾起来；没人情而能在外边拿贼办案，也是个路子，我既没人情，又不到街面上去，打哪儿升高一步呢？我越想越发愁。

十四

到我四十岁那年，大运亨通，我补了巡长！我顾不得想已经当了多少年的差，卖了多少力气，和巡长才挣多少钱；都顾不得想了。我只觉得我的运气来了！

小孩子拾个破东西，就能高兴的玩耍半天，所以小孩子能够快乐。大人们也得这样，或者才能对付着活下去。细细一想，事情就全糟。我升了巡长，说真的，巡长比巡警才多挣几块钱呢？挣钱不多，责任可有多么大呢！往上说，对上司们事事得说出个谱儿来；往下说，对弟兄们得又精明又热诚；对内说，差事得交得过去；对外说，得能不软不硬的办了事。这，比作知县难多了。县长就是一个地方的皇上，巡长没那个身分，他得认真办事，又得敷衍事，真真假假，虚虚实实，哪一点没想到就出蘑菇。出了蘑菇还是真糟，往上升腾不易呀，往下降可不难呢。当过了巡长再降下来，派到哪里去也不吃香：弟兄们咬吃，喝！你这作过巡长的，……这个那个的扯一堆。长官呢，看你是刺儿头，故意的给你小鞋穿，你怎么忍也忍不下去。怎办呢？哼！由巡长而降为巡警，顶好干脆卷铺盖家去，这碗饭不必再吃了。可是，以我说吧，四十岁才升上巡长，真要是卷了铺盖，我干吗去呢？

真要是这么一想，我登时就得白了头发。幸而我当时没这么想，只顾了高兴，把坏事儿全放在了一旁。我当时倒这么想：四十作上巡长，五十——哪怕是五十呢！——再作上巡官，也就算不白当了差。咱们非学校出身，又没有大人情，能作到巡官还算小吗？这么一想，我简直的拚了命，精神百倍的看着我的事，好像看着颗夜明珠似的！

作了二年的巡长，我的头上真见了白头发。我并没细想过一切，可是天天揪着心，唯恐那（哪）件事办错了，担了处分。白天，我老喜笑颜开的打着精神办公；夜间，我睡不实在，忽然想起一件事，我就受了一惊似的，翻来覆去的思索；未必能想出办法来，我的困意可也就不再回来了。

公事而外，我为我的儿女发愁：儿子已经廿了，姑娘十八。福海——我的儿子——上过几天私塾，几天贫儿学校，几天公立小学。字吗，凑在一块儿他大概能念下来第二册国文；坏招儿，他可学会了不少，私塾的，贫儿学校的，公立小学的，他都学来了，到处准能考一百分，假若学校里考坏招数的话。本来吗，自幼失了娘，我又终年在外边瞎混，他可不是爱怎么反就怎么反啵。我不恨铁不成钢去责备他，也不抱怨任何人，我只恨我的时运低，发不了财，不能好好的教育他。我不算对不起他们，我一辈子没给他们弄个后娘，给他们气受。至于我的时运不济，只能当巡警，那并非是我的错儿，人还能大过天去吗？

福海的个子可不小，所以很能吃呀！一顿糊搂三大碗芝麻酱拌面，有时候还说不很饱呢！就凭他这个吃法，他再有我这么两份儿爸爸也不中用！我供给不起他上中学，他那点秀气也没法考上。我得给他找事作。哼！他会作什么呢？

从老早，我心里就这么嘀咕：我的儿子楞可去拉洋车，也不去当巡警；我这辈子当够了巡警，不必世袭这份差事了！在福海十二三岁的时候，我教他去学手艺，他哭着喊着的一百个不去。不去就不去吧，等他长两岁再说；对个没娘的孩子不就得格外心疼吗？到了十五岁，我给他找好了地方去学徒，他不说不去，可是我一转脸，他就会跑回家来。几次我送他走，几次他偷跑回来。于是只好等他再大一点吧，等他心眼转变过来也许就行了。哼！从十五到廿，他就愣荒荒过来，能吃能喝，就是不爱干活儿。赶到教我给逼急了："你到底愿意干什么呢？你说！"他低着脑袋，说他愿意挑巡警！他觉得穿上制服，在街上走，既能挣钱，又能就手儿散心，不像学徒那样永远圈在屋里。我没说什么，心里可刺着痛。我给打了个招呼，他挑上了巡警。我心里痛不痛的，反正他有事作，总比死吃我一口强啊。父是英雄儿好汉，爸爸巡警儿子还是巡警，而且他这个巡警还必定跟不上我。我到四十岁才熬上巡长，他到四十岁，哼！不教人家开革出来就是好事！没盼望！我没续娶过，因为我咬得住牙。他呢，赶明儿个难道不给他成家吗？拿什么养着呢？

是的，儿子当了差，我心中反倒堵上个大疙疸！

再看女儿呀，也十八九了，紧自搁在家里算怎回事呢？当然，早早措出去的为是，越早越好。给谁呢？巡警，巡警，还得是巡警？一个人当巡警，子孙万代全得当巡警，彷彿掉在了巡警阵里似的。可是，不给巡警还真不行呢：论模样，她没什么模样；论教育，她自幼没娘，只认识几个大字；论赔送，我至多能给她作两件洋布大衫；论本事，她只能受苦，没别的好处。巡警的女儿天生来的得嫁给巡警，八字造定，谁也改不了！

唉！给了就给了啵！措出她去，我无论怎说也可以心净一会儿。并非是我心狠哪；想想看，把她撂到廿多岁，还许就剩在家里呢。我对谁都想对得起，可是谁又对得起我来着？我并不想唠里唠叨的发牢骚，不过我愿把事情都撂平了，谁是谁非，让大家看。

当她出嫁的那一天，我真想坐在那里痛哭一场。我可是没有哭；这也不是一半天的事了，我的眼泪只会在眼里转两转，简直的不会往下流！

十五

儿子有了事作，姑娘出了阁，我心里说：这我可能远走高飞了！假若外边有个机会，我楞把巡长搁下，也出去见识见识。什么发财不发财的，我不能就窝囊这么一辈子。

机会还真来了。记得那位冯大人呀，他放了外任官。我不是爱看报吗？得到这个消息，就找他去了，求他带我出去。他还记得我，而且愿意这么办。他教我去再约上三个好手，一共四个人随他上任。我留了个心眼，请他自己向局里要四名，作为是拨遣。我是这么想：假若日后事情不见佳呢，既省得朋友们抱怨我，而且还可以回来交差，有个退身步。他看我的办法不错，就指名向局里调了四个人。

这一喜可非同小喜。就凭我这点经验知识，管保说，到那（哪）我也可以作个很好的警察局局长，一点不是瞎吹！一条狗还有得意的那一天呢，何况是个人？我也该抖两天了，四十多岁还没露过一回脸呢！

果然，命令下来，我是卫队长；我乐得要跳起来。

哼！也不是咱的命不好，还是冯大人的时运不济；还没到任呢，又撤了差。猫咬尿胞，瞎欢喜一场！幸而我们四个人是调用，不是辞差；冯大人又把我们送回局里去了。我的心里既为这件事难过，又为回局里能否还当巡长发愁，我脸上瘦了一圈。

幸而还好，我被派到防疫处作守卫，一共有六位弟兄，由我带领。这是个不错的差事，事情不多，而由防疫处开我们的饭钱。我不确实的知道，大概这是冯大人给我说了句好话。

在这里，饭钱既不必由自己出，我开始攒钱，为是给福海娶亲——只剩了这么一档子该办的事了，爽性早些办了吧！

在我四十五岁上，我娶了儿媳妇——她的娘家父亲与哥哥都是巡警。可倒好，我这一家子，老少里外，全是巡警，凑吧凑吧，就可以成立个警察分所！

人的行动有时候莫明其妙。娶了儿媳妇以后，也不〔知〕是怎么我以为应当留下胡子，才够作公公的样子。我没细想自己是干什么的，直入公堂的就留下胡子了。小黑胡子在我嘴上，我捻上一袋关东烟，觉得挺够味儿。本来吗，姑娘聘出去了，儿子成了家，我自己的事又挺顺当，怎能觉得不是味儿呢？

哼！我的胡子惹下了祸。总局局长忽然换了人，新局长到任就检阅全城的巡警。这位老爷是军人出身，只懂得立整（正）看齐，不懂得别的。在前面我已经说过，局里区里都有许多老人们，长相不体面，可是办事多年，最有经验。我就是和局里这群老手儿排在一处的，因为防疫处的守卫不属于任何警区，所以检阅的时候便随着局里的人立在一块儿。

当我们站好了队，等着检阅的时候，我和那群老人们还有说有笑，自自然然的。我们心里都觉得，重要的事情都归我们办，提那（哪）一项事情我们都知道，我们没升腾起来已经算很委屈了，谁还能把我们踢出去吗？上了几岁年纪，诚然，可是我们并没少作事儿呀！即使说老朽不中用了，反正我们都至少当过十五六年的差，我们年轻力壮的时候是把精神血汗耗费在公家的差事上，冲着这点，难道还不留个情面吗？谁能够看狗老了就一脚踢出去呢？我们心中都这么想，所以满没把这回事放在心里，以为新局长从远处瞭我们一眼也就算了。

局长到了，大个子，胸前挂满了徽章，又是喊，又是蹦，活像个机器人。我心里打开了鼓。他不按着次序看，一眼看到我们这一排，他猛虎扑食似的就跑过来了。岔开脚，手握在背后，他向我们点了点头。然后忽然他一个踺步跳到我们跟前，抓起一个老书记生的腰带，像摔跤似的往前一拉，几乎把老书记生拉倒；抓着腰带，他前后摇幌了老书记生几把，然后猛一撒手，老书记生摔了个屁股墩。局长对准了他就是两口唾沫，"你也当巡警！连腰带都系不紧？来！拉出去毙了！"

我们都知道，凭他是谁，也不能枪毙人。可是我们的脸都白了，不是怕，是气的。那个老书记生坐在地上，哆嗦成了一团。

局长又看了看我们，然后用手指画了条长线，"你们全滚出去，别再教我看见你们！你们这群东西也配当巡警！"说完这个，彷佛还不解气，又跑到前面，扯着脖子喊："是有胡子的全脱了制服，马上走！"

有胡子的不止我一个，还都是巡长巡官，要不然我也不敢留下这几根惹祸的毛。

廿年来的服务，我就是这么被刷下来了。其实呢，我虽四十多岁，我可是一点也不显着老苍，谁教我留下了胡子呢！这就是说，当你年轻力壮的时候，你把命卖上，一月就是那六七块钱。你的儿子，因为你当巡警，不能读书受教育；你的女儿，因为你当巡警，也嫁个穷汉去吃窝窝头。你自己呢，一长胡子，就算完事，一个铜子的恤金养老金也没有，服务廿年后，你教人家一脚踢出来，像踢开一块碍事的砖头似的。五十以前，你没挣下什么，有三顿饭吃就算不错；五十以后，你该想主意了，是投河呢，还是上吊呢？这就是当巡警的下场头。

二十年来的差事，没作过什么错事，但我就这样卷了铺盖。

弟兄们有含着泪把我送出来的，我还是笑着；世界上不平的事可多了，我还留着我的泪呢！

十六

穷人的命——并不像那些施舍稀粥的慈善家所想的——不是几碗粥所能救活了的；有粥吃，不过多受几天罪罢了，早晚还是死。我的履历就跟这样的粥差不多，它只能帮助我找上个小事，教我多受几天罪；我还得去当巡警。除了说我当巡警，我还真没法介绍自己呢！它就像颗不体面的痣或瘤子，永远跟着我。我懒得说当过巡警，懒得再去当巡警，可是不说不当，还真连碗饭也吃不上，多么可恶呢！

歇了没有好久，我由冯大人的介绍，到一座煤矿上去作卫生处主任，后来又升为矿村的警察分所所长；这总算运气不坏。在这里我很施展了些我的才干与学问：对村里的工人，我以廿年服务的经验，管理得真叫不错。他们聚赌，斗殴，罢工，闹事，醉酒，就凭我的一张嘴，就事论事，干脆了当，我能把他们说得心服口服。对弟兄们呢，我得亲自去训练。他们之中有的是由别处调来的，有的是由我约来帮忙的，都当过巡警；这可就不容易训练，因为他们懂得一些警察的事儿，而想看我一手儿。我不怕，我当过各样的巡警，里里外外我全晓得；凭着这点经验，我算是没被他们给撅了。对内对外，我全有办法，这一点也不瞎吹。

假若我能在这里混上几年，我敢保说至少我可以积攒下个棺材本儿，因为我的饷银差不多等于一个巡官的，而到年底还可以拿一笔奖金。可是，我刚作到半年，把一切都布置得有个大概了，哼！我被人家顶下来了。我的罪过是年老与过于认真办事。弟兄们满可以拿些私钱，假若我肯睁着一只闭着一只眼的话。我的两眼都睁着，种下了毒。对外也是如此，我明白警察的一切，所以我要本着良心把此地的警务办得完完全全，真像个样儿。还是那句话，人民要不是真正的人民，办警察是多此一举，越办得好越招人怨恨。自然，容我办上几年，大家也许能看出它的好处来。可是，人家不等我办好，已经把我踢开了。

在这个社会中办事，我现在才明白过来，就得像发给巡警们皮鞋似的。大点，活该！小点，挤脚？活该！什么事都能办通了，你打算合大家的适，他们要不把鞋打在你脸上才怪。这次的失败，因为我忘了那三个宝贝字——"汤儿事"，因此我又卷了铺盖。

这回，一闲就是半年多。从我学徒时候起，我无事也忙，永不懂得偷闲。现在，虽然是奔五十的人了，我的精神气力并不比那个年轻小伙子差多少。生让我闲着，我怎么受呢？由早晨起来到日落，我没有正经事作，没有希望，跟太阳一样，就那么由东而西的转过去；不过，太阳能照亮了世界，我呢，心中老是黑糊糊的。闲得起急，闲得要蹦，闲得讨厌自己，可就是摸不着点儿事作。想起过去的劳力与经验，并不能自慰，因为劳力与经验没给我积攒下养老的钱，而我眼看着就是挨饿。我不愿人家养着我，我有自己的精神与本事，愿意自食其力的去挣饭吃。我的耳目好像作贼的那么尖，只要有个消息，我便赶上前去，可是老空着手回来，把头低得无可再低，真想一跤摔死，倒也爽快！还没到死的时候，社会像要把我活埋了！晴天大日头的，我觉得身子慢慢往土里陷；什么缺德的事也没作过，可是受这么大的罪。一天到晚我叨（吆）着那根烟袋，里边并没有烟，只是那么叨（吆）着，算个"意思"而已。我活着也不过是那么个"意思"，好像专为给大家当笑话看呢！

好容易，我弄到个事：到河南去当盐务缉私队的队兵。队兵就队兵吧，有饭吃就行呀！借了钱，打点行李，我把胡子剃得光光的上了"任"。

半年的工夫，我把债还清，而且升为排长。别人花两（俩），我花一个，好还债。别人走一步，我走两步，所以升了排长。委屈并挡不住我的努力，我怕失业。一次失业，就多老上三年，不饿死，也憋闷死了。至于努力挡得住失业挡不住，那就难说了。

我想——哼！我又想了！——我既能当上排长，就能当上队长，不又是个希望么？这回我留了神，看人家怎作，我也怎作。人家要私钱，我也要，我别再为良心而坏了事；良心在这年月并不值钱。假若我在队上混个队长，连公带私，有几年的工夫，我不是又可以剩下个棺材本儿么？我简直的没了大志向，只求腿脚能动便去劳动；多咱动不了窝，好，能有个棺材把我装上，不至于教野狗们把我嚼了。我一眼看着天，一眼看着地。我对得起天，再求我能静静的躺在地下。并非我倚老卖老，我才五十来岁；不过，过去的努力既是那么白干一场，我怎能不把眼睛放低一些，只看着我将来的坟头呢！我心里是这么想，我的志愿既这么小，难道老天爷还不睁开点眼吗？

来家信，说我得了孙子。我要说我不喜欢，那简直不近人情。可是，我也必得说出来：喜欢完了，我心里凉了那么一下，不由的自言自语的嘀咕："哼！又来个小巡警吧！"一个作祖父的，按说，那（哪）有给孙子说丧气话的，可是谁要是看过我前边所说的一大片，大概谁也会原谅我吧？有钱人家的儿女是希望，没钱人家的儿女是累赘；自己的肚中空虚，还能顾得子孙万代，和什么"忠厚传家久，诗书继世长"吗？

我的小烟袋锅儿里又有了烟叶，叨（吆）着烟袋，我咂摸着将来的事儿。有了孙子，我的责任还不止于剩个棺材本儿了；儿子还是三等警，怎能养家呢？我不管他们夫妇，还不管孙子么？这教我心中忽然非常的乱，自己一年比一年的老，而家中的嘴越来越多，那（哪）个嘴不得用窝窝头填上呢！我深深的打了几个膈（嗝）儿，胸中彷佛横着一口气。唉，算了吧，我还是少思索吧，没头儿，说不尽！个人的寿数是有限的，困难可是世袭的呢！子子孙孙，万年永实用，窝窝头！

风雨要是都按着天气预测那么来，就无所谓狂风暴雨了。困难若是都按着咱们心中所思虑的一步一步慢慢的来，也就没有把人急疯了这一说了。我正盘算着孙子的事儿，我的儿子死了！

他还并没死在家里呀！还我得去运灵。

福海，自从成家以后。很知道要强。虽然他的本事有限，可是他懂得了怎样尽自己的力量去作事。我到盐务缉私队上来的时候，他很愿意和我一同来，相信在外边可以多一些发展的机会。我拦住了他，因为怕事情不稳，一下子再教父子同时失业，如何得了。可是，我前脚离开了家，他紧随着也上了威海卫。他在那里多挣两块钱。独自在外，多挣两圆就和不多挣一样，可是穷人想要强，就往往只看见了钱。而不多合计合计，到那里，他就病了；舍不得吃药。及至他躺下了，药可也就没了用。

把灵运回来，我手中连一个钱也没有了。儿媳妇成了年轻的寡妇，带着个吃奶的小孩，我怎么办呢？我没法再出外去作事，在家乡我又连个三等巡警也当不上，我才五十岁，已走到了绝路。我羡慕福海，早早的死了，一闭眼三不知；假若他活到我这个岁数，至好也不过和我一样，多一半还许不如我呢！儿媳妇哭，哭得死去活来，我没有泪，哭不出来，我只能满屋里打转。偶尔的冷笑一声。

以前的力气都白卖了。现在我还得拿出全套的本事，去给小孙子找点粥吃。我去看守空房；我去帮着人家卖菜；我去作泥水匠的小工子活；我去给人家搬家……除了拉洋车，我什么都作过了。无论作什么，我还都卖着最大的力气，留着十分的小心。五十多了，我出的是廿岁的小伙子的力气，肚子里可是只有点稀粥与窝窝头，身上到冬天没有一件厚实的棉袄，我不求人白给点什么，还讲仗着力气与本事挣饭吃，豪横了一辈子，到死我还不能输这口气。时常我挨一天的饿，时常我没有煤点上火，时常我找不到一撮儿烟叶，可是我决不说什么；我给公家卖过力气了，我对得住一切的人，我心里没毛病，还说什么呢？我等着饿死，死后必定没有棺材，儿媳妇和孙子也得跟着饿死，那只好就这样吧！谁教我是巡警呢！我的眼前时常发黑，我彷佛已摸到了死，哼！我还笑，笑我这一辈的聪明本事，笑这出奇不公平的世界，希望等我笑到末一声，这世界就换个样儿吧！

《我这一辈子》原发表页
1937年7月1日《文学》第9卷第1号

我這一輩子（中篇創作）

老舍

一

還不如我的好呢，連句整話都說不出來。這樣的人既能作高官，我怎麼不能呢？

可是當我十五歲的時候家裏敎我去學徒五行八作行行出狀元。學手藝原不是件低搭的事，不過比較常差稍差點勤兒能了。學手藝一輩子逃不出手藝人去，卽使能大發財源也高不過大官兒。不是？可是我並沒和家裏爭扭就去學徒了；十五歲的人自然沒有多少主意。況且家裏老人還說學滿了藝能掙上錢，就給我說親事。在當時我想像着結婚必是件有趣的事，那麼再有個小媳婦大概也很下得去了。

我學的是裱糊匠。在那太平年月，裱糊匠可並不是說老年間的人要死一個人不像現在這麼省事，可並不是說老年間的人要翻來覆去的死好幾回，不乾脆的一下子斷了氣。我是說那時候死人家要拼命的花錢，一點不惜力氣與金錢的薄排場就會要喪事兒，一斷氣馬上就得

我幼年讀過書，雖然不多，可是足夠讀七俠五義[1]與三國志演[2]的。我記得好幾段聊齋[3]到如今還能說得齊全勤懇，不但聽的人都給我鼓掌叫好；我自己也覺得應該高興；可是我並不謂聊齋的原文那太深了，我所記得的幾段都是由小報上的「評講聊齋」念來的——把原文變成白話又添上些逗哏打趣，實在有個意思。

我的字寫得也不壞。拿我的字和老年間衙門裏的公文比一比，論個兒的勻適墨色的光潤與行列的齊整，我實在不敢高聲說我有寫奏摺的本領，可是作個很好的「筆帖式」[4]自然是準保能寫到好處的。

遇代懋字與寫字的本事我本該去當差，當差雖不見得一定能增光耀祖，但是至少也比作別的事更體面些；況且呢差事不管大小多少總有個升級。我看見不止一位了，官職很大可是那筆字歪歪扭扭，我看有關係的事來說吧，就得花上老些個錢，一斷氣馬上就得

---

[1] 七侠五义，清代石玉昆所著《三侠五义》的改编本，由清末著名学者俞樾改编。

[2] 三国志演义，全名《三国志通俗演义》，中国第一部长篇章回体历史演义小说，元末明初小说家罗贯中著，以魏、蜀、吴三国间的政治军事斗争为主线，表现了从东汉末年到西晋初年之间近百年历史风云。

[3] 聊斋，指《聊斋志异》，清代著名小说家蒲松龄创作的文言短篇小说集。

[4] 笔帖式，满语，也作"笔帖黑色"，指办理文件、文书的人。清各部院、内行衙署均有设置。

[5] 入理门，理门，指理门教，是自清朝末年开始盛行的一种宗教，影响遍及江淮南北及辽东各地，以京津为盛。其教戒诫：不吸烟、不喝酒、不赌、不嫖。据《青岛民言报》1947年3月登载文章《理门教首创人李晴峰之诗》知理门教创始人李晴峰为江苏人。

[6] 汤事儿，北京方言，指不实在、糊弄人的事。

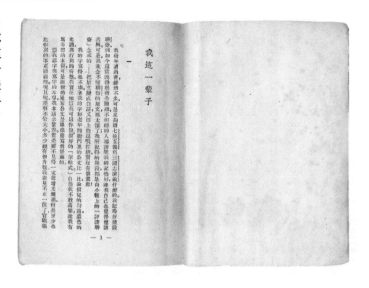

《我这一辈子》
1946年再版《火车集》

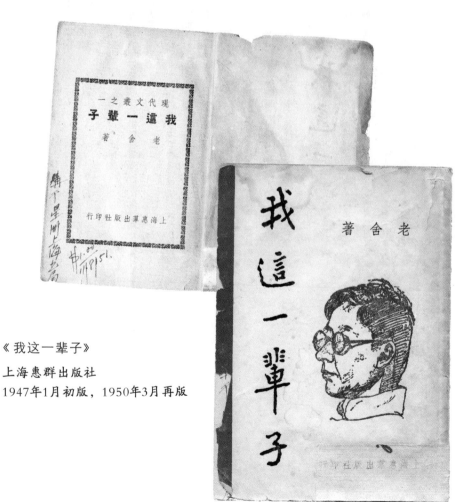

《我这一辈子》

上海惠群出版社

1947年1月初版，1950年3月再版

雪后的历史图像与人物形影

【老舍青岛文集◎第四卷】

集外短篇小说

画像

　　西画的杰作，他指给我，是油画的几颗鸡冠花，花下有几个黑球。不知为什么标签上只写了鸡冠花，而没管那些黑球。要不是先看了标签，要命我也想不起鸡冠花来——一些红道子夹着蓝道子，我最初以为是阴丹士林布衫上洒了狗血，后来才悟过来那是我永不能承认的鸡冠花。那些黑球是什么呢？不能也是鸡冠花吧？我不能不问了，不问太憋得慌。「那些黑玩艺是什么？」

　　本篇原载1934年10月16日《论语》第51期。

　　这是个人物速写，是夸张的写实，更是荒诞的虚构，似杂文。开篇即言："前些日子，方二哥在公园开过'个展'，有字有画，画又分中画西画两部。第一天到会参观的有三千多人，气晕了多一半，当时死了四五十位。"方二哥自信于自己的"艺术"，并执迷于此，最终因执迷而致疯癫。小说虽短，可意蕴深长，警示人们要认清自己，要戳穿生命中不自知的真相，走出自大和妄信。

画　像

前些日子，方二哥在公园开过"个展"，有字有画，画又分中画西画两部。第一天到会参观的有三千多人，气晕了多一半，当时死了四五十位。

据我看，方二哥的字确是不坏，因为墨色很黑，而且缺着笔划的字也还不算多。可是方二哥自己偏说他的画好。在"个展"中，中画的杰作——他自己规定的——是一张人物。松树底下坐着俩老头儿。确是松树，因为他题的是"松声琴韵"。他题的是松，我要是说像榆树，不是找着打架吗？所以我一看见标题就承认了那是松树：为朋友的面子有时候也得叫良心藏起一会儿去。对于那俩老头儿，我可是没法不言语了。方二哥的俩老头儿是一顺边坐着，大小一样，衣装一样，方向一样，活像是先画了一个，然后又照描了一个。"这是怎么个讲究？"我问他。

"这？俩老头儿鼓琴！"他毫不迟疑的回答。

"为什么一模一样？我问的是。"

"怎么？不许一模一样吗？"他的眼里已然冒着点火。

"那么你不会画一个向左，一个向右？"

"讲究画成一样！这是艺术！"他冷笑着。

我不敢再问了，他这是艺术。

又去看西画。他还跟着我。虽然他不很满意我刚才的质问，可究竟是老朋友，不好登时大发脾气。再说，我已承认了他这是艺术。

西画的杰作，他指给我，是油画的几颗鸡冠花，花下有几个黑球。不知为什么标签上只写了鸡冠花，而没管那些黑球。要不是先看了标签，要命我也想不起鸡冠花来——一些红道子夹着蓝道子，我最初以为是阴丹士林[1]布衫上洒了狗血，后来才悟过来那是我永不能承认的鸡冠花。那些黑球是什么呢？不能也是鸡冠花吧？我不能不问了，不问太憋得慌。"那些黑玩艺是什么？"

"黑玩艺？！！！"他气得直瞪眼："那是鸡！你站远点看！"

我退了十几步，歪着头来回的端详，还是黑球。可是为保全我的性命，我改了嘴："可不是鸡！一边儿大，一样的黑；这是艺术！"

103

方二哥天真的笑了："这是艺术。好了，这张送给你了！"

我可怪不好意思接受，他这张标价是一千五百元呢。送点小礼物，我们俩的交情确是过得着；一千五，这可不敢当！况且拿回家去，再把老人们气死一两位，也不合算。我不敢要。

我正谦谢，方二哥得了灵感："不要这张也好，另给你画一张，我得给你画像；你的脸艺术！"

我心里凉了！不用说，我的脸不是像块砖头，就是像个黑蛋。要不然方二哥怎说它长得艺术呢？我设尽方法拦阻他：没工夫；不够被画的资格；坐定了就抽疯……他不听这一套，非画不可；第二天还就得开始，灵感一到，机关枪也挡不住；不画就非疯了不可！我没了办法。为避免自己的脸变成黑蛋，而叫方二哥入疯人院，我不忍。画就画吧。我可是绕着弯儿递了个口语："二哥，可画细致一点。家里的人不懂艺术，他们专看像不像。我自己倒没什么，你就画个黑球而说是我，我也能欣赏。"

"艺术是艺术，管他们呢！"方二哥说，"明天早晨八点，一准！"

我没说出什么来，一天没吃饭。

第二天，还没到八点，方二哥就来了；灵感催的。喝，拿着的东西多了，都挂着颜色。把东西堆在桌上，他开始惩治我。叫我坐定不动，脸儿偏着，脖子扭着，手放在膝上，别动，连眼珠都别动。我吓开了神。他进三步，退两步，向左歪头，抓抓头发，又向右看，挤挤眼睛。闹腾了半点多钟，他说我的鼻子长的不对。得换个方向，给鼻子点光。我换过方向来，他过来弹弹我的脑门，拉拉耳朵，往上兜兜鼻子，按按头发；然后告诉我不要再动。我不敢动。他又退后细看，头上出了汗。还不行，我的眼不对。得换个方向。给眼睛点光。我忍不住了，我把他推在椅子上，照样弹了他的脑门，拉了他的耳朵……"我给你画吧！"我说。

为艺术，他不能跟我赌气。他央告我再坐下："就画，就画！"

我又坐好，他真动了笔。一劲嘱咐我别动。瞪我一眼，回过头去抹一个黑蛋；又瞪我一眼，在黑蛋上戳上几个绿点；又回过头来，向我的鼻子咧咧嘴，好像我的鼻子有毒似的。画了一点多钟，他累得不行了，非休息不可，彷佛我歪着头倒使他脖子酸了。我一边揉着脖子，一边去细看他画了什么。很简单，几个小黑蛋凑成的一个大黑蛋，黑蛋上有些高起的绿点。

"这是不是煤球上长着点青苔？"我问。

"别忙啊，还得画十天呢。"他看着大煤球出神。

"十天？我还得坐十天？"

"啊！"

　　当天下午，我上了天津。两天后，家中来信说：方二哥疯了。疯就疯了吧，我有什么办法呢？

---

[1] 阴丹士林，德文Indanthrene的音译，现代人造染料之一种，有各种颜色，人们最常说到和用到的"阴丹士林"多指青蓝色。

《画像》原发表页
1934年10月16日《论语》第51期

畫像　老舍

前些日子，方二哥在公園裏開過「個展」。有學有畫，畫又分中畫西畫兩部。第一天到會參觀的有三千多人，氣象了多。

一牛，當時死四了五十位。

提我看，方二哥的字也還不算多。可是方二哥自己偏說他的畫好。在「個展」中，中畫的傑作——他自己規定的——是一張人物。松樹底下坐着個老頭兒。他題的是松，我要去看他畫的那個。確是松樹，因為他題的是「松蔭茶話」。他自己坐着一個，因為是說像橄欖樹，不是我去看打架嗎？所以我一看標題就承認了那是松樹——因為朋友的面子有時候也得叫良心藏起一會兒去。對於那個老頭兒，我可是沒法不言言。

方二哥的橄欖見是一順邊坐着，大小一樣，衣裝一樣，方向一樣，活像是先畫了一個，然後又照貓畫了一個。

「這是怎麼個講究？」我問他。

「怎麼畫成一樣！這是藝術！」他冷笑着。

「那麼你不會畫一個向左，一個向右？」

「誰許一模一樣？」他問的是。

「為什麼一模一樣？」他毫不遲疑的問答。

「道？倆老頭見就對平！」

間，可究竟是老朋友，不好登時大發脾氣。再說，我已承認了他這是藝術。

西畫的傑作，他指給我，是油畫的雞翎雞冠花，花下有幾個黑球。不知為什麼標簽上只寫了雞冠花，而沒管那些黑球。要不是先看了標簽，我還真以為是陰丹士林布衫上灑了狗血，後來機想過來那是我永不能承認的雞翎雞冠花。那些黑球是什麼呢？不能也是雞冠花吧？我不能不問了，不問太憋得慌。

「那些黑玩藝是什麼呢？」

「黑遺子夾着藍遺子……」

「黑玩藝？！……」他氣得直瞪眼：「那是雞蛋！你站遠點看！」

我退了十數步，歪着頭來問的端詳，還是黑球。可是為保全我的性命，我改了嘴：「可不是雞！一湯見大，一樣的黑，這是藝術！」

方二哥天真的笑了……「這是藝術。好了，這張送給你了！」

我可怪他不好意思接受，我們倆的交情讓是過得着，一千五，還可不敢當！況且本回家去，再把老人們氣死一兩位，也不合算。我不敢要。

我正謙謝，方二哥不得了驚威：「不要這張也好，另給你畫一張。我得給你畫像；你的臉藝術！」

我心裏涼了！不用說，我的臉不是像塊磚頭，就是像個

我不肯再問了，他還跟着我。雖然他不很滿意我剛纔的質

又去看西畫。

—139—

丁聪作《画像》插图

沈二哥加了薪水

刮着小西北风，斜阳中的少数黄叶金子似的。风刮在扁脸上，凉，痛快。

秋也有它的光荣。沈二哥夹着那卷儿自由呢，几乎是随便的走，歪着肩膀，两脚谁也不等着谁，一溜歪斜的走。没有想想看，碰着人也活该。这是点劲儿。

先叫老婆赏识赏识，三角五一尺，自由呢，连价也没还，劲儿！沈二哥的平腮挂出了红色，心里发热。生命应该是热的，他想，他痛快。

本篇原载1934年11月《现代》第6卷第1期。初收《老舍小说集外集》。

　　小说写的是一个加薪事件，小职员沈二哥原本很世故，处于一种"抽抽"的委顿状态，老婆的一句习蛮的痛骂，震醒了他生命中的另一个自我，于是放弃世故，积极为自己争取权益，得以加薪，但最后照旧复归于"想想看"的习惯状态。看起来这是一件平常事，但对于沈二哥来说，却深刻反映了其性格的二元性，完成了生命的自觉与自省，就是在这性格闪光昙花一现之中，小说揭示出每个人身上都存活着两个或多个自我。深层自我是一个由传统和世人的合力压缩而成的心理空间，它形成了无意识。作品结尾，将个体心理学提升到民族文化心理学的高度，由沈二哥的"想想看"延伸到对民族文化传统的省思与批判。

沈二哥加了薪水

　　四十来岁，扁脸，细眉，冬夏常青的笑着，就是沈二哥。走路非常慎重，左脚迈出，右脚得想一会儿才敢跟上去。因此左肩有些探出。在左肩左脚都伸出去，而右脚正思索着的时节，很可以给他照张像，姿态有如什么大人物刚下飞机的样子。

　　自幼儿沈二哥就想作大人物，到如今可是还没信儿作成。因为要作大人物，就很谨慎，成人以后谁也晓得他老于世故。可是老于世故并不是怎样的惊天动地。他觉得受着压迫，很悲观。处处他用着心思，事事他想得周到，步法永远一丝不乱，可也没走到哪儿去。他不明白。总是受着压迫，他想；不然的话……他要由细腻而丰富，谁知道越细心越往小里抽，像个盘中的橘子，一天比一天缩小。他感到了空虚，而莫名其妙。

　　只有一点安慰——他没碰过多少钉子，凡事他都要"想想看"，唯恐碰在钉子上。他躲开了许多钉子，可是也躲开了伟大；安慰改成了失望。四十来岁的了，他还没飞起来过一次。躲开一些钉子，真的，可是嘴按在沙窝上，不疼，怪瘪（憋）得慌。

　　对家里的人，他算尽到了心。可是他们都欺侮他。太太又要件蓝自由呢[1]的夹袍。他照例的想想看，不说行，也不说不行。他得想想看：论岁数，她也三十五六了，穿哪门子自由呢？论需要，她不是有两三件夹袍了吗？论体面，似乎应当先给儿女们做新衣裳，论……他想出无数的理由，可是不便对她直说。想想看最保险。

　　"想想看，老想想看，"沈二嫂挂了气："想他妈的蛋！你一辈子可想出来什么了？！"

　　沈二哥的细眉拧起来，太太没这样厉害过，野蛮过。他不便还口，老夫老妻的，别打破了脸。太太会后悔的，一定。他管束着自己，等她后悔。

　　可是一两天了，他老没忘了她的话，一时一刻也没忘。时时刻刻那两句话刺着他的心。他似乎已忘了那是她说的，他已忘了太太的厉害与野蛮。那好像是一个启示，一个提醒，一个向生命的总攻击。"一辈子可想出什么来了？老想想看！想他妈的蛋！"在往日，太太要是发脾气，他只认为那是一种压迫——他越细心，越周到，越智慧，他们大家越欺侮他。这一回可不是这样了。这不是压迫，不是闹脾气，而是什么一种摇动，像一阵狂风要把老老实实的一棵树连根拔起来，连根！他彷彿忽然明白过来：生命的所以空虚，都因为想他妈的蛋。他得干点什么，要干就干，再没有想想看。

是的，马上给她买自由呢，没有想想看。生命是要流出来的，不能罐里养王八。不能！三角五一尺，自由呢。买，没有想想看，连价钱也不还，买就是买。

刮着小西北风，斜阳中的少数黄叶金子似的。风刮在扁脸上，凉，痛快。秋也有它的光荣。沈二哥夹着那卷儿自由呢，几乎是随便的走，歪着肩膀，两脚谁也不等着谁，一溜歪斜的走。没有想想看，碰着人也活该。这是点劲儿。先叫老婆赏识赏识，三角五一尺，自由呢，连价也没还，劲儿！沈二哥的平腮挂出了红色，心里发热。生命应该是热的，他想，他痛快。

"给你，自由呢！"连多钱一尺也不便说，丈夫气。

"你这个人，"太太笑着，一种轻慢的笑，"不问问我就买，真，我昨天已经买下了。得，来个双份。有钱是怎着？！"

"那你可不告诉我？！"沈二哥还不肯后悔，只是乘机会给太太两句硬的："双份也没关系，买了就是买了！"

"哟，瞧这股子劲！"太太几乎要佩服丈夫一下。"吃了横人肉了？不告诉你喽，哪一回想想看不是个鲇溜儿屁？！"太太决定不佩服他一下了。

沈二哥没再言语，心中叫上了劲。快四十了，不能再抽抽。英雄伟人必须有个劲儿，没有前思，没有后想，对！

第二天上衙门，走得很快。遇上熟人，大概的一点头，向着树，还是向着电线杆子，都没关系。使他们惊异，正好。

衙门里同事的有三个加了薪。沈二哥决定去见长官，没有想想看。沈二哥在衙门里多年了，哪一件事，经他的手，没出过错。加薪没他的事？可以！他挺起身来，自己觉得高了一块，去见司长。

"司长，我要求加薪。"没有想想看，要什么就说什么。这是到伟大之路。

"沈先生，"司长对老人儿挺和气，"坐，坐。"

没有想想看，沈二哥坐在司长的对面，脸上红着。

"要加薪？"司长笑了笑，"老人儿了，应当的，不过，我想想看。"

"没有想想看，司长，说句痛快的！"沈二哥的心几乎炸了，声音发颤，一辈子没说过这样的话。

司长愣了，手下没有一个人敢这样说话，特别是沈二哥；沈二哥一定有点毛病，也许是喝了两盅酒，"沈先生，我不能马上回答你；这么办，晚上你到我家里，咱们谈一谈？"

沈二哥心中打了鼓，几乎说出"想想看"来。他管住了嘴："晚上见，司长。"他退出没。什么意思呢？什么意思呢？管它呢，已经就是已经。看司长的神气，也许……不管！该死反正活不了。不过，真要是……沈二哥的脸慢慢白了，嘴唇自己动着。他得去喝盅酒，酒是英雄们的玩艺儿。可是他没去喝酒，他没那个习惯。

他决定到司长家里去。一定没什么错儿；要是真得罪了司长，还往家中邀他么？说不定还许有点好处，"硬"的结果；人是得硬，哪怕偶尔一次呢。他不再怕，也不告诉太太，他一声不出的去见司长，得到好处再告诉她，得叫她看一手两手的。沈二哥几乎是高了兴。

司长真等着他呢。很客气，并且管他叫沈二哥："你比我资格老，我们背地里都叫你沈二哥，坐，坐！"

沈二哥感激司长，想起自己的过错，不该和司长耍脾气。"司长，对不起，我那么无礼。"沈二哥交待了这几句，心里合了辙。他就是这么说话的时候觉得自然，合身分。"自己一定是疯了，跟司长翻脸。"他心里说。他一点也不硬了，规规矩矩的坐着，眼睛看着自己的膝。"司长叫我干什么？"

"没事，谈一谈。"

"是。"沈二哥的声音低而好听，自己听着都入耳。说完了，似乎随着来了个声音："你抽抽"，他也觉出来自己是一点一点往里缩呢。可是他不能改，特别是在司长面前。司长比他大的多，他得承认自己是"小不点"。况且司长这样客气呢，能给脸不兜着么？

"你在衙门里有十年了吧？"司长问，很亲热的。

"十多年了，"沈二哥不敢多带感情，可是不由的有点骄傲，生命并没白白过去，十多年了，老有差事作，稳当，熟习，没碰过钉子。

"还愿往下作？"司长笑了。

沈二哥回答不出，觉得身子直往里抽抽。他的心疼了一下。还愿往下作？是的。但是，这么下去能成个人物么？他真不敢问自己，舌头木住了，全是空的，全是。

"你看，今天你找我去……我明白……你是这样，我何尝不是这样。"司长思索了会儿。"咱们差不多。没有想想看，你说的，对了。咱们都坏在想想看上。不是活着，是凑合。你打动了我。咱们都有这种时候，不过很少敢像你这么直说出来的。咱们把心放在手上捧着。越活越抽抽。"司长的眼中露出真的情感。

沈二哥的嘴中冒了水。"司长，对！咱们，我，一天一天的思索，只是为'躲'，像苍蝇。对谁，对任何事，想想看。精明，不吃亏。其实，其实……"他再找不到话，嗓子中堵住了点什么。

"几时咱们才能不想想看呢？"司长叹息着。

"几时才能不想想看呢？"沈二哥重了一句，作为回答。

"说真的，当你说想想看的时候，你想什么？"

"我？"沈二哥要落泪："我只想把自己放在有垫子的地方，不碰屁股。可也有时候，什么也不想，只是一种习惯，一种习惯。当我一说那三个字，我就觉得自己小了一些。可是我还得说，像小麻雀听见声儿必飞一下似的。我自己小起来，同时我管这种不舒服叫作压迫。我疑心。事事是和我顶着牛。我抓不到什么，只求别沈（沉）下去，像不会水的落在河里。我——"

"像个没病而怕要生病的，"司长接了过去。"什么事都先从坏面想，老微笑着从反面解释人家的好话真话。"他停了一会儿。"可是，不用多讲过去的了，现在我们怎办呢？"

"怎办呢？"沈二哥随着问，心里发空。"我们得有劲儿，我认为？"

"今天你在衙门里总算有了劲儿，"司长又笑了笑，"但是，假如不是遇上我，你的劲儿有什么结果呢？我明天要是对部长有劲儿一回，又怎样呢？"

"事情大概就吹了！"

"沈二哥，假若在四川，或是青海，有个事情，需要两个硬人，咱俩可以一同去，你去不去？"

"我想想看，"沈二哥不由的说出来了。

司长哈哈的笑起来，可是他很快的止住了："沈二哥，别脸红！我也得这么说，假如你问我的话。咱们完了。人家托咱们捎封信，带点东西，咱们都得想想看。惯了。头裹在被子里咱们才睡得香呢。沈二哥，明天我替你办加薪。"

"谢"堵住了沈二哥的喉。

---

[1] 自由呢，一种较厚密的毛织布料，用来做制服衣等，当时时兴。

裕兴池里

我多给了一毛的小账；要是曹五给
我刮了脸，或是修了脚，我至少得给一
块。骂得真脆！要是有人把这群玩艺儿
都煮巴煮巴当狗肉卖，我一定都买来，
倒在河里去请王八们开开斋。

本篇原载1935年1月《东方杂志》第32卷第1号。初收《老舍小说集外集》。

　　小说写的是浴池中的故事，人物只是几个晃动的面影，街面上地痞混混儿的丑陋嘴脸依次闪过。而没有正面出场的马科长，所体现的正是官场的腐败堕落。作品集幽默和讽刺于一炉，对白的大量运用，使之呈现出浓郁的戏剧性。

裕兴池里

　　戴水晶墨镜的那个，我听出来，是尤二爷。

　　他们一共有五六个人，可不是一块儿来的。尤二爷和那个胡子是最先到的。尤二爷的脸真白。他知道自己的脸白，一会儿用手摸摸，一会儿摘下墨镜向镜子里扫一眼。他不是唱花旦的——他不会唱花旦的那种特别的笑法——可是有点儿像。他们都穿着丝袜子，虽然那个胡子至少也有五十多岁了；尤二爷看看吗，也就是三十四五的样儿。

　　裕兴池的伙计跟他们很熟：他俩的姓、住址、电话号码、吸什么牌的烟，龙井还是香片，他们都知道。他俩一进来，伙计好像忽然多出来几个；一向我不晓得裕兴池有这么多干活的。拿烟的拿烟，沏茶的沏茶，递手巾把的就是两个，打电话的打电话。他俩知道这些伙计小名儿，伙计也欢迎他们这样叫着。

　　烟茶来齐，电话还叫着，尤二爷把墨镜摘了放在桌上。叼着极细极长的烟嘴，话随着烟从嘴角钻出来："五哥，我不在乎那几个钱；输了赢了的还算回事？！不在乎钱；牌品，我说的是牌品！早知道有他，我就不耍！"

　　五哥——那个胡子——已把丝袜子脱了，串着指缝："没什么，赶明儿再凑一局，还约上他，圆过这个场；这么搁着也不像是回事，也没什么。"

　　"咱不在乎那几块子钱；哎，子元！"

　　子元进来了，穿着洋服，四十来岁，胖胖的，鼻子上满是笑纹；立好了向五哥和尤二爷鞠躬："晚来一步！都有茶了？"

　　五哥赶紧停止串脚缝，用"原来当"的手递烟，子元双手去接："嗻，嗻，"鼻子上的笑纹过了眼睛，上了脑门。

　　"子元哥，"尤二爷拍着自己的木床，"这儿！昨天的那个碴儿……"

　　"就是。"

　　"我不在乎那点钱，讲的是牌品。"

　　"就是。"

　　"子元，"五哥串了下儿满意的，偷偷闻了闻："得给他们圆上这个碴儿，老这

115

么搁着也不像回事儿。"

"就是，五哥，那谁——"

"六条的电话叫来没有，小四儿？"五哥问。

"那谁——"

"叫不通。"

"先叫马科长那里！"

"那谁——"子元忘了下句，"可不是。"

"不在乎，"

"子元，"

尤二爷和五哥说到了一块。尤二爷嚷了："五哥？"

"我刚要说这个，赶明儿咱们得圆上这个碴儿，别。"

"五爷，电话！"

"马，马！"五哥忙着喝了口茶，忙着把烟头扔在地上，忙着又点上一支，一手提着裤衩，忙着慢慢的走了。

"子元哥，常玩，还能在乎几块子钱？你昨天没加入，可是总该看见了：他那是怎么打呢？！我告诉你，子元哥，气得我一夜没睡好。"

"就是，五哥说得好，圆上这个碴儿。"

"咱不在乎那几，"

"得圆上，"

"子元，"五哥叫，"马科长跟你说话。"

"哟，你们二位，失陪，马科长电话，"子元向刚进来的两位立正鞠躬。

"子元，马科长，"

"是的，五哥。"

"华亭，孟康？"尤二爷拍着木床，"这边！我说，昨个那一场，一夜没睡，我！不在乎那几块钱；牌品，牌——"

"五哥！！"华亭和孟康一齐立起来叫。

"坐！我说，咱们得给他们圆上昨天那个碴，这么搁着不像回事。"五哥坐下，手伸到裤衩里抓着。

"当然！！"华亭的声儿粗，孟康的声儿细，一齐这么说，合着音。

华亭是个一篓油，脸上湿漉漉的有层灰，像落上土的炒花生米；穿的很讲究，右手食指上戴着个半斤多重的金戒指；进来就脱衣裳，大模大样的展览肚子。孟康是个细高挑儿，长脖小脑袋，脸上发绿，眼上有两青圈，像个给唱鼓书的弹弦子的，腰带上系着长杆烟袋。

"五哥说得有理，"华亭高声的说，嗓子里带着点痰，"得圆上这一场。常在一块儿玩！"

"常在一块儿玩，"孟康的眼神不足，可是非常努力的转眼珠。"五哥对了，得圆上这个碴！"

"马科长，刚打来电话，说，今晚上都到他那儿去，再凑凑，也约上'他'；二爷——"

"就是，"子元回来："科长说晚上都到他那儿去，"

"子元，听我的；我本来约大伙儿到我那儿去；既然马科长这么说，莫若今个先吃他，明天是我的。"

"我都好办，有吃儿就行，"华亭哈哈的笑起来，拉着痰丝。

"五哥，"尤二爷叫，脸上微微红了些："我可是交待明白了，我可不为那几块钱；他太不够朋友！"

全不言语了。华亭用热手巾擦脸上的油灰，孟康转着眼珠扒袜子，子元的笑纹由鼻子上慢慢往下溜，咧着点嘴。五哥叫："小四！李二闲着哪吗？刮脸！"

"叫李二，五爷叫！"小四的嗓子非常的尖。

"叫曹五修脚，修完再洗，疼的钻心！"孟康的袜子还没扒下来呢。

"我洗池子，"华亭知道非洗池子不能退油。

"五爷，那边刮吧！"小四嚷。

李二也赶过来："五爷，那边刮吧！"

"曹五那小子呢？"孟康没有好气的问。

"就来，他在楼下作活呢，就来！"小四的尖嗓设法带出顶甜的音调。

五爷走了。子元笑着跟了过去，"我也刮刮。"

我看出了神，也跟去刮脸。

怪不得"五哥"单找李二呢，我还没看见过理发匠有这么和气的——不愿说他下贱。好像"五哥"的脸是电镀的，李二给他抹胰子[1]都怕伤了脸皮。

"子元，晚上你去？"

"稍晚一点，去总得去。"子元扭过头去笑，挤瘪了许多胰子泡。

"二爷，"五哥放低了声，"二爷的话——"

"就是，"子元紧跟着嗽了一声。

孟康来了。"五哥，二爷今天是——"

子元又嗽了声。

尤二爷也跟来了。

"二爷也刮刮？"李二笑的把牙全露出来："我叫张顺去？"

"不用，我不刮。"尤二爷摸了摸自己的白脸，立在五哥的旁边，叼着细长的烟嘴。

"我刚这儿跟他们说，二爷，"五哥的声音使大家都听到。李二登时停住了刀子，笑着等五爷说完。"前儿个我上冯三爷那里去凑。这个老家伙；他六十了，比我大四岁；当着两姨太太，他跟我说，你猜什么？"五哥自己先笑了笑，李二陪着。"五爷，他说，你当我叫她们闲着呢；饶不了她们；不信，你问问她俩！哎呀，招得两位姨太太都不好意思了，这个老家伙！也别说，倒是真棒，真棒！"

"我要是能那么棒，多抖！"孟康的长脖子缓慢的俯仰了两下。

"孟康你也不弱，别看不胖！坐下二十四圈，你比谁弱？"五哥问。李二又停了刀子，笑得好像浑身都直痒痒。

"就是，"子元完全承认这是事实。

孟康对镜子照了照，用力睁眼，青眼圈确是小了些，笑了一下。

尤二爷的脸还红着点，眼睛来回扫着大家；极慢的往外喷着烟。"五哥，晚上我去不去呢？"

"怎好意思不去呢；本来是我的请，吃马科长还不是一样？反正是咱们这伙人。"

"我先洗去了，"孟康说，"曹五这小子大概是死了！"

"洗完再修也好，"尤二爷赶着说，很和气，有点无聊。

"你问子元，"五哥说："我是不是先约的马科长，子元？"

"是，五哥，"子元的头立起来，用刮过的半边脸代表着全体的笑意。

"我先约的他，他说他已经预备了；不去不大好意思，是不是？"

"不是，"尤二爷心中似乎有点发乱，"我倒不是别扭；昨个，咱们不在乎那点钱！"

"当然，"子元的头又立起来："我其实还有事；不去可不好意思！我得晚一点，也晚不了多少！"

尤二爷点了几下头，脸上透着思想很深沉，走过子元这边来。

"二爷不刮刮？"子元问。

"洗完再说。"尤二爷搭讪着走出去。

"子元，"

"五哥，"

谁也没说什么。

我先刮完，可是舍不得走，掏掏耳朵吧。

掏净一个耳朵，他们都完了。

他俩走出理发室去，曹五拿着家伙包儿走进来。

"曹五，人家找你半天了！"李二很不满意的样儿说。

"又是那群王八兔子贼呀？"曹五往我这么看了一眼，看我是生人，他放大了胆："×他们归了包堆的奶奶！"

我多给了一毛的小账；要是曹五给我刮了脸，或是修了脚，我至少得给一块。骂得真脆！要是有人把这群玩艺儿都煮巴煮巴当狗肉卖，我一定都买来，倒在河里去请王八们开开斋。

---

[1] 胰子，本是我国古代发明的一种含有猪胰脏和草木灰成分的复合洗涤用品，至现代称"香皂""肥皂"。

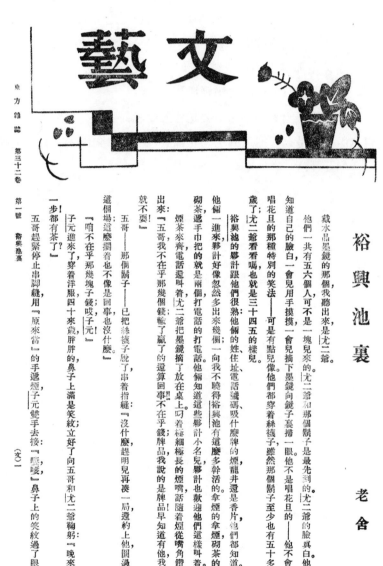

裕興池裏

老舍

戴水晶墨鏡的那個人，我聽出來的是尤二爺。

他們一共有五六個人，可不是一塊兒來的。尤二爺和那個鬍子是最先到的。尤二爺的臉真白他知道自己的那種特別的笑法——可是有點兒像他們都穿着絲襪子，雖然那個鬍子至少也有五十多歲了；尤二爺看看嗎也就是三十四五的樣兒。

裕興池的夥計跟他們很熟他倆的姓住址電話號碼、吸什麼牌的煙龍井還是香片，他們都知道。他倆一進來夥計好像忽然多出來幾個；一向我不曉得裕興池有這麼多幹活的。拿煙的拿茶的砌茶遞手巾把的就是兩個打電話的。他倆知道這些夥計也歡迎他們這樣叫着

煙茶來齊，電話還叫着，尤二爺把墨鏡摘了放在桌上叼着極細極長的煙嘴話隨着煙從嘴角鑽出來「五哥我不在乎那幾個錢贏了的還算回事不在乎錢品我說的是牌品早知道有他我就不耍！

五哥——那個鬍子——已把絲襪子脫了，串着指縫「沒什麼趕明兒再湊一局還約上他們鬥過這個場這麼攔着他也不像是回事也沒什麼」

「咱不在乎那幾塊子錢吱子元！」

子元進來了穿着洋服四十來歲胖胖的鼻子上滿是笑紋立好了向五哥和尤二爺鞠躬：「晚來一步！都有茶了？」

五哥趕緊停止串腳縫用「原來當」的手遞煙子元彎手去接「哦嗳」鼻子上的笑紋過了眼

東方雜誌　第三十二卷　第一號　裕興池裏　（文）　一

《裕兴池里》原发表页
1935年1月《东方杂志》第32卷第1号

老舍青岛文集◎第四卷◎集外短篇小说

创造病

看着那个机器，他们有着说不出的后悔。他们虽然退一步的想，那个玩艺也可以当作一件摆设看，但究竟不是办法。把它送回去损失一个月的钱与那三张片子，是个办法，可是怎好意思呢！谁能拉下长脸把它送回去呢？他们俩没这个勇气。他们俩连讨论这个事都不敢，因为买来时的欣喜是那么高，怎好意思承认一对聪明的夫妇会陷到这种难堪中呢；青年是不肯认错，更不肯自己呆蠢的。他们相对愣着，几乎不肯再瞧那个机器；那是他们自己创造出来的一块心病。

本篇原载1935年4月5日《文饭小品》第3期。初收《老舍小说集外集》。

小说表现的是一个人为物役的故事，杨家夫妇婚后生活并不是十分富足，可他们偏要过上令人艳美的所谓"小资"生活，要华服，要音乐，不一而足。某一天，他们花钱买回来一台留声机，可是没钱买唱片，于是眼前的留声机就成为了"他们自己创造出来的一块心病。"就此，小说委婉地批评了小人物的虚荣，揭示了灵魂的非自由状态。

创造病

　　杨家夫妇的心中长了个小疙疸，结婚以后，心中往往长小疙疸，像水仙包儿似的，非经过相当的时期不会抽叶开花。他们的小家庭里，处处是这样的花儿。桌，椅，小巧的玩艺儿，几乎没有不是先长疙疸而后开成了花的。

　　在长疙疸的时期，他们的小家庭像晴美人间的唯一的小黑点，只有这里没有阳光。他们的谈话失去了音乐，他们的笑没有热力，他们的拥抱像两件衣服堆在一起。他们几乎想到离婚也不完全是坏事。

　　过了几天，小疙疸发了芽。这个小芽往往是突然而来，使小家庭里雷雨交加。那是，芽儿既已长出，花是非开不可了。花带来阳光与春风，小家庭又移回到晴美的人间来；那个小疙疸，凭良心说，并不是个坏包。它使他们的生活不至于太平凡了，使他们自信有创造的力量，使他们忘记了黑暗而喜爱他们自己所开的花。他们还明白了呢：在冲突中，他们会自己解和，会使丑恶的泪变成花瓣上的水珠；他们明白了彼此的力量与度量。况且再一说呢，每一朵花开开，总是他们俩的；虽然那个小包是在一个人心中长成的。他们承认了这共有的花，而忘记了那个独有的小疙疸。他们的花都是并蒂的，他们说。

　　前些日子，他们俩一人怀着一个小包。春天结的婚，他的薄大衣在秋天也还合适。可是哪能老是秋天呢？冬已在风儿里拉他的袖口，他轻轻颤了一下，心里结成个小疙疸。他有件厚大衣；生命是旧衣裳架子么？

　　他必须作件新的大衣。他已经计划好，用什么材料，裁什么样式，要什么颜色。另外，他还想到穿上这件大衣时的光荣，俊美，自己在这件大衣之下，像一朵高贵的花。为穿这件新大衣，他想到浑身上下应该加以修饰的地方；要是没有这件新衣，这些修饰是无须乎费心去思索的；新大衣给了他对于全身的美丽的注意与兴趣。冬日生活中的音乐，拿这件大衣作为主音。没有它，生命是一片荒凉；风，寒，与颤抖。

　　他知道在定婚与结婚时拉下不少的亏空，不应当把债眼儿弄得更大。可是生命是创造的，人间美的总合是个个人对于美的创造与贡献；他不能不尽自己的责任。他也并非自私，只顾自己的好看；他是想像着穿上新大衣与太太一同在街上走的光景与光荣：他是美男子，她是美女人，在大家的眼中。

但是他不能自己作主，他必须和太太商议一下。他也准知道太太必定不拦着他，她愿想他打扮得漂亮，把青春挂在外面，如同新汽车的金漆的商标。可是他不能利用这个而马上去作衣裳，他有亏空。要是不欠债的话，他为买大衣而借些钱也没什么。现在，他不应当再给将来预定下困难，所以根本不能和太太商议。可是呢，大衣又非买不可。怎办呢？他心中结了个小疙疸。

他不愿意露出他的心事来，但是心管不住脸，正像土拦不住种子往上拔芽儿。藏着心事，脸上会闹鬼。

她呢，在结婚后也认识了许多的事，她晓得了爱的完成并不能减少别的困难；钱——先不说别的——并不偏向着爱。可是她反过来一想呢，他们还都年少，不应当把青春随便的抛弃。假若处处俭省，等年老的时候享受，年老了还会享受吗？这样一想，她觉得老年还离他们很远很远，几乎是可以永远走不到的。即使不幸而走到呢，老年再说老年的吧，谁能不开花便为果子思虑呢。她得先买个冬季用的黑皮包。她有个黄色的，春秋用着合适；还有个白的，配着个天蓝的扣子，夏天——配上长白手套——也还体面。冬天，已经快到了，还要有合适的皮包。

她也不愿意告诉丈夫，而心中结了个小疙疸。

他们都偷偷的详细的算过账，看看一月的收入和开支中间有没有个小缝儿，可以不可以从这小缝儿钻出去而不十分的觉得难受。差不多没有缝儿！冬天还没到，他们的秋花都被霜雪给埋住了。他们不晓得能否挨过这个冬天，也许要双双的入墓！

他们不能屈服，生命的价值是在创造。假如不能十全，那只好有一方面让步，别叫俩人都冻在冰里。这样，他们承认，才能打开僵局。谁应当让步呢？二人都愿自己去牺牲。牺牲是甜美的苦痛。他愿意设法给她买上皮包，自己的大衣在热烈的英雄主义之下可以从缓；她愿意给他置买大衣，皮包只是为牺牲可以不买。他们都很坚决。几乎以为大衣或皮包的购买费已经有了似的。他们热烈的辩驳，拥抱着推让，没有结果。及至看清了买一件东西的钱并还没有着落，他们的勇气与相互的钦佩使他们决定，一不作，二不休，爽性借笔钱把两样都买了吧。

他穿上了大衣，她提上了皮包，生命在冬天似乎可以不觉到风雪了。他们不再讨论钱的问题，美丽快乐充满了世界。债是要还的，但那是将来的事，他们的前途是不可限量的。况且他们并非把钱花在不必要的东西上，他们作梦都梦不到买些古玩或开个先施公司。他们所必需的没法不买。假如他们来一笔外财，他们就先买个小汽车，这是必需的。

冬天来了。大衣与皮包的欣喜已经渐渐的衰减，因为这两样东西并不像在未买的时候所想的那么足以代替一切，那么足以结束了借款。冬天还有问题。原先梦也梦不到冬天的晚上是这么可怕，冷风把户外一切的游戏都禁止住，虽然有大衣与皮包也无用武之处。这个冬天，照这样下去，是会杀人的。多么长的晚上呢，不能出去看电影，不能去吃咖啡，不能去散步。坐在一块儿说什么呢？干什么呢？接吻也有讨厌了的时候，假如老接吻！

这回，那个小疙瘩是同时种在他们二人的心里。他们必须设法打破这样的无聊与苦闷。他们不约而同的想到：得买个话匣子。

话匣子[1]又比大衣与皮包贵了。要买就买下得去的，不能受别人的耻笑。下得去的，得在一百五与二百之间。杨先生一月挣一百二，杨太太挣三十五，凑起来才一百五十五！

可是生命只是经验，好坏的结果都是死。经验与追求是真的，是一切。想到这个，他们几乎愿意把身份降得极低，假如这样能满足目前的需要与理想。

他们谁也没有首先发难的勇气，可是明知道他们失去勇气便失去生命。生命被个留声机给憋（憋）闷回去，那未免太可笑，太可怜了。他们宁可以将来挨饿，也受不住目前的心灵的饥荒。他们必得给冬天一些音乐。谁也不发言，但是都留神报纸上的小广告，万一有贱卖的留声机呢，万一有按月偿还的呢……向来他们没觉到过报纸是这么重要，应当费这么多的心去细看。凡是费过一番心的必得到酬报，杨太太看见了：明华公司的留声机是可以按月付钱，八个月还清。她不能再沉默着，可也无须说话。她把这段广告用红铅笔钩起来，放在丈夫的书桌上。他不会看不见这个。

他看见了，对她一笑，她回了一笑。在寒风雪地之中忽然开了朵花！

留声机拿到了，可惜片子少一点，只买了三片，都是西洋的名乐。片子是要用现钱买的，他们只好暂时听这三片，等慢慢的逐月增多。他们想像着，在一年的工夫，他们至少可以有四五十片名贵的音乐与歌唱。他们可以学着唱，可以随着跳舞，可以闭目静听那感动心灵的大乐，他们的快乐是无穷的。

对于机器，对于那三张片子，他们像对于一个刚抱来的小猫那样爱惜。杨太太预备下绸子手绢，专去擦片子。那个机器发着欣喜的光辉，每张片子中间有个鲜红的圆光，像黑夜里忽然出了太阳。他们听着，看着，抚摸着，从各项感官中传进来欣悦，使他们更天真了，像一对八九岁的小儿女。

在一个星期里，他们把三张片子已经背下来；似乎已经没有再使片子旋转的必要。而且也想到了，如若再使它们旋转，大概邻居们也会暗中耻笑，假如不高声的咒骂。而时间呢，并不为这个而着急，离下月还有三个多星期呢。为等到下月初买新片，而使这三个多星期成块白纸，买了话匣和没买有什么分别呢？马上去再买新片是不敢想的，这个月的下半已经很难过去了。

看着那个机器，他们有着说不出的后悔。他们虽然退一步的想，那个玩艺也可以当作一件摆设看，但究竟不是办法。把它送回去损失一个月的钱与那三张片子，是个办法，可是怎好意思呢！谁能拉下长脸把它送回去呢？他们俩没这个勇气。他们俩连讨论这个事都不敢，因为买来时的欣喜是那么高，怎好意思承认一对聪明的夫妇会陷到这种难堪中呢；青年是不肯认错，更不肯认自己呆蠢的。他们相对愣着，几乎不敢再瞧那个机器；那是他们自己创造出来的一块心病。

---

[1] 话匣子，收音机。

丁

海上的空气太硬，丁坐在沙上，脚指还被小的浪花吻着，疲乏了的阿波罗——是的，有点希腊的风味，男女老幼都赤着背，可惜胸部——自己的，还有许多别人的——窄些；不完全裸体也是个缺欠「中国希腊」，窄胸喘不过气儿来的阿波罗！

本篇原载1935年9月1日《青岛民报》副刊《避暑录话》第8期。

这是一篇意识流小说，海成为一面有文化纵深感的镜子，照出了不同文化背景上的形形色色的人物，隐约透露了处于文化差异中的人物的复杂心态。主人公"丁"是一个由于营养不良而消瘦的学生，在夏日的海水浴场出现，被刻画成了一个正处于意识流漩涡中的"中国的阿波罗"。然后，以"丁"的视角展现了青岛的东西方文化混融现象，而人物的心理状态似乎既非西方，亦非东方，于是意识就在中国和希腊之间反复流动。以小说中人物之口申明："我，黄鹤一去不复返，来到青岛，住在青岛，死于青岛，三岛主义，不想回去！"作者对"丁"的生命状态的描述打破了外部事件的逻辑性，其心理是无意识和非理性的，雾一样飘忽不定，而这正是现代主义的格调，其中含有现代人对人的新发现与新认识。这是一篇不像小说的小说，颠覆了我们对传统小说的认识，也颠覆了我们对老舍小说的定见。小说具有浓郁的青岛特色，写到了青岛的诸多景物，也写到崂山，提供了认识青岛历史风貌与地理景观的新视角。

丁

海上的空气太硬，丁坐在沙上，脚指还被小的浪花吻着，疲乏了的阿波罗[1]——是的，有点希腊的风味，男女老幼都赤着背，可惜胸部——自己的，还有许多别人的——窄些；不完全裸体也是个缺欠"中国希腊"，窄胸喘不过气儿来的阿波罗！

无论如何，中国总算是有了进步。丁——中国的阿波罗——把头慢慢的放在湿软的沙上，很懒，脑子还清楚、有美、有思想。闭上眼，刚才看见的许多女神重现在脑中，有了进步！那个像高中没毕业的女学生！她妈妈也许还裹着小脚。健康美，腿！进步！小脚下海，呕，国耻！

背上太潮。新的浴衣贴在身上，懒得起来，还是得起，海空气会立刻把背上吹干。太阳很厉害，虽然不十分热。得买黑眼镜——中山路[2]药房里，圆的，椭圆的，放在阿司匹灵的匣子上。眼圈发干，海水里有盐，多喝两口海水，吃饭时可以不用吃咸菜；不行，喝了海水会疯的，据说：喝满了肚，啊，报上——什么地方都有《民报》[3]；是不是一个公司的？——不是登着，二十二岁的少年淹死；喝满了肚皮，危险，海绿色的死！

炮台[4]，一片绿，看不见炮，绿得诗样的美；是的，杀人时是红的，闲着便是绿的，像口痰。捶了胸口一拳，肺太窄，是不是肺病？没的事。帆船怪好看，找个女郎，就这么都穿着浴衣，坐一只小帆船，飘，飘，飘到岛的那边去；那个岛，像蓝纸上的一个苍蝇；比拟得太脏一些！坐着小船，摸着……浪漫！不，还是上崂山，有洋式的饭店。洋式的，什么都是洋式的，中国有了进步！

一对美国水兵搂着两个妓女在海岸上跳。背后走过一个妇人，哪国的？腿有大殿的柱子那样粗。一群男孩子用土埋起一个小女孩，只剩了头，"别！别！"尖声的叫。海哗啦了几下，音乐，呕，茶舞。哼，美国水兵浮远了。跳板上正有人往下跳，远远的，先伸平了胳臂，像十字架上的耶稣；溅起水花，那里必定很深，救生船。啊，哪个胖子是有道理的，脖子上套着太平圈，像条大绿蟒。青岛大概没有毒蛇？印度。一位赤脚而没穿浴衣的在水边上走，把香烟头扔在沙上，丁看了看铁篮——果皮零碎，掷入篮内。中国没进步多少！

"哈喽，丁，"从海里爬出个人鱼。

妓女拉着水兵也下了水，传染，应当禁止。

"孙！"丁露出白牙；看看两臂，很黑；黑脸白牙，体面不了；浪漫？

胖妇人下了海，居然也能浮着，力学，力学，怎么来着？呕，一入社会，把书本都忘了！过来一群学生，一个个黑得像鬼，骨头把浴衣支得净是棱角。海水浴，太阳浴，可是吃的不够，营养不足，一口海水，准死，问题！早晚两顿窝窝头，练习跑万米！

"怎着，丁？"孙的头发一缕一缕的流着水。

"来歇歇，不要太努力，空气硬，海水硬！"丁还想着身体问题；中国人应当练太极拳，真的。

走了一拨儿人，大概是一家子：四五个小孩，都提着小铁筒；四十多岁的一个妇人，改组脚，踵印在沙上特别深；两位姑娘，孙的眼睛跟着她们；一位五十多的男子，披着绣龙的浴袍。退职的军官！

岛那边起了一片黑云，炮台更绿了。

海里一起一浮，人头，太平圈，水沫，肩膀，尖尖的呼叫；黄头发的是西洋人，还看得出男女来。都动，心里都跳得快一些，不知成全了多少情侣，崂山，小船，饭店；相看好了，浑身上下，巡警查旅馆，没关系。

孙有情人。丁主张独身，说不定遇见理想的女郎也会结婚的。不，独身好，小孩子可怕。一百五，自己够了；租房子，买家具，雇老妈，生小孩，绝不够。性欲问题。解决这个问题，不必结婚。社会，封建思想，难！向哪个女的问一声也得要钻石戒指！

"孙，昨晚上你哪儿去了？"想着性欲问题。

"秉烛夜游，良有以也。"孙坐在丁旁边。退职的军官和家小已经不见了。

丁笑了，孙荒唐鬼，也挣一百五！还有情人。

不，孙不荒唐。凡事揩油；住招待所，白住；跟人家要跳舞票；白坐公众汽车，火车免票；海水浴不花钱，空气是大家的；一碗粥，二十锅贴，连小帐一角五；一角五，一百五，他够花的，不荒唐，狡猾！

"丁，你的照像匣呢？"

"没带着。"

"明天用，上崂山，坐军舰去。"孙把脚埋在沙子里。

水兵上来了，臂上的刺花更蓝了一些，妓女的腿上有些灰瘢，像些苔痕。

胖妇人的脸红得像太阳，腿有许多许多肉摺，刚捆好的肘子。

又走了好几群人，太阳斜了下去，走了一只海船，拉着点白线，金红的烟筒。

"孙，你什么时候回去？还有三天的假，处长可厉害！"

"我，黄鹤一去不复返，来到青岛，住在青岛，死于青岛，三岛主义，不想回去！"

那个家伙像刘，不是。失望！他乡遇故知。刘，幼年的同学，快乐的时期，一块跑得像对儿野兔。中学，开始顾虑，专门学校，算术不及格，毕了业。一百五，独身主义，不革命，爱国，中国有进步。水灾，跳舞赈灾，孙白得两张票；同女的一块去，一定！

"李处长？"孙想起来了："给我擦屁股，不要！告诉你，弄个阔女的，有了一切！你，我，专门学校毕业，花多少本钱？有姑娘的不给咱们给谁？咱们白要个姑娘么？你明白。中国能有希望，只要我们舒舒服服的替国家繁殖，造人。要饭的花子讲究有七八个，张公道，三十五，六子有靠；干什么？增加土匪，洋车夫。我们，我们不应当不对社会负责任，得多来儿女，舒舒服服的连丈人带夫人共值五十万，等于航空奖券的特奖！明白？"

"该走喽。"丁立起来。

"败败！估败！"孙坐着摇摇手，太阳光照亮他的指甲。"明天这儿见！估拉克！"

丁望了望，海中人已不多，剩下零散的人头，与救生船上的红旗，一块上下摆动，胖妇人，水兵，妓女，都不见了。音乐，远处有人吹着口琴。他去换衣服，噗一嘎一嘟嘟！马路上的汽车接连不断。

出来，眼角上撩到一个顶红的嘴圈，上边一鼓一鼓的动，口香糖。过去了。腿，整个的黄脊背，高底鞋，脚踵圆亮得像个新下的鸡蛋。几个女学生唧唧的笑着，过去了。他提着湿的浴衣，顺着海滨公园[5]走。大叶的洋梧桐摇着金黄的阳光，松把金黄的斜日吸到树干上；黄石，湿硬，看着白的浪花。

一百五。过去的渺茫，前游……海，山，岛，黄湿硬白浪的石头，白浪。美，美是一片空虚。事业，建设，中国的牌楼，洋房。跑过一条杂种的狗。中国有进步。肚中有点饿，黄花鱼，大虾，中国渔业失败，老孙是天才，国亡以后，他会白吃黄花鱼的。到哪里去吃晚饭？寂寞！水手拉着妓女，退职军官有妻子，老孙有爱人。丁只有一身湿的浴衣。皮肤黑了也是成绩。回到公事房去，必须回去，青岛不给我一百五。公事房，烟，纸，笔，闲谈，闹意见。共计一百五十元，扣所得税二元五角，支票一百四十七元五角，邮政储金二十五元零一分。把湿浴衣放在黄石上，他看着海，大自然的神秘。海阔天空，从袋中掏出漆盒，只剩了一支"小粉"包，没有洋火！海空气太硬，胸窄一点，把漆盒和看家的那支烟放回袋里。手插在腰间，望着海，山，远帆，中国的阿波罗！

20世纪30年代的汇泉海水浴场（今第一海水浴场）

[1] 阿波罗（希腊语Απολλων），希腊神话中的光明之神，奥林匹斯十二主神之一，众神之王宙斯与暗夜女神勒托的儿子，主掌光明、青春、医药、畜牧、航海、音乐等领域，是希腊男神中最为英俊的一个。

[2] 中山路，位于青岛西部老城区的一条通海大道，南段为栈桥，通青岛湾，北接大窑沟。1897年德占青岛以后，其南段称迪特里希大街，属欧人区，两侧遍布欧式建筑；北段则称山东街，属华人区，周边多里院，是华人商贸集结地带，诸多老字号在此兴起。1914年日占青岛以后，南段改称静冈町，北段则称山东町。1922年中国政府收回青岛以后，南北两端合称山东路。1929年南京国民政府接管青岛以后，为纪念孙中山先生而更名为中山路，沿用至今。百年之间，中山路作为青岛的主商业街而存在于城市记忆之中，体现了青岛兼容并蓄、融贯中西的文化特质。

[3] 《民报》，指《青岛民报》。1930年2月1日创刊，1937年底停刊，为国民党青岛市党部机关报。日报，对开3张。社长王景西，总编辑先后有杜宇、邱直清等。1933年，国立山东大学学生周浩然、郭锡英与编辑姜宏等人一起创办《汽笛》文学副刊，撰稿人包括王统照、臧克家、于黑丁、崔巍、龚冰卢等。1935年暑假期间，该报开辟文学副刊《避暑话录》，每周一期，至当年9月共出10期，发表老舍、洪

丁聪作《丁》插图

深、王统照、吴伯箫、王余杞、王亚平、李同愈、孟超、赵少侯、刘西蒙、臧克家等人的作品六十七篇，包括本篇在内，老舍在《避暑录话》上前后发表了九篇作品。

[4] 炮台，指汇泉炮台，旧称汇泉岬炮台。1902年建成，是德国人在青岛建造的第一座炮台。1914年11月，日德战争的最后关头，德军投降时自行炸毁。1922年中国政府收回青岛，将汇泉炮台辟为海边公园。1930年，建观澜亭并立有"观澜亭记"碑。参见本书第1卷《暑避》注3。

[5] 海滨公园，位于汇泉湾西部，东临汇泉海水浴场（第一海水浴场），西接小青岛，内有青岛水族馆、海滨生物研究所和观海亭。绵延两公里，东西伸展，形成优美的海滨图景。1929年，由著名园艺家葛敬应主导设计，借其依山傍海的自然地势，辟建新的公园，1930年建成，以时任青岛特别市市长胡若愚之名而命名为"若愚公园"，设民族风格牌楼，背面题刻郑世芬书"蓬壶胜览"。1931年12月更名为"海滨公园"，小说中"丁"所行经之地正是这一时期的海滨公园。1950年，为纪念鲁迅先生而将其更名为"鲁迅公园"，改木牌坊为石牌坊。在公园中段北侧靠近莱阳路的高坡上，坐落着水族馆，是为中国现代海洋科学的发祥地，它还出现在老舍的剧作《大地龙蛇》之中。

海滨公园（今鲁迅公园）牌坊

位于汇泉角的汇泉炮台

不说谎的人

……没有谎就没有文化。说谎是最高的人生艺术。我们怀疑一切,只是不疑心人人事事都说谎这件事。历史是谎言的纪录簿,报纸是谎言的播音机。巧于说谎的有最大的幸福,因为会说谎就是智慧。想想看,一天之内,要是不说许多谎话,得打多少回架;夫妻之间,不说谎怎能平安的度过十二小时。我们的良心永远不责备我们在情话情书里所写的——一片谎言!然而恋爱神圣啊!胜者王侯败者贼,是的,少半在乎说谎的巧拙。文化是谎的产物。文质彬彬,然后君子——最会扯谎的家伙。最好笑的是人们一天到晚没法掩藏这个宝物,像孕妇故意穿起肥大的风衣那样。

135

　　本篇原载1936年5月3日天津《益世报》副刊《文艺周》第1期。1937年2月21日《牢骚月刊》第1卷第3期转载。

　　这是一篇反讽小说，写"一个自信是非常诚实的人"周文祥，某日意外地接到了"说谎会"的一封信，随后经历了不少事情，发现周围的人都在说谎，包括他自己，这是一个谎言社会，荒诞而真实。在批判"谎言社会"的同时，作者也提醒人们真实地理解自我，对自己多一份自省，对他人多一份宽容。

不说谎的人

　　一个自信是非常诚实的人，像周文祥，当然以为接到这样的一封信是一种耻辱。在接到了这封信以前，他早就听说过有个瞎胡闹的团体，公然扯着脸定名为"说谎会"。在他的朋友里，据说，有好几位是这个会的会员。他不敢深究这个"据说"。万一把事情证实了，那才怪不好意思：绝交吧，似乎太过火；和他们敷衍吧，又有些对不起良心。周文祥晓得自己没有什么了不得的才干，但是他忠诚实在，他的名誉与事业全仗着这个；诚实是他的信仰。他自己觉得像一块笨重的石头，虽然不甚玲珑美观，可是结实硬棒。现在居然接到这样的一封信：

　　"……没有谎就没有文化。说谎是最高的人生艺术。我们怀疑一切，只是不疑心人人事事都说谎这件事。历史是谎言的纪录簿，报纸是谎言的播音机。巧于说谎的有最大的幸福，因为会说谎就是智慧。想想看，一天之内，要是不说许多谎话，得打多少回架；夫妻之间，不说谎怎能平安的度过十二小时。我们的良心永远不责备我们在情话情书里所写的——一片谎言！然而恋爱神圣啊！胜者王侯败者贼，是的，少半在乎说谎的巧拙。文化是谎的产物。文质彬彬，然后君子——最会扯谎的家伙。最好笑的是人们一天到晚没法掩藏这个宝物，像孕妇故意穿起肥大的风衣那样。他们彷佛最怕被人家知道了他们时时在扯谎，于是谎上加谎，成为最大的谎。我们不这样，我们知道谎的可贵，与谎的难能，所以我们诚实的扯谎，艺术的运用谎言，我们组织说谎会，为的是研究它的技巧，与宣传它的好处。我们知道大家都说谎，更愿意使大家以后说谎不像现在这么拙劣，……素仰先生惯说谎，深愿彼此琢磨，以增高人生幸福，光大东西文化！倘蒙不弃……"

　　没有念完，周文祥便把信放下了。这个会，据他看，是胡闹；这封信也是胡闹。但是他不能因为别人胡闹而幽默的原谅他们。他不能原谅这样闹到他自己头上来的人们，这是污辱他的人格。"素仰先生惯于说谎"？他不记得自己说过谎。即使说过，也必定不是故意的。他反对说谎。他不能承认报纸是制造谣言的，因为他有好多意见与知识都是从报纸得来的。

　　说不定这封信就是他所认识的，"据说"是说谎会的会员的那几个人给他写来的，故意开他的玩笑，他想。可是在信纸的左上角印着"会长唐翰卿；常务委员林德文，邓道纯，费穆初；会计何兆龙。"这些人都是周文祥知道而愿意认识的，他们在社会上都有些名声，而且是有些财产的。名声与财产，在周文祥看，绝对不能是由瞎胡闹而来的。胡闹只能毁人。那么，由这样有名有钱的人们所组织的团体，按理说，也应当不是瞎闹的。附带着，这封信也许有些道理，不一定是朋友们和他开玩笑。他又把信拿起来，想从新念一遍。可是他只读了几句，不能再往下念。不管这些会长委员是怎样的有名有福，这封信到底是荒唐。这是个恶梦！一向没遇见这样矛盾，这样想不出道理的事！

周文祥是已经过了对于外表勤加注意的年龄。虽然不是故意的不修边幅，可是有时候两三天不刮脸而心中可以很平静；不但平静，而且似乎更感到自己的坚实朴简。他不常去照镜子；他知道自己的圆脸与方块的身子没有什么好看；他的自爱都寄在那颗单纯实在的心上。他不愿拿外表显露出内心的聪明，而愿把面貌体态当作心里诚实的说明书。他好像老这么说："看看我！内外一致的诚实！周文祥没别的，就是可靠！"

把那封信放下，他可是想对镜子看看自己；长久的自信使他故意的要从新估量自己一番，像极稳固的内阁不怕，而且欢迎，"不信任案"的提出那样。正想往镜子那边去，他听见窗外有些脚步声。他听出来那是他的妻来了。这使他心中突然很痛快，并不是欢迎太太，而是因为他听出她的脚步声儿。家中的一切都有定规，习惯而亲切，"夏至"那天必定吃卤面，太太走路老是那个声儿。但愿世界上所有的事都如此，都使他习惯而且觉得亲切。假如太太有朝一日不照着他所熟习的方法走路，那要多么惊心而没有一点办法！他说不上爱他的太太不爱，不过这些熟习的脚步声儿彷彿给他一种力量，使他深信生命并不是个乱七八糟的恶梦。他知道她的走路法，正如知道他的茶碗上有两朵鲜红的牡丹花。

他忙着把那封使他心中不平静的信收在口袋里，这个举动作得很快很自然，几乎是本能的；不用加什么思索，他就马上决定了不能让她看见这样胡闹的一封信。

"不早了，"太太开开门，一只脚登在门坎上，"该走了吧？"

"我这不是都预备好了吗？"他看了看自己的大衫，很奇怪，刚才净为想那封信，已经忘了是否已穿上了大衫。现在看见大衫在身上，想不起是什么时候穿上的。既然穿上了大衫，无疑的是预备出去。早早出去，早早回来，为一家大小去挣钱吃饭，是他的光荣与理想。实际上，为那封信，他实在忘了到公事房去，可是让太太这一催问，他不能把生平的光荣与理想减损一丝一毫："我这不是预备走吗？"他戴上了帽子。"小春走了吧？"

"他说今天不上学了，"太太的眼看着他，带出作母亲常有的那种为难的样子，既不愿意丈夫发脾气，又不愿儿子没出息，可是假若丈夫能不发脾气呢，儿子就是稍微有点没出息的倾向也没多大的关系。"又说肚子有点痛。"

周文祥没说什么，走了出去。设若他去盘问小春，而把小春盘问短了——只是不爱上学而肚子并不一定疼。这便证明周文祥的儿子会说谎。设若不去管儿子，而儿子真是学会了扯谎呢，就更糟。他只好不发一言，显出沉毅的样子；沉毅能使男人在没办法的时候显出很有办法，特别是在妇女面前。周文祥是家长，当然得显出权威，不能被妻小看出什么弱点来。

走出街门，他更觉出自己的能力本事。刚才对太太的一言不发等等，他作得又那么简净得当，几乎是从心所欲，左右逢源。没有一点虚假，没有一点手段，完全是由生平的朴实修养而来的一种真诚，不必考虑就会应付裕如。想起那封信，瞎胡闹！

公事房的大钟走到八点三十二分，他迟到了两分钟。这是一个新的经验；十年来，他至迟是八点二十八分到，他在作梦的时候，钟上的长针也总是在半点的"这"一边。世界好像宽出二分去，一切都变了样！他忽然不认识自己了，自己一向是八点半"这"边的人；生命是习惯的积聚，新床使人睡不着觉；周文祥把自己丢失了，丢失在两分钟的外面，好似忽然走到荒凉的海边上。

可是，不大一会儿，他心中又平静起来，把自己从迷途上找回来。他想责备自己，不应该为这么点事心慌意乱；同时，他觉得应夸奖自己，为这点小事着急正自因为自己一向忠诚。

坐在办公桌前，他可是又想起点不大得劲的事。公司的规则，规则，是不许迟到的。他看见过同事们受经理的训斥，因为迟到；还有的扣罚薪水，因为迟到。哼，这并不是件小事！自然，十来年的忠实服务是不能因为迟到一次而随便一笔抹杀的，他想。可是假若被经理传去呢？不必说是受申斥或扣薪，就是经理不说什么，而只用食指指周文祥——他轻轻的叫着自己——一下，这就受不了；不是为这一指的本身，而是因为这一指便把十来年的荣誉指化了，如同一股热水浇到雪上！

是的，他应当自动的先找经理去，别等着传唤。一个忠诚的人应当承认自己的错误，受申斥或惩罚是应该的。他立起来，想去见经理。

又站了一会儿，他得想好几句话。"经理先生，我来晚了两分钟，几年来这是头一次，可是究竟是犯了过错！"这很得体，他评判着自己的忏悔练习。不过，万一经理要问有什么理由呢？迟到的理由不但应当预备好，而且应当由自己先说出来，不必等经理问。有了："小春，我的男小孩——肚子疼，所以……"这就非常的圆满了，而且是真事。他并且想到就手儿向经理请半天假，因为小春的肚子疼也许需要请个医生诊视一下。他可是没有敢决定这么作,因为这么作自然显着更圆到,可是也许是太过火一点。还有呢,他平日老觉得非常疼爱小春,也不知怎的现在他并不十分关心小春的肚子疼,虽然按着自己的忠诚的程度说,他应当相信儿子的腹痛,并且应当马上去给请医生。

他去见了经理,把预备好的言语都说了,而且说得很妥当,既不太忙,又不吞吞吐吐的惹人疑心。他没敢请半天假,可是稍微露了一点须请医生的意思。说完了,没有等经理开口,他心中已经觉得很平安了,因为他在事前没有想到自己的话能说得这么委婉圆到。他一向因为看自己忠诚,所以老以为自己不长于谈吐。现在居然能在经理面前有这样的口才,他开始觉出来自己不但忠诚,而且有些未经发现过的才力。

正如他所期望的,经理并没有申斥他,只对他笑了笑。"到底是诚实人!"周文祥心里说。

微笑不语有时候正像怒视无言,使人转不过身来。周文祥的话已说完,经理的微笑已笑罢,事情好像是完了,可是没个台阶结束这一场。周文祥不能一语不发的就那么走出去,而且再站在那里也不大像话。似乎还得说点什么,但又不能和经理瞎扯。一急,他又想起儿子。"那么,经理以为可以的话,我就请半天假,回家看看去!"这又很得体而郑重,虽然不知道儿子究竟是否真害肚疼。

经理答应了。

周文祥走出公司来,心中有点茫然。即使是完全出于爱儿子,这个举动究竟似乎差点根据。但是一个诚实人作事是用不着想了再想的,回家看看去好了。

走到门口,小春正在门前的石墩上唱"太阳出来上学去"呢,脸色和嗓音都足以证明他在最近不能犯过腹痛。

"小春,"周文祥叫,"你的肚子怎样了?"

"还一阵阵的疼,连唱歌都不敢大声的喊!"小春把手按在肚脐那溜儿。

周文祥哼了一声。

见着了太太,他问:"小春是真肚疼吗?"

周太太一见丈夫回来,心中已有些不安,及至听到这个追问,更觉得自己是处于困难的地位。母亲的爱到底使她还想护着儿子,真的爱是无暇选取手段的,她还得说谎:"你出去的时候,他真是肚子疼,疼得连颜色都转了,现在刚好一点!"

"那么就请个医生看看吧?"周文祥为是证明他们母子都说谎,想起这个方法。虽然他觉得这个方法有点欠诚恳,可是仍然无损于他的真诚,因为他真想请医生去,假如太太也同意的话。

"不必请到家来了吧,"太太想了想:"你带他看看去好了。"

他没想到太太会这么赞同给小春看病。他既然这么说了，好吧，医生不会给没病的孩子开方子，白去一趟便足以表示自己的真心爱子，同时暴露了母子们的虚伪，虽然周家的人会这样不诚实是使人痛心的。

他带着小春去找牛伯岩——六十多岁的老儒医[1]，当然是可靠的。牛老医生闭着眼，把带着长指甲的手指放在小春腕上，诊了有十来分钟。

"病不轻！"牛伯岩摇着头说，"开个方子试试吧，吃两剂以后再来诊一诊吧！"说完他开着脉案，写得很慢，而字很多。

小春无事可作，把垫腕子的小布枕当作沙口袋，双手扔着玩。

给了诊金，周文祥拿起药方，谢了谢先生。带着小春出来；他不能决定，是去马上抓药呢，还是干脆置之不理呢？小春确是，据他看，没有什么病。那么给他点药吃，正好是一种惩罚，看他以后还假装肚子疼不！可是，小春既然无病，而医生给开了药方，那么医生一定是在说谎。他要是拿着这个骗人的方子去抓药，就是他自己相信谎言，中了医生的诡计。小春说谎，太太说谎，医生说谎，只有自己诚实。他想起"说谎会"来。那封信确有些真理，他没法不这么承认。但是，他自己到底是个例外，所以他不能完全相信那封信。除非有人能证明他——周文祥——说谎，他才能完全佩服"说谎会"的道理。可是，只能证明自己说谎是不可能的。他细细的想过去的一切，没有可指摘的地方。由远而近，他细想今天早晨所作过的那些事，所说过的那些话，也都无懈可击，因为所作所说的事都是凭着素日诚实的习惯而发的，没有任何故意绕着作出与说出来的地方，只有自己能认识自己。

他把那封信与药方一起撕碎，扔在了路上。

---

[1] 儒医，旧时指的是读书人出身的中医，也指有一定文化修养的非道、非佛的医生。

《不说谎的人》原发表页
1936年5月3日《益世报》副刊《文艺周》创刊号

新爱弥耳

对于美是如此，在别的感情上他也自然与众不同。他简直的不大会笑。我以为人类最没出息的地方便是嬉皮笑脸的笑，而大家偏偏爱给孩子们说笑话听，以至养成孩子们爱听笑话的恶习惯。算算吧，有媚笑，有冷笑，有无聊的笑，有自傲的笑；可是，谁能说清了笑，有敷衍的笑；可是，谁能说清楚了什么是真笑？大概根本就没有所谓真笑这么回事吧？那么，为什么人们还要笑呢？笑的文艺，笑的故事，只是无聊，只是把郑重的事与该哭的事变成轻微稀松，好去敷衍。假若人类要想不再退化，第一要停止笑。所以我不准爱弥耳笑，也永不给他说任何招笑的故事。笑是最贱的麻醉，会郑重思想的人应当永远咬着牙，不应以笑张开嘴。爱弥耳不会笑，而且看别人笑非常的讨厌。

本篇原载1936年7月1日《文学》第7卷第1号。

这是一篇教育小说，也是一篇寓言小说，某种层面上是对法国启蒙思想家卢梭小说《爱弥儿》的戏仿。如果说，卢梭的《爱弥儿》意在表达自己教育思想的话，那么，老舍的《新爱弥耳》则重在表达自己对某种教育方式的批判，对某种社会思潮的批判，新爱弥耳只活到八岁零四个月十二天就死了，一场造人运动失败。老舍的人性理想是物质与精神、现实与诗意、肉与灵和谐发展的完整存在，任何一面的缺失都会造成不健康的、病态的人生，这一点尤其值得注意。

新爱弥耳[1]

虽然我的爱弥耳活到八岁零四个月十二天就死了，我并不怀疑我的教育方法有什么重大的错误；小小的疏忽或者是免不了的，可是由大体上说，我的试验是基于十分妥当的原理上。即使他的死是由于某一个小疏忽，那正是试验工作所应有的；科学的精神不怕错误，而怕不努力改正错误。设若我将来有个"新爱弥耳第二"，我相信必能完全成功，因为我已有了经验，知道避免什么和更注意什么。那么，我的爱弥耳虽不幸死去，我并不伤心；反之，我却更高兴的等待着我将来的成功。在这种培养儿童的工作上，我们用不着动什么感情。

可惜我很忙，不能把我的经验完全写下来；我只能粗枝大叶的写下一点，等以后有工夫再作那详细的报告。不过，我确信这一点点纪录也满可以使世人永不再提起卢梭那部著作了。

爱弥耳生下来的时候是体重六磅半，不太大，也不太小，正合适。刚一出世，他就哭了。我马上教训了他一番：朋友！闭上你的嘴！生命就是奋斗，战争；哭便是示弱，你当然知道这个；那么，这第一次的也就是，我命令你，第末次的毛病！他又呀呀了几声，就不再哭了。从此以后直到他死，他永没再哭出声来过；我的勇敢的爱弥耳！（请原谅我的伤感！）

过了三天，我便把他从母亲怀中救出来，由我负一切的教养责任。多么有教育与本事的母亲也不可靠，既是母亲——大学教育系毕业的正如一字不识的愚妇——就有母亲的恶天性；人类的退化应归罪于全世界的母亲。每逢我看见一个少妇抱着肥胖的小孩，我就想到圣母与圣婴。即使那少妇是个社会主义者，那小娃娃将来至多也不过成个基督教社会主义者，也许成为个只有长须而不抵抗的托尔司太。我不能教爱弥耳在母乳旁乞求生命，乖乖宝宝的被女人吻着玩着，像个小肥哈巴狗。我要他成为战士，有钢板硬的腮与心，永远把吻他的人的臭嘴碰得生疼。

我断了他的奶。母乳变成的血使人软如豆腐，使男人富于女性。爱弥耳既是男的，就得有男儿气。牛奶也不能吃，为是避免"牛乳教育"。代替奶的最好的东西当然是面包，所以爱弥耳在生下的第四天就开始吃面包了；他将来必定会明白什么是面

145

包问题与为什么应为面包而战。我知道面包的养分不及母乳与牛乳的丰富，可是我一点也不可怜爱弥耳的时时喊饿；饿是革命的原动力，他必须懂得饿，然后才知道什么是反抗。每当他饿的时候，我就详细的给他讲述反抗的方法与策略；面包在我手中拿着，我说什么他都得静静的听着；到了我看见他头上已有虚汗，我才把面包给他，以免他昏过去。每逢看见面包，他的眼睛是那么发光，使我不能不满意，他的确是明白了面包的价值。当他刚学会几句简单言语的时候，他已会嚷"我要面包！"嚷得是那样动心与激烈，简直和革命首领的喊口号一个味儿了。

因为他时常饿得慌，所以免不了的就偷一些东西吃，我并不禁止他。反之，我却惩罚他，设若他偷的不得法，或是偷了东西而轻易的承认。我下毒手打他，假如他轻易承认过错。我要养成他的狡猾。每一个战士都须像一个狐狸。为正义而战的革命者都得顶狡猾，以最卑鄙的手段完成最大的工作。可惜，爱弥耳有时候把这个弄错，而只为自己的口腹对我要坏心路。可是，这实在是因为他年纪太小，还不完全明白我所讲说的。假若他能活到十五岁——不用再往多了说——我想他一定能够更伟大，绝对不会只为自己的利益而狡猾。行为是应以所要完成的事业分善恶的，腐朽的道德观念使人成为废物，行为越好便越没出息。我的爱弥耳的行动已经有了明日之文化的基本训练，可惜他死得那么早，以至于他的行动不能完全证明出他的目的，那远大的目的。

爱弥耳到满了三岁的时候，不但小孩子们不喜欢跟他在一块儿玩耍，就是成人们也没有疼爱他的。这是我最得意的一点。自从他一学说话起，我就用尽了力量，教给他最正确的言语，决不许他知道一个字而不完全了解它的意义，也决不给他任何足以引起幻想的字。所以，他知道多少话就是知道了多少事，没有一点折扣，也没有一点虚无缥缈的地方。比如说吧，教给他说"月"，我就把月的一切都详细的告诉他：月的大小，月的年龄，它当初怎么形成的，和将来怎样碎裂……这都是些事实。与事实相反的都除外：月就是月；"月亮"，还有什么"月亮爷"，都不准入爱弥耳的耳朵。谁都知道月的光得自日，那么"月亮"就不通；"月亮爷"就越发胡闹了。我不能教我的爱弥耳把那个死静的月称作"爷"。至于月中有个大兔，什么嫦娥奔月[2]等等的胡言谵语，更一点儿也不能教他知道。传说和神话是野蛮时代的玩艺儿；爱弥耳是预备创造明日之文化的，他必得说人话。是的，我也给他说故事，但不是嫦娥奔月那一类的。我给他说秦始皇[3]，汉武帝[4]，亚力山大[5]，拿破仑[6]等人的事，而尽我所能的把这些所谓的英雄形容成非常平凡的人，而且不必是平凡的好人。爱弥耳在三岁时就明白拿破仑的得志只是仗着一些机会。他不但因此而正确的明白了历史，他的地理知识也足以惊人。在我给他讲史事的时候，随时指给他各国的地图。我们也有时候讲说植物或昆虫，可是决没有青蛙娶亲，以荷叶作轿那种惑乱人心的胡扯。我们讲到青蛙，就马上捉来一只，细细的解剖开，由我来说明青蛙的构造。这样，不但他正确的明白了青蛙，而且因用小刀剖开它，也就减除了那些虚伪的爱物心。将来的人是不许有伤感的。就是对于爱弥耳自己身上的一切，我也是这样照实的给他说明。在他五岁的时候，他已有了不少的性的知识。他知道他是母亲生的，不是由树上落下来的。他晓得他的生殖器是作什么用的，正如他明白他的嘴是干什么的。五岁的爱弥耳，我敢说，实在比普通的十八九岁的大孩子还多知多懂。

可是，正因为他知道的多，知道的正确，人们可就不大喜爱他了。自然，这不是他的过错。小孩子们不能跟他玩耍，因为他明白，而他们糊涂。比如一群男女小孩在那儿"点果子名"玩，他便也不待约请而蹲在他们之中，可是及至首领叫："我的石榴轻轻慢慢的过来打三下，"他——假若他是被派为石榴——一动也不动，让大家干着急。"人不能是石榴，石榴是植物！"是他的反抗。大家当然只好教他请出了。啊！理智的胜利，与哲人的苦难！中古世纪的愚人们常常把哲人烧死，称之为魔术师，拍花子的等等。我的爱弥耳也逃不了这个灾厄呀！那些孩子所说的所玩的以"假装"为中心，假装你是姑娘，假装你是小兔，爱弥耳根本不敢假装，因为怕我责罚他。我并不反对艺术，爱弥耳设若能成个文学家，我决不会阻止他。不过，我可不能任着他成个说梦话的，一天到晚闹幻想的文学家。想像是文学因素之一，这已是前几世纪的话了。人类的进步就是对实事的认识增多了的意思；而文学始终没能在这个责任上有什么帮助。爱弥耳能成个文学家与否，我还不晓得，不过假若他能成的话，他必须不再信任想像。在我的教育程序中，从一开头儿我就不准他想像。一就是一，二就是二，假若爱弥耳把一当作二，我宁可杀了他！是的，他失掉了小朋友们，有时候显着寂苦，但这有什么关系呢，"朋友"根本是布尔乔亚的一个名词，那么爱弥耳自幼没朋友就正好。

小孩们不愿意和他玩，他们的父母也讨厌他。这是当然的，因为设若爱弥耳的世界一旦来到，这群只会教儿女们"假装"这个，"假装"那个的废物们都该一律灭绝。他们不许他们的儿女跟爱弥耳玩，因为爱弥耳太没规矩。第一样使他们以为他没规矩的就是他永远不称呼他们大叔二婶，而直接的叫"秃子的妈"，或"李顺的爸"；遇上没儿没女的中年人，他便叫"李二的妻"，或"李二"。这不是最正确的么？然而他们不爱听。他们教给孩子们见人就叫"大爷"，彷彿人们都没有姓名似的。他们只懂得教子女去谄媚，去服从——称呼人家为叔为伯就是得听叔伯的话的意思。爱弥耳是个"人"，他无须听从别人的话。他不是奴隶。没规矩，活该！第二样惹他们不喜欢而叫他野孩子的，是因为他的爽直。在我的教导监护下，而爱弥耳要是会谦恭与客气，那不是证明我的教育完全没用么？他的爽直是因为他心里充实。我敢说，他的心智与爱好在许多的地方上比成人还高明。凡是一切假的，骗人的东西，他都不能欣赏。比如变戏法，练武卖艺的一般他看见，他当时就会说，这都是假的。即使卖艺的拿着真刀真枪，他也能知道他们只是瞎比划，而不真杀真砍。他自生下来至死，没有过一件玩物：娃娃是假的，小刀枪假的，小汽车假的；我不给他假东西。他要玩，我教他用锤子砸石头，或是拿簸箕搬煤，在游戏中老与实物相接触，在玩耍中老有实在的用处。况且他也没有什么工夫去玩耍，因为我时时在教导他，训练他；我不许他知道小孩子是应该玩耍的，我告诉他工作劳动是最高的责任。因此，他不能不常得罪人。看见邻居王大的老婆脸上擦着粉，马上他会告诉她，那是白粉呀，脸原来不白呀。看见王二的女儿戴着纸花，他同样的指出来，你的花不香呀，纸作的，哼！他有成人们的知识，而没有成人们的客气，所以他的话像个故意讨人厌的老头子的。这自然是必不可免的，而且也是我所希望的。我真爱他小大人似的皱皱着鼻子，把成人们顶得一愣一愣的。人们骂他"出窝老"，哪里知道这正是我的骄傲啊。

因为所得的知识不同，所以感情也就不同。感情是知识的汁液，彷佛是。爱弥耳的知识既然那么正确实在，他自自然然的不会有虚浮的感情。他爱一切有用的东西，有用东西，对于他，也就是美的。一般人的美的观念几乎全是人云亦云，所以谁也说不出到底美是什么。好像美就等于虚幻。爱弥耳就不然了，他看得出自行车的美，而决不假装疯魔的说："这晚霞多么好看呀！"可是，他又因此而常常得罪人了，因为他不肯随着人们说：这玫瑰美呀，或这位小姐面似桃花呀。他晓得桃子好吃，不管桃花美不美；至于面似桃花，还是面似蒲公英，就更没大关系了。

对于美是如此，在别的感情上他也自然与众不同。他简直的不大会笑。我以为人类最没出息的地方便是嬉皮笑脸的笑，而大家偏偏爱给孩子们说笑话听，以至养成孩子们爱听笑话的恶习惯。算算看吧，有媚笑，有冷笑，有无聊的笑，有自傲的笑，有假笑，有狂笑，有敷衍的笑；可是，谁能说清楚了什么是真笑？大概根本就没有所谓真笑这么回事吧？那么，为什么人们还要笑呢？笑的文艺，笑的故事，只是无聊，只是把郑重的事与该哭的事变成轻微稀松，好去敷衍。假若人类要想不再退化，第一要停止笑。所以我不准爱弥耳笑，也永不给他说任何招笑的故事。笑是最贱的麻醉，会郑重思想的人应当永远咬着牙，不应以笑张开嘴。爱弥耳不会笑，而且看别人笑非常的讨厌。他既不哭，也不笑，他才真是铁石作的人，未来的人，永远不会错用感情的人，别人爱他与否有什么要紧，爱弥耳是爱弥耳就完了。

到了他六岁的时候，我开始给他抽象的名词了，如正义，如革命，如斗争等等。这些自然较比的难懂一些，可是教育本是一种渐进的习染，自幼儿听惯了什么，就会在将来明白过来，我把这些重要深刻的思想先吹送到他的心里，占据住他的心，久后必定会慢慢发芽，像把种子埋在土里一样，不管种子的皮壳是多么硬，日子多了就会裂开。我给他解说完了某一名词，就设法使他应用在日常言语中；并不怕他用错了。即使他把"吃饭"叫作"革命"，也好，因为他至少是会说了这么两个字。即使他极不逻辑的把一些抽象名词和事实联在一处，也好，因为这只是思想还未成熟，可是在另一方面足以见出他的勇敢的精神。好比说，他因厌恶邻家的二秃子而喊"打倒二秃子就是救世界"，好的。纵使二秃子的价值没有这么高，可是爱弥耳到底有打倒他的勇气，与救世界的精神。说真的，在革命的行为与思想上，精神实在胜于逻辑。我真喜欢听爱弥耳的说话，才六七岁他就会四个字一句的说一大片悦耳的话，精炼整齐如同标语，爱弥耳说："我们革命，打倒打倒，牺牲到底，走狗们呀，流血如河，淹死你们……"有了他以前由言语得来的正确知识，加上这自六岁起培养成的正确意识，我敢说这是个绝大的成功。这是一种把孩子的肉全剥掉，血全吸出来，而给他根本改造的办法。他不会哭笑，像机器一样的等待作他所应作的事。只有这样，我以为，才能造就出一个将来的战士。这样的战士应当自幼儿便把快乐牺牲净尽，把人性连根儿拔去。除了这样，打算由教育而改善人类才真是作梦。

在他八岁那年，我开始给他讲政治原理。他很爱听，而且记住了许多政治学的名词。可惜，不久他就病了。可是我决没想到他会一病不起。以前他也害过病，我总是一方面给他药吃，一方面继续教他工作。小孩子是娇惯不得的，有点小病就马上将就他，放纵他，他会吃惯了甜头而动不动的就装病玩。我不上这个当。病了也要工作，他自然晓得装着玩是没好处的。这回他的病确是不轻，我停止了他的工作，可是还用历史与革命理论代替故事给他解闷，药也吃了不少。谁知道他就这么死了呢！到现在想起来，我大概是疏忽了他的牙齿。他的牙还没都换完，容或在槽牙那边儿有了什么大毛病，而我只顾了给他药吃，忘了细细检查他的牙。不然的话，我想无论如何他也不会死，所以当他呼吸停止了的时候，我简直不能相信那能是真事！我的爱弥耳！

我没工夫细说他的一切；想到他的死，我也不愿再说了！我一点不怀疑我的教育原理与方法，不过我到底不能完全控制住自己的感情，我的弱点！可是爱弥耳那孩子也是太可爱了！这点伤心可不就是灰心，我到底因爱弥耳而得了许多经验，我应当高高兴兴的继续我的研究与试验；我确信我能在第二个爱弥耳身上完成我的伟大计划。

[1] 爱弥耳，今通译"爱弥儿"。《爱弥儿》是法国启蒙主义作家让·雅克·卢梭（Jean-Jacques Rousseau，1712~1778）最重要的作品，在很大程度上是一篇关于人类天性的哲学论文，它探讨关于个人与社会关系的政治和哲学问题，特别是个人如何在趋于堕落的社会中保持善良天性的问题。

[2] 嫦娥奔月，中国古代汉族神话传说故事，说的是嫦娥偷食了西王母赐给丈夫后羿的不死之药之后，飞升到了月亮——广寒宫的故事。

[3] 秦始皇（前259~前210），原名嬴政，战国时期的秦国统治者，中国历史上杰出的政治家、战略家和改革家，第一位完成华夏大一统的帝王，建立了秦朝。铁腕政治人物。

[4] 汉武帝（前156~前87），原名刘彻，西汉的第七位皇帝，中国历史上杰出的政治家、战略家和诗人。在位时开疆拓土，奠定了中华疆域版图，首开丝绸之路和海上丝绸之路。

[5] 亚力山大（Alexander，前356~前323），马其顿国王，亚历山大帝国皇帝，世界古代史上著名的军事家和政治家，曾建立起一个横跨欧亚的庞大帝国，史称亚历山大帝国。

[6] 拿破仑（Napoléon Bonaparte，1769~1821），史称拿破仑一世（Napoléon I），19世纪著名的军事家和政治家，法兰西第一帝国的缔造者。

番表——在火车上

查票。他忙起来，从身上掏出不知多少纸卷，一一的看过，而后一一的收起，从衣裳最深处掏出，再往最深处送回，我很怀疑是否他的胸上有几个肉袋。最后，他掏出皮夹来，很厚很旧，用根鸡肠带捆着。从这里，他拿出车票来，然后又掏出个纸卷，从纸卷中检出两张很大，盖有血丝胡拉的红印的纸来。一张写着——我不准知道——像蒙文，那一张上的字容或是梵文，我说不清。把车票放在膝上，他细细看那两张文书，我看明白了：车票是半价票，一定和那两张近乎李白醉写的玩艺有关系。查票的进来，果然，他连票带表全递过去。

151

本篇原载1936年10月《谈风》第1期。

这是一篇充满讽刺意味的速写，简静利落。"番表"原为外国人上呈天朝的奏章，小说中指的是用洋文写成的政府机关公文，是那人为弄到火车的打折票而开的证明，戏称之为"番表"，讽刺之意由此开始。小说中，"我"是个有好奇心的人性研究者。

番　表 [1]
——在火车上

我俩的卧铺对着脸。他先到的。我进去的时候，他正在和茶房捣乱；非我解决不了。我买的是顺着车头这面的那张，他的自然是顺着车尾。他一定要我那一张，我进去不到两分钟吧，已经听熟了这句："车向哪边走，我要哪张！"茶房的一句也被我听熟了："定的哪张睡哪张，这是有号数的！"只看我让步与否了。我告诉了茶房："我在哪边也是一样。"

他又对我重念了一遍："车向哪边走，我就睡哪边！"

"我翻着跟头睡都可以！"我笑着说。

他没笑，眨巴了一阵眼睛，似乎看我有点奇怪。

他有五十上下岁，身量不高，脸很长，光嘴巴，唇稍微有点包不住牙；牙很长很白，牙根可是有点发黄，头剃得很亮，眼睛时时向上定一会儿，像是想着点什么不十分要紧而又不愿忽略过去的事。想一会儿，他摸摸行李，或掏掏衣袋，脸上的神色平静了些。他的衣裳都是绸子的，不时髦而颇规矩。

对了，由他的衣服我发现了他的为人，凡事都有一定的讲究与规矩，一点也不能改。睡卧铺必定要前边那张，不管是他定下的不是。

车开了之后，茶房来铺毯子。他又提出抗议，他的枕头得放在靠窗的那边。在这点抗议中，他的神色与言语都非常的严厉，有气派。枕头必放在靠窗那边是他的规矩，对茶房必须拿出老爷的派头，也是他的规矩。我看出这么点来。

车刚到丰台，他嘱咐茶房："到天津，告诉我一声！"

看他的行李，和他的神气，不像是初次旅行的人，我纳闷为什么他在这么早就张罗着天津。又过了一站，他又嘱咐了一次。茶房告诉他："还有三点钟才到天津呢。"这又把他招翻："我告诉你，你就得记住！"等茶房出去，他找补了声："混帐！"

骂完茶房混帐，他向我露了点笑容；我幸而没穿着那件蓝布大衫，所以他肯向我笑笑，表示我不是混帐。笑完，他又拱了拱手，问我"贵姓？"我告诉了他；为是透着和气，回问了一句，他似乎很不愿意回答，迟疑了会儿才说出来。待了一会儿，他又问我："上哪里去？"我告诉了他，也顺口问了他。他又迟疑了半天，笑了笑，定了会儿眼睛："没什么！"这不像句话。我看出来这家伙处处有谱儿，一身都是秘密。旅行中不要随便说出自己的姓，职业，与去处；怕遇上绿林中的好汉；这家伙的时代还是《小五义》的时代呢。我忍不住的自己笑了半天。

到了廊房，他又嘱咐茶房："到天津，通知一声！"

"还有一点多钟呢！"茶房瞭他一眼。

这回，他没骂"混帐"，只定了会儿眼睛。出完了神，他慢慢的轻轻的从铺底下掏出一群小盒子来：一盒子饭，一盒子煎鱼，一盒子酱菜，一盒子炒肉。叫茶房拿来开水，把饭冲了两过，而后又倒上开水，当作汤，极快极响的扒搂了一阵。这一阵过去，偷偷的夹起一块鱼，细细的哑，哑完，把鱼骨扔在了我的铺底下。又稍微一定神，把炒肉拨到饭上，极快极响的又一阵。头上出了汗。喊茶房打手巾。

吃完了，把小盒中的东西都用筷子整理好，都闻了闻，郑重的放在铺底下，又叫茶房打手巾。擦完脸，从袋中掏出银的牙签，细细的剔着牙，剔到一段落，就深长饱满的打着响嗝。

"快到天津了吧？"这回是问我呢。

"说不甚清呢。"我这回也有了谱儿。

"老兄大概初次出门？我倒常来常往！"他的眼角露出轻看我的意思。

"嗳，"我笑了："除了天津我全知道！"

他定了半天的神，没说出什么来。

查票。他忙起来，从身上掏出不知多少纸卷，一一的看过，而后一一的收起，从衣裳最深处掏出，再往最深处送回，我很怀疑是否他的胸上有几个肉袋。最后，他掏出皮夹来，很厚很旧，用根鸡肠带捆着。从这里，他拿出车票来，然后又掏出个纸卷，从纸卷中检出两张很大，盖有血丝胡拉的红印的纸来。一张写着——我不准知道——像蒙文，那一张上的字容或是梵文，我说不清。把车票放在膝上，他细细看那两张文书，我看明白了：车票是半价票，一定和那两张近乎李白醉写的玩艺有关系。查票的进来，果然，他连票带表全递过去。

下回我要再坐火车，我当时这么决定，要不把北平图书馆存着的档案拿上几张才怪！

车快到天津了，他忙得不知道怎好了，眉毛拧着，长牙露着，出来进去的打听："天津吧？"彷佛是怕天津丢了似的。茶房已经起誓告诉他："一点不错，天津！"他还是继续打听。入了站，他急忙要下去，又不敢跳车，走到车门又走了回来。刚回来，车立定了，他赶紧又往外跑，恰好和上来的旅客与脚夫顶在一处，谁也不让步，激烈的顶着。在顶住不动的工夫，他看见了站台上他所要见的人。他把嘴张得像无底的深坑似的，拚命的喊："凤老！凤老！"

凤老摇了摇手中的文书，他笑了；一笑懈了点劲，被脚夫们给挤在车窗上绷着。绷了有好几分钟，他钻了出去。看，这一路打拱作揖，双手扯住凤老往车上让，彷佛到了他的家似的，挤撞拉扯，千辛万苦，他把凤老拉了上来。忙着倒茶，把碗中的茶底儿泼在我的脚上。

坐定之后，凤老详细的报告：接到他的信，他到各处去取文书，而后拿着它们去办七五折的票。正如同他自己拿着的番表，只能打这一路的票；他自己打到天津，北宁路；凤老给打到浦口，津浦路；京沪路的还得另打；文书可已经备全了，只须在浦口停一停，就能办妥减价票。说完这些，凤老交出文书，这是津浦路的，那是京沪路的。这回使我很失望，没有藏文的。张数可是很多，都盖着大红印，假如他愿意卖的话，我心里想，真想买他两张，存作史料。

他非常感激凤老，把文书车票都收入衣服的最深处，而后从枕头底下搜出一个梨来，非给凤老吃不可。由他们俩的谈话中，我听出点来，他似乎是司法界的，又似乎是作县知事的，我弄不清楚，因为每逢凤老要拉到肯定的事儿上去，他便瞭我一眼，把话岔开。凤老刚问到，唐县的情形如何，他赶紧就问五嫂子好？凤老所问的都不得结果，可是我把凤老家中有多少人都听明白了。

最后，车要开了，凤老告别，又是一路打拱作揖，亲自送下去，还请凤老拿着那个梨，带回家给小六儿吃去。

车开了，他扒在玻璃上喊："给五嫂子请安哪！"

车出了站，他微笑着，掏出新旧文书，细细的分类整理。整理得差不多了，他定了一会儿神，喊茶房："到浦口，通知一声！"

[1]　番表，旧指外国人上呈天朝的奏章。

番表

老舍

——在火車上

時髦而頗規矩。

我倆的臥鋪對著臉。他先到的。我進去的時候，他正在和茶房搗亂；非我解決不了。我買的是順着車頭這面的那張，他的自然是順着車尾。我一定要我那一張，我進去不到兩分鐘吧，已經聽熟了這句：『定的哪張睡哪張，這是有號數的！』只看我讓步與否了。我告訴了茶房：『我在哪邊也是一樣。』

他又對我重唸了一遍：『車向哪邊走，我就睡哪邊！』

『我靠着跟頭睡都可以！』我笑着說。

他沒笑，眨巴了一陣眼睛，似乎看我有點奇怪。

他有五十上下歲，身量不高，臉很長，光嘴巴，唇稍微有點包不住牙；牙很長很白，牙根可是有點發黃，頭剃得很亮，眼睛時時向上定一會兒，像是想着點什麼不十分要緊而又不願忽略過去的事。想一會兒，他摸摸行李，或掏

對了，由他的衣服我發現了他的爲人，凡事都有一定的講究與規矩，一點也不能改。睡臥鋪必定要前邊那張，不管是他定下的不是。

車開了之後，茶房來舖毯子。枕頭必定要放在靠窗的那邊。茶房又提出抗議，他的枕頭得放在靠窗的那邊。在這點抗議中，他的神色與言語都非常的嚴屬，有氣派。枕頭必須放在靠窗那邊是他的規矩，對茶房必須拿出老爺的派頭，也是他的規矩。我看出這麼點來。

車剛到豐台，他囑咐茶房：『到天津，告訴我一聲！』看他的行李，和他的神氣，不像是初次旅行的人，我納悶爲什麼他在這麼早就張羅着天津。又過了一站，他又囑咐了一次。茶房告訴他：『還有三點鐘纔到天津呢。』他又把他招齜？『我告訴你，你就得記住！』等茶房出去，他找補了聲：『混賬！』

一六

《番表——在火车上》原发表页
1936年10月《谈风》第1期

牛老爷的痰盂

这样的官儿是干才，所以不好伺候。牛博士到哪里为官，都发着最大的脾气，而使手下人战战兢兢，在穿着夏布大衫的天气还要发抖。大家越发抖，牛老爷越威风，他晓得自己是了不得的人物，而大家是庸才。大家无论怎样的殷勤巴结，总是讨不出好来的，因为牛大人的思想是那么高明复杂，平常人无论如何是猜不到好处的。平常人，懂得老事儿的，不懂得新事儿；懂得新事儿的，又不懂得老事儿；而牛老爷是博通今古，学贯中西，每一个主意都出经入史，官私两便，还要合于物理化学与社会经济！

本篇原载1937年3月13日青岛《民众日报》副刊《文艺》第1期。

小说写牛监督的专横跋扈与假公济私，他是新时代的旧人物，又是旧生活中的摩登派。在一个新旧交替的时代，人往往会做出各种荒诞事，牛监督在新制度下依然实施着人对人的暴政。这又是一出"新时代的旧悲剧"，人心不变，任何变革都是荒诞的。

牛老爷的痰盂

牛博士，老爷，大人，什么什么委员，这个长那个长，是个了不得的人物。少年中过秀才，二十八岁在美得过博士，三十岁以后做过各样的高官，四十以后有五位姨太太，大量的吸食鸦片，至今还没死，还挺有造化。

牛博士的学问不深，可是博，博得很。因为博学，所以对物物留神，事事细心；虽做着高官尚心细如发，细巨不遗；躺在床上吸鸦片的时候还想这家事国事天下事。

这样的官儿是干才，所以不好伺候。牛博士到哪里为官，都发着最大的脾气，而使手下人战战兢兢，在穿着夏布大衫的天气还要发抖。大家越发抖，牛老爷越威风，他晓得自己是了不得的人物，而大家是庸才。大家无论怎样的殷勤巴结，总是讨不出好来的，因为牛大人的思想是那么高明复杂，平常人无论如何是猜不到好处的。平常人，懂得老事儿的，不懂得新事儿；懂得新事儿的，又不懂得老事儿；而牛老爷是博通今古，学贯中西，每一个主意都出经入史，官私两便，还要合于物理化学与社会经济！

牛老爷在做税关监督的时候，曾经亲手打过庶务科科长两个很响的嘴巴，不但科长到医院去检查牙齿，牛监督也到医院去打强心针——他是用了全力打的那两个嘴巴，要不然也不会那么响！虽然打了强心针，牛老爷可是很快活，因为这次的嘴巴实在是打破了纪录。况且医院的药单是照例送到庶务科去，牛老爷并不因为看病而损失一点什么。

打嘴巴的原因是由于买汽车。庶务科科长是个摩登人物，很晓得汽车的式样，构造，舒适，速度，与怎样拿扣头。这回，可碰了钉子。车，设若完全由一般的摩登人物来看，真是辆好车，式样新，座位舒服，走得稳而快。可是他不像监督那样博古通今；他只顾了摩登，而忘却了监督少年曾中过秀才。

科长押着新车，很得意的开到监督门外。监督正在书房里看书。所谓看书，就是在床上躺着吸烟，而枕旁放着一本书；这本书是中国书而西式装订起来的，遇到客人来，监督便吸一气烟，翻一翻书，正和常人一边吸烟卷一边看书那样。客人要是老派的呢，他便谈洋书；反之，客人要是摩登的呢，他便谈旧学问；他这本西装的中书，几乎是本天书，包罗万象，而随时变化。

科长进了书房，监督可是并没去翻那本天书。科长不是客人，监督用不着客气。连连吸了好几气烟，监督发了话：

"你知道我干吗买这辆车？"

"衙门的那辆太旧了，"科长试着步儿说，"那还是——"他要说，"那还是去年买的呢，"可是觉出"去年"与那"还"字间的文气不甚顺溜。

监督摇了头："一点也不对！我为是看看你办事的能力怎样。老实不客气的对你讲，我的那一片履历是我的精明给我挣来的。到处，我办事是非常认真的！真金不怕火炼，我的属员得经得住我的试炼。第一件我要问你的，你知道我的房子是新赁的，而没有车棚，同时你又晓得我得坐汽车，为什么不先派人来先造棚子呢？"

"马上我就派人来修！马上——"科长的嘴忽然有点结巴。

"马上？你早干什么来着？先看看车去！"

科长急忙往外走，心里轻松了一点，以为一看见车，监督必能转怒为笑的。

看了车里边一眼，监督给了科长两个嘴巴。牛监督从中外的学问里研究出来的：做大官的必不许带官僚气，而对于属员应有铁般的纪律。

"我问你，"监督用热辣辣的手指，指着科长热辣辣的脸蛋："你晓得不晓得我这老一点的人有时候是要吐痰的？痰要是吐在车里是否合于卫生？那么，为什么不在车里安个痰盂？"

"马上就去安一个！"科长遮着脸说。

"安什么样子的？怎么个安法？我问你！"监督的绿脸上满跳起更绿的筋，像一张不甚体面的倭瓜叶似的。

"买一只小白铜的，大概——"

"买一只，还大概？你这个东西永远不会发达了，你根本不拿事当事做！你进来！"

科长随着监督又进了书房，房中坐着位年轻的女子，监督的三姨太太。见姨太太在屋中，监督的神气柔和了许多，彷佛是表示给科长，他是很尊重妇女的。

"我告诉过你了，叫你办这点事是为看看你的办事能力怎样。"监督又躺在床上，可是没有顾得吸烟。"你要知道，中国的衰败，都是因为你们这些后生不肯吃苦做事，不肯用脑子想事，你们只管拿薪水，闹恋爱，胡扯八光！"

科长遮着脸，看了姨太太一眼，心中平静了一些。

监督很想把姨太太支出去，以便尽兴的发挥，终于被尊重女子的精神给阻止住。喝了口酽茶，喘了口气，继续训话：

"就拿安一只痰盂说，这里有多少学问与思想！买一只，还大概？哼！以科学的态度来讲，凡事不准说大概！告诉你，先以艺术的观点来说，这只痰盂必须做得极美，必定不能随便买一只。它的质，它的形，都须研究一番。据我看，铜的太亮，铁的太蠢，镀银的太俗，顶好是玉的。中国制玉是天下驰名的，你也许晓得？至于形，有仿古与新创两种。若是仿古呢，不妨仿制古代的壶或卣，上面刻上钟鼎文[1]，若是新创呢，就应当先绘图，看了图再决定上面雕刻什么。不过，质与形之外，还要顾到卫生的条件。它下面必须有一条不碍事的皮管或钢管，通到车外，使痰滑到车外，落在街上，而不能长久的积在盂中。这需要机械学的知识。与此相关的，还要研究痰盂的位置与安法；位置，不用说，必须极方便；安法，不用说必须利用机械学的知识，盖儿自动的起落，盂的本身也能转动，以备车里有二人以上的时候都不费事而能吐痰，我这不过是指示个大概，可已经包括好几种学问在内；要是安心去细想，问题还多的很呢！你呀，年轻的人，就是吃亏在不会用这个，"监督指了指脑袋。

姨太太自动的出去了。科长彷彿没有听见监督说了些什么，而"嗯"了一声。

"嗯什么？"监督见姨太太出去，又强硬起来："我说你没有脑子！"

科长摸不着头脑，一手遮脸，一手抓头。

监督叹了口气。"你回去吧，先派四名木匠，四名泥水匠，两名漆匠，两名机器匠来。我用不着你，我自己会告诉他们怎么办。车棚，痰盂，地板，浴室，小孩的玩具，都得收拾与建造，全用不着你分心了，我自己会办！回去，赶快把工人们先派来。这几名工人都要常川的在这里工作，好省你们的事！"监督决定不再说什么，因为已经非常的疲倦。

科长先把木匠们派来，而后到医院去看牙。虽然挨了打，他倒并不怀恨着牛监督。反之，下半天他又到监督宅上看看还有甚么该办的事没有。第二天、第三天，几乎是天天，他总到监督宅里去看一眼，彷彿他很喜欢牛监督似的。

在监督宅里，他遇见了会计科长。他一猜便猜着了，监督是要看看会计科科长办事的能力如何。对会计科长他是相当的佩服，因为会计科科长不但没挨嘴巴，并且连监督家中的厨子与男女仆的工钱也蒙监督允准由衙门里代开；关于那十几个匠人的工资自然更没有问题。十几个工人几乎是昼夜不停的工作，连监督的小孩坐着玩的小板凳都由监督自出花样，用红木做面，精嵌蛤蚌的花儿。

他可是没看见他们做那个艺术的科学的卫生的痰盂。后来才打听出来，原来监督已决定到福建定作五十个闽漆嵌银的，科长放了点心，他晓得这么办可以省他许多的事，只须定活一到，他把货呈上去而后把账条交给会计科就行了。

闽漆的痰盂来到以后，牛监督——虽然那么大的脾气——感到一点满意；把痰盂留下五个，其余的全送给了朋友们。于是全城里有汽车的人都有了一个精美的痰盂，好看，好用，而且很光荣，因为是监督送给的。不久，由一城传到另一城，汽车里要是没一个"监督痰盂"就差些气派。由监督的秘书计算，在一个月里，监督接到五百多封信，其中有一百二十五封是恳切的请求监督赏个痰盂的。牛监督只好又定作了二百个，比头一批又精巧了许多，价钱也贵了三分之一；科长也照样把账单送交了会计科。

痰盂而外，牛监督还有许多发明，都是艺术，科学，卫生的化合物，中西文化沟通的创作品。监督到哪里做官，都会就地取材发明一些东西，并且拿这些东西的监制与上账看看属员们办事的能力。

在这些发明之中，"监督痰盂"总得算个得意之作。不过，现今牛老爷可不许任何人再提这件事。这倒并不是由于他已不作监督，嫌"监督痰盂"已成为过去的名词，而是因为在第二批痰盂来到，他正忙着分送朋友们的时节，三姨太太也不知怎么偷偷的跑出去了，始终没有再回来。他因此不准人再提起这些痰盂，到处为官他也不再打庶务科长的嘴巴了，虽然脾气还是很大。

---

[1] 钟鼎文，也称为"金文"，指刻、铸在商周青铜器上的文字。

民众日报　星期六　中华民国廿六年三月十三日

第一期

牛老爷的痰盂　老舍

《牛老爷的痰盂》原发表页
1937年3月13日青岛《民众日报》副刊《文艺》第1期

小说译作

老舍青岛文集◎第四卷

战壕脚

前几个月，乔治王在法国遇事之后，曾经坐着萨藏尼亚渡过海去。他老人家对这只船的命运当然关心。他来看由这只船救下来的人，而塔庆屯是唯一的官儿，所以有个没价儿的便宜，跟乔治王说了半天话儿。这个事儿的结果是几天之后，在法国也不是哪儿的团部接到司令部一道公文，问塔庆屯的作事的情形。

本篇原载1935年1月1日《论语》第56期。

　　老舍的外文翻译受宝广林的影响。宝广林为基督教牧师，满族人，毕业于英国伦敦大学神学院，回国后于1919年至1928年间主持北京缸瓦寺伦敦会基督教福音堂。老舍加入教会后，与之过从甚密，尊称他为"宝大哥"，并将他的英文著述《基督教的大同主义》译成中文，1922年12月发表在北京基督教学校事业联合会编辑出版的《生命》杂志第3卷第4期上，署名"舒舍予"。1924年夏，经艾温士、宝广林的推荐，老舍到伦敦大学东方学院任中文教员，回国后在齐鲁大学任教期间亦曾翻译过外国小说、诗歌和文论等，发表于《齐大月刊》和《鲁铎》等杂志。本篇是目前所知老舍在青岛翻译的唯一一篇外国文学作品。小说所表现出的世事无常的人生荒谬感在老舍的小说中也不难发现。

战壕脚

Andre Maurois 著　老舍译

　　五十三团的官儿，副官衔，军需长，塔庆屯，有个没多大意思而很起劲的志愿：在退职以前他得再来上一道儿。自然律和十八年的品行端正，叫他得过"南菲洲奖章"和任事多年的金道儿。但是，来点运气，一个副官衔的也能弄个"军十字章"戴戴，假若枪弹能落在合适的地方的话。这就是塔庆屯为什么老在危险的地点晃悠，其实并没有他的事儿。这就是为什么在攻下鲁司那天，他在满是泥水的战场上溜着他那犯湿气的老骨头节儿们，背回来十八个伤兵。可惜他没遇上个将军，别人也不晓得这回事儿，除了那些伤兵，可是他们没势力。

　　从那儿，这团人调到北边去，加入叶坡的大战。无疑的，守这块地方是有顶呱呱感情作用的与军事的理由哇，可是拿冬季驻扎说，简直没什么可爱的。塔庆屯不怕危险——炮弹是家常便饭——但是他的湿气怕水；雨是一个劲儿的往粘土上落，弄成精湿冰凉的泥浆糊；大概没有大夫肯嘱咐往老骨头节上糊这个玩艺儿。塔庆屯的疼痛肿脚走一会儿就如同上了夹棍。末末了他看清楚了，他得请求入医院。

　　跟他那位知己的队长说："我的运气，我有疼痛，可是没有伤。"

　　拐着腿，骂着，他就找团长去了，说说他的腿的情形。

　　这天早晨，团长正闹脾气。从司令部下来件公文，指出来他这团中的"战壕脚"已到了百分之三·六，而别的军队里平均只有二·七。他能不能加些小心减少这个成数？

　　必要的小心已经下过了；他把大夫传了来看这件公事。

　　"看这儿，欧格来的。你可以来些气管炎，闹嗓子，胃病，但是三天我不准再有战壕脚。"

　　你可以想象塔庆屯展览他的坏脚的时候，人家能有好气儿没有。

　　"这算到了头儿啦。我往下送个坏脚的官儿？塔庆屯，念念；你想想，我能为你把三·五改成三·六吗？朋友，去看看普通规章三百二十四条——'战壕脚是由于小血管的缩紧，结果皮肤缺乏营养以至干枯。'所以，不用别的，只要小心脉管吧。塔庆屯，真对不起，老朋友，可是我只能帮你这么点。"

169

"我的运气，"老头儿对他的朋友队长说。"我干了三十七年了，永远没病过；这一辈子头次请病假，会碰上正在当天司令部下令数啰咱们团长这个事儿。"

他的脚红起来，变蓝了，刚要转黑，团长休假走了。副官巴克代理。因为是个贵族的二儿子，他不大管司令部说什么。他看见了倒运的塔庆屯的难过，把他送到战地医院，他们决定把他送回英国。这好像是说塔庆屯不是能服这个湿地的水土的那种人。

他上了B——打那儿上医船萨藏尼亚，同着些受伤的大夫，和看护。码头的办事员头天就告诉了他们，为是叫他们难受，说海峡里放下了许多的浮动水雷。

大官儿们辩论开了水雷的来源，有的说是联军的，有的说是敌人的。只有一层没什么可辩论的：自要船一碰上那个就腰断两截，立刻沉下去。

萨藏尼亚的船长相信海峡里没有水雷。他冒了险——被炸碎了。

塔庆屯跳到海里去。像个好军人，他的本能是始终要保持住安静，他不慌不忙的游着水，脖子上挂着防毒气的面具，人家嘱咐过他永远别丢了它。

一个救生船捞上他来，已经昏了，送到英国海岸上一个医院里。他醒了过来，可是觉得病很重，因为过了这次水。

"我的可恨的运气！"他叹着气。"他们耽误了我一个月，赶到可盼着走了，单上了一年里只沉过一只的船。"

"反正一样，"团长说，休息回来。"他这个家伙抱怨脚在水里，趁我休息他走了，来个海水浴！"

前几个月，乔治王在法国遇事之后，曾经坐着萨藏尼亚渡过海去。他老人家对这只船的命运当然关心。他来看由这只船救下来的人，而塔庆屯是唯一的官儿，所以有个没价儿的便宜，跟乔治王说了半天话儿。这个事儿的结果是几天之后，在法国也不是哪儿的团部接到司令部一道公文，问塔庆屯的作事的情形。

同着这道公文，有个红道儿金帽顶的官儿带来个"大人物"对这件事的口头上的好批语，团长于是给塔庆屯写了不少的好话，一向没对他说过的。那个队长也详细的一说军需长在鲁司的出众的功劳。

过了两个星期，《伦敦官报》把这些经过简单的附在一个受奖的表后边，而塔庆屯，营长衔，军十字章，细琢磨着他的运气，觉得这个世界也并不十分的坏。

戏剧

【老舍青岛文集◎第四卷】

大地龙蛇

（三幕话剧歌舞混合剧）

啊，携起手来，
东亚的弟兄，
一齐向自然进攻！
教东亚的土地，
没有荒旱灾凶，
教东亚的男女，
成为姊妹弟兄，
这东方的理想，
这东方的决定，
教世界看见光明！
像太阳自东至西，
一寸光阴建起一寸和平！
美满的生活，
坚定的和平，
教真理正义，
管领着人生！
万岁！万岁！世界和平！
永久的和平，
和平！和平！和平！

这是一部话剧歌舞混合剧，老舍早期戏剧的代表之作。1941年11月，国民图书出版社首版刊行。翌年1月15日至2月15日，在《文艺杂志》第1卷第1期至第1卷第2期连载。

1941年，东方文化协会托请老舍写一部以"东方文化"为主题的话剧，因而这部作品成为一部"受命之作"。如何表现宏阔无极的东方文化，命题充满了挑战，几经踌躇，老舍决定以抗战为背景来进行新的更深刻的文化反思。当年夏，应罗常培、梅贻琦和郑毅生之约，老舍来到昆明，与汤用彤、杨今甫、闻一多、沈从文、卞之琳、陈梦家、朱自清、冯友兰、冯至、赵萝蕤等学者和作家相遇相识，而剧作本身，也反映了那个特殊时代知识分子的群体意识。"然而，就在这个'勤工俭学'的当儿，他居然把那本三幕六景的《大地龙蛇》写完了。这本戏是重庆东方文化协会委托他编的，起初想定名为《东方文化》。我觉得这个问题太大了。什么叫东方文化？直到现在还没人解答的圆满，纵然可以折衷一家之言，在几幕戏里又怎样可以表现得充分？因此我劝他缩小范围，于是他才改成这个颇有好莱坞味儿的名称。他从九月三日写起，到十月七日写完，写完一幕便朗读给几个朋友听，请大家批评。我和今甫，膺中，了一，晓铃，骏斋，嘉言，还有北大文科研究所的几位同学都听他念过。"（罗常培：《老舍在云南》）龙泉村日月绵长，老舍写就了这部剧作，以满汉蒙回藏及东亚各民族团结抗战为主题，嵌入了对各民族文化关系的思考，结构如自序所言："剧分三幕：第一幕谈抗战的现势，而略设一点过去的影子。第二幕谈日本南进，并隐含着新旧文化的因抗战而调和，与东亚各民族的联合抗战。第三幕写中华胜利后，东西和平的建树。老舍将第三幕表现中华胜利与东西和平建树的场景设置在青岛，在山海之间奏响抗战的胜利颂与未来的和平颂，别含深意。可想而知，这样一曲伟大欢歌与1937年8月告别青岛时的凄惨情景是多么的不同。除了民族团结主题之外，这一幕释放出新的精神光辉。一方面，这是对科学兴国之前景的一次瞻望，青岛为中国现代海洋科学的发源地，水族馆为当时东亚首屈一指的海洋科研设施，具有显著的标志意义；同时，文化融合与世界大同之意也凝含在里面，青岛为欧亚文化交会地，20世纪30年代出现了民族建筑思潮的回归，水族馆本身就是一大重要象征，它以民族风格的古典城垣式建筑形象傲立沧海，古朴、浑厚而典雅，启导着深沉的文化对话与文化自觉之意；当然，这也是作者对青岛"黄金时代"的一次深情回望，或者说是对一个个诗意安居之未来的祝福。水族馆位于汇泉湾西岸，鱼山南麓，坐拥绝佳的山光海色，有深邃的科学内涵与特殊的审美感召力，标志着海陆一体化的科学文化远景。要之，民族团结，科学昌盛，文化自觉，世界大同，这是老舍奏出的和平颂。

序

东方文化协会[1]以"东方文化"为题，托我写一本话剧。

想了许多日子，我想不出办法来。一个剧本，尽管可以不要完密的穿插，可多少总得有个故事；我找不到足以表现"东方文化"的故事。即使用象征法，以人物代表抽象观念，"文化"中所含的事项也太多，没法一网打尽。再退一步，只捡几件重要的事项代表文化，也似乎走不通，因为哪个算重要，哪个不重要，正自难以决定。况且，大家认为重要者，我未必懂得，我懂得的，又未必重要。这个困难若不能克服，则事未集中，剧无从写。

又想了几天，我决定从剧本的体裁上打主意。这就是说，假若放弃了剧本的完整，而把歌舞等成分插入话剧中，则表现的工具既多，所能表现的方面纵难一网打尽，也至少比专靠话剧要广阔一些。从剧本上说，这种"拼盘儿"的办法，是否"要得"，我不考虑。我知道，只有这么办才有能把它写成的希望。好，我心中有了个"大拼盘"。

但是，这并不能解决一切。

什么是文化？什么是东方文化？东方文化的将来是什么样子？没有任何一个人能圆满的答出。一人群单位，有它的古往今来的精神的与物质的生活方式，假若我们把这方式叫作文化，则教育，伦理，宗教，礼仪，与衣食住行的都在其中，所蕴至广，而且变化万端，特重精神，便忽略了物质；偏重物质，则失其精神。泥古则失今，执今则阻来。简直无从下手！假若我是个思想家也还好办，我满可以从一个活的文化中，提出要点，谈其来龙去脉，以成一家之言。但是，我不是个思想家。再说，即使我是思想家，有资格畅说文化，也还不中用，我所要写的是剧本，不是论文！

似乎还得从剧本上设法，假如我拿一件事为主，编成个故事，由这个故事反映出文化来，就必定比列举文化的条件，或事实，更为有力。借故事说文化，则文化活在人间，随时流露，直言文化必无此自然与活泼，于是我想了一个故事。

当然是抗战的故事。抗战的目的，在保持我们文化的生存与自由，有文化的自由生存，才有历史的繁荣与延续——人存而文化亡，必系奴隶。那么在抗战时期，来检讨文化，正是好时候，因为我们既不惜最大的牺牲去保存文化，则文化的力量如何，及其长短，都须检讨。我们必须看到它的过去，现在与将来。

对过去，我们没法否认自己有很高的文化。即使吃惯了洋饭的鬼奴，声言外国的月亮比中国的明得多，可是在世界历史上还没有敢轻视中国文化的。

谈到现在，除了非作汉奸不过瘾的人，谁也得承认以我们的不大识字的军民，敢与敌人的机械化部队硬碰——而且是碰了四年有余，碰得暴敌手足失措——必定是有一种深厚的文化力量使之如此。假若没有这样的文化，便须归之奇迹，而今天的世界上并没有奇迹！

以言将来，我们因抗战必胜的信心，自然的想到两件事：（一）以中华为先锋，为启示，东方各民族——连日本的明白人也在内——必须不再以隐忍苟安为和平，而应挺起腰板，以血肉换取真正的和平。日本军阀的南进——不管是经济的，还是军事的——正是自中国至印度之间的各民族觉醒的时候。大家有此觉醒，才不至于上日本军阀的"和平当"，而把灵魂托付给锁镣与鞭笞。（二）一个文化的生存，必赖它有自我的批判，时时矫正自己，充实自己，以老牌号自夸自傲，固执的拒绝更进一步，是自取灭亡。在抗战中，我们认识了固有文化的力量，可也看见了我们的缺欠——抗战给文化照了"爱克斯光"。在生死关头，我们绝对不能讳疾忌医！何去何取，须好自为之！

这样我们肯定了我们有文化，而且是很高的文化。可是，就照着这个肯定编一个故事，还并不怎样容易。第一，一方面写故事，一方面还须顾及故事下面所掩藏的文化问题，就必定教故事很单薄——冰必定很薄，才能看见下面的流水啊！故事单薄，剧本就脆弱，不易补救！第二，文化是三段，——过去，现在，将来；抗战也是三段——自己抗战，联合东亚的各民族，将来的和平。这怎么调动呢？故事的双重含意——抗战与文化——已难天衣无缝的配合，而每一含意中又都有那么多的问题，即使我是个无所不知的通才，也没法表现无遗，面面俱到。还有，第三，拿过去的文化说吧，哪一项是周秦迄今，始终未变，足为文化之源的呢？哪一项是纯粹我们自己的，而未受外来的影响呢？谁知道！就以我们的服装说吧，旗袍是旗人的袍式，可是大家今天都穿着它。再往远一点说，也还不保险，唐代的袍式是不是纯粹中国本色的呢？因此，我不能借一件史事形容出某一代的文化确是什么样子。而且，即使我有了写史剧的一切准备，也还不过以古说今，剧本的效果还是间接的，没有多大的感动力量。我非把过去与现在掺到一处不可，宁可教过去的只有点影子，也不教现在的躲在一边，静候暗示。是的，我只能设一点影子，教过去与现在，显出一点不同了，假若有人来问：这点影子到底是象征着汉晋，还是唐宋？是佛老，还是孔孟？我便没法回答，也不愿回答。总而言之，我所提到的文化，只是就我个人的生活经验，就我个人所看到的抗战情形，就我个人所能体会到的文化意义，就我个人所看出来的我国文化的长短，和我个人对文化的希望，表示我个人一点意见；绝不敢包办文化。有多少多少问题，我不懂得，就不敢写。我所确信的，那才敢写下来。这样，我的困难可以减少一些；减少了我自己的困难，而增加了剧本的穷相，可也就无法。我只能保证我自己的诚实，而不能否认才力与识见的浅薄！就是我所相信的，也还未必没有错误；不过，我要是再加小心一些，这本剧就根本无从产生了。

现在可以谈剧本的本身了。剧分三幕：第一幕谈抗战的现势，而略设一点过去的影子。第二幕谈日本南进，并隐含着新旧文化的因抗战而调和与东亚各民族的联合抗日，第三幕言中华胜利后，东亚和平的建树。

剧情很简单。可是它越简单，它所接触的问题便越不能深入，彷佛是一块手帕要包起五斗米似的那么没办法。为什么要这么简单呢？我是怕用人太多，不易演出。可是，像抗战的情形，与日本南进，都要写入，又无法十分简单；于是，我就利用了歌舞。用歌舞是否可以真个简单，易于演出呢？还是不中用！此作法自蔽也！剧中有四支短歌，两个大合唱，大致至少须用三十位歌者，才足振起声势。第二幕有六个舞踊，至少要用十位舞踊专家——随便一舞，必难曲尽其意。既有歌舞，必有伴奏，又需至少二三十位音乐家。加上演员十数人，共需八九十人矣，有些人还以为利用歌舞是有意取巧，我不便驳辩。可伤心的倒是弄巧成拙，依然尾大不掉，难以演出。至于幸而得以演出，而观众只听歌看舞，忽略了话剧部分，才更可伤心！

最使我担心的是末一幕。没有斗争，没有戏剧，我却写了天下太平！"拼盘"已经不算好菜，而里边又掺上甜的八宝饭，恐怕就更"吃不消"了！

关于第一幕第二节设景在绥西，纯粹是为了绥西有民族聚集的方便；若嫌不妥，请随便换个地方。第三幕设景青岛，亦因取景美丽，无他用意，也可以改换。

卅年双十节于昆明龙泉村[2]。

第一幕

第一节

时　间　抗战第四年之秋。

地　点　重庆。

人　物　赵庠琛老先生——六十岁。幼读孔孟之书，壮怀济世之志。游宦二十年，老
　　　　　而隐退，每以未能尽展怀抱为憾，因以诗酒自娱。

　　　　赵老太太——庠琛之妻，五十八岁。佞佛好善，最恨空袭。儿女均已成人，
　　　　　而男未婚，女未嫁，自怨福薄，念佛愈切。

　　　　赵立真——庠琛之长子。专心学问，立志不婚，年已三十五六矣。

　　　　赵兴邦——庠琛的次子，有干才。抗战后，逃出家庭，服务军队。

　　　　赵素渊——庠琛的女儿。因系"老"女儿，故受全家宠爱。家教甚严，颇欲
　　　　　浪漫，而又不大敢。

　　　　封海云——素渊的男友。漂亮，空洞，什么也会，什么也不会。

〔开幕：

　　赵宅的客厅里。这是一间值得称赞的客厅。敌人四年来，在重庆投了那
么多的炸弹，可是始终没有一枚"正"打在此处的。屋瓦虽已飞走过几次，
门窗屡被震落，但是这间屋子决心的抵抗毁灭。

　　屋中的布置显示出些战时气象：壁上的灰黄色的对联，佛像，横幅（赵
老先生手题："耕读人家"），沉重而不甚舒适的椅凳，大而无当的桌子，
和桌上的花瓶，水烟袋……都是属于赵老夫妇那一代的。假若没有别的东西
窜入的话，这间屋子必定是古色古香，有它特具的风味。可是，因为旁边的
屋子受炸弹震动较烈，于是属于立真与素渊这一代的物件，彷佛见空隙就钻
了进来似的，"挤"在了古物之间。带有镜子的衣柜，动植物的标本，鸟笼
与兔笼——并且有活的鸟与白兔啊！和一些与赵老夫妇绝对没关系的零七八

碎儿，也都得到了存身之所。这破坏了这间屋子原有的气象，使赵老先生颇为伤心，大家也都不好过。现在，赵素渊奉了父命，要把壁上的两个鸟笼摘走，以便匀出地方，挂上老先生新由小摊上获得的一幅"山水"。她不大热心这个工作。不挂画吧，便是不遵父命，拿走鸟笼吧？又对不起大哥，大哥嘱托她给照料这些小鸟啊！她刚刚把笼子摘下一个，大哥匆匆的跑进来。

赵立真　素渊！你看看，又得了一件宝贝！（掏出个小纸盒来）无意中的收获，你看了！

赵素渊　又是个什么可怕的毛毛虫？

赵立真　一个肚子和头都象毛虫的蜘蛛，在四川很不容易见到。你看看哪！

赵素渊　今天没心思看你的宝贝了！连这些笼子，爸爸还教搬出去呢，再弄些蜘蛛来，他老人家就得更不高兴了。

赵立真　怎么了？怎么了？爸爸又生了气？为什么呢？

赵素渊　为你，为我，为二哥！

赵立真　我知道我的罪过：不结婚，不作官，一天到晚净弄小鸟和毛毛虫！老二的罪名，我也知道。你有什么不对呢？

赵素渊　全是这个战争！要不是这个战争，爸爸不会这么牢骚，二哥也不会偷偷跑出去，到前线打仗。我也不会，不会——

赵立真　不会什么？

赵素渊　不会遇见封海云！我，我不知道怎样才好！大哥，你好办。你抱定了主意，研究生物，只要炸弹不落在你的头上，你就有办法。

赵立真　科学要是昌明了，世界上就根本不会再有炸弹。我并不为自己的利益才藏躲在科学里去，而是要给这个不明白不清醒的人类去找出真理来。科学家都是这样。

赵素渊　不管怎么说吧！你总算有了办法。二哥呢，也有了办法。他死在前线呢？是以身报国；平安的回来了呢？是光荣的凯旋；都是光明磊落的事！只有我，毫无办法！这里是囚牢，我飞不出。为表示反抗，我只能，只能——

赵立真　浪漫一下！

赵素渊　大哥！

赵立真　我没有恶意！浪漫是生命延续的催生符，下自蝴蝶蜘蛛，上至人类，都天生来的晓得这回事。可是，渊妹，不要拿这个当作游戏，要长住了眼睛！

赵素渊　父母管教咱们是那么严，我没法不长住了眼睛，生怕伤了老人家们的心。同时，他们老人家越要以他们的眼睛当作我的眼睛，我就越想不用眼睛，而像没有头的苍蝇似的，乱撞一气。

赵立真　从一般的生物看来，乱撞一气的还很少，连青蛙和小黄鸟都不乱撞。小动物们都晓得"选择伴侣"！

赵素渊　大哥，你别拿这种话呕我成不成？我实在太痛苦了！我问你，你看封海云怎样？

赵立真　（蹲下去看刚被素渊摘下来的那个鸟笼）有食有水，干吗摘下来？

赵素渊　爸爸要挂画，匀地方！

赵立真　这年月还挂画？

赵素渊　爸爸也会说，这年月还养小兔小鸟！

赵立真　呕！那么说，我得让步。（立起来，去摘另一笼）没地方放，我就成天用手举着它们！（想把笼子拿走）

赵素渊　大哥先别走，你还没回答我的问题呢！

赵立真　忙什么！这不是马上能有办法的事。

赵素渊　爸爸今天早上说了，一切要来个总解决！

赵立真　总解决？解决什么？解决谁？

赵素渊　解决你，解决我，解决二哥！所以我问你，你看封海云怎样，好应付这个总解决。

赵立真　对，渊妹！我看得出来，这个战争把老人家的神经给弄得到了——像一张拉满了的弓——不能再紧一点的地步：所以要总解决。我们得同情爸爸是不是？

赵素渊　我还敢恨他老人家？我是想解决问题。

赵立真　我没有问题。我承认爸爸那一代的文化，所以老想同情他老人家。我也承认我这一代有改进爸爸那一代的文化的责任，而且希望爸爸能看清这一点。假如爸爸看不清这一点，那是时代的冲突，不是我们父子之间有什么来不及的地方。至于老二——

赵素渊　爸爸要给他打电报，叫他赶紧回来呢！

赵立真　这又是时代的冲突。父亲是个有气节的人，你记得他那两句诗吗："身后声名留气节，眼前风物愧诗才"？[3]多么好的句子！所以，他不能投降日本，而老随着国都走。那么大的年纪，真不容易！可是，你想像这样的一位老人赞成打仗，你就算认错了人。重气节，同时又过度的爱和平，就是爸爸心中的——或者应当说咱们的文化的——最大的矛盾。到必要时他可以自杀，而绝不伸出拳头去打！所以，爸爸老以为老二去打仗是不大合理的事。

赵素渊　爸爸愿意把二哥叫回来，结婚生子，侍奉父母。

赵立真　一点不错，我现在要是已经六十岁，大概我也得那么想，可是老二有老二的生命和使命，他不会因为尽孝而忘了国家。

赵素渊　现在该说我的事了吧？你看封海云怎样？

赵立真　我——

赵素渊　他很漂亮！

赵立真　漂亮人作"漂亮"事！

赵素渊　你看他不大老实？

赵立真　嗯——还不止不老实，我看他不诚实！

赵素渊　怎么？

赵立真　你看，父亲很诚实，他相信他的思想是最好的，也切盼他的儿女跟他一样的好。老二很诚实，相信要救国非拚命不可，他就去拚命。封海云相信什么呢？他会打扮自己，他会唱几句二黄[4]，他会打扑克，他会发点小小的财，他会……可是他到底相信什么呢？

赵素渊　我不知道！我问的是他能不能成个好的伴侣，不管他信什么！

赵立真　我愿意你，我的胞妹，嫁给个诚实的"人"，不是——

赵素渊　有人叫门呢！（看他要出去开门）等等！说不定还许是封海云呢！要是他的话，回头教爸爸看见了，又得闹一场！大哥，你看，爸爸越闹气，我就越感情用事！我不愿意一辈子被圈在这个牢里，可是也不愿逃出牢去，而掉在陷阱里！我简直的没办法！

赵立真　我看看去！

赵素渊　听！坏了！他老人家开门去了！

赵立真　沉住了气，素渊！

赵素渊　爸爸要是不准他进来，岂不——呕，听，他们进来了！我怎么办呢？

赵立真　先别慌！见机而作！

赵庠琛　（在门外）封先生请！请！

封海云　（进来，手里拿着一束鲜花）立真兄！呕，素渊！（献花给她）几朵小花，买不到好的，平常的很，倒还新鲜。

赵庠琛　封先生，这边来坐！立真，把那些花上洒点水，好教封先生说完话再拿走；咱们这里没有送花的规矩！没这个规矩！

赵素渊　爸爸！

赵庠琛　立真，帮助你妹妹，把那张画儿挂好。我活一天就得有一天的画儿看，不管日本人的炸弹有多么厉害！封先生，请坐！有什么事？

封海云 （半坐）赵伯父，立真兄，素渊小姐！

赵庠琛 （看兄妹要向封打招呼）你们挂你们的画，我很会招待客人！

封海云 （颓然的坐下）我来报告点消息，可喜的消息！兴邦兄回来了！

赵素渊 呕！二哥回来了！真的吗？

赵庠琛 素渊，先作你的事！

赵素渊 爸爸，现在不是古时候了，男女之间总得有点——

赵庠琛 乱七八糟！这群小孩子，太淘气了！我说兴邦是个流氓，你们不信。看，他走的时候，没禀告我一声；现在他回来了，又不禀告父母，而先告诉了别人！孝为百行之先，他既不能尽孝于父母，还能效忠于国家吗？笑话！笑话！

赵立真 刚才妹妹告诉我，不是你要打电报，叫二弟回来吗？

赵庠琛 我要叫他回来是一回事，他回来应当先禀告我一声又是一回事！

封海云 兴邦兄也并没有通知我。

赵庠琛 你怎么知道的呢？

封海云 这不是！（掏出报纸来）

赵素渊 （过来，要接报纸）什么报，我们怎没看见？

赵庠琛 立真"你"看！

赵立真 （接过报纸来，封指出新闻所在）很短的消息：北战场政治工作人员赵兴邦等十二人来渝。

赵素渊 （跑到窗前）妈！妈！二哥要回来啦！……报上说的！……你自己来看呀！

赵庠琛 封先生，谢谢你！（立起来准备送客）这些花——

封海云 （也立起来，但并不愿告别）赵伯父，小的时候，我还跟兴邦兄同过几天学呢。老朋友了！我得给他接风洗尘。你看，这二三年来，我颇弄了几个钱，并没费多大力气，大概是运气好！不论天下怎么兵荒马乱，有运气的还是有运气，真的！所以，虽然大家都嚷穷，咱们倒还马马虎虎的过得去！是的，我得给兴邦兄接风，顺便问问，他还回前方不回去。假若他不回去的话——我想他也应该在家里管管自己的事了，一个人不能打一辈子的仗——是的，他要是不想回前方去，我这儿有很好的事情，给他预备着呢！

赵素渊 什么事？

封海云 事情多得很！事情多得很！

赵庠琛 那再说吧。没有别的事了，封先生？

封海云 啊，我想兴邦兄今天必能回到家来，我在这儿等着他好啦！他来到，咱们大家马上就去吃酒。望月楼，我的熟馆子，菜还马马虎虎！地方不大漂亮，价钱也不算便宜，不过，菜还——马马虎虎！

赵庠琛　我向来不大下馆子，而且家里也还有些小事，谢谢吧！这些花——

封海云　立真兄，要是伯父不肯赏脸的话，你和素渊小姐来陪一陪怎样？

赵立真　同名同姓的人很多，报上所说的也许是二弟，也许不是。

赵素渊　我想一定是二哥！

赵立真　即使是他，也得让他休息休息！这些花——

赵素渊　大哥！

赵庠琛　素渊！（去看刚挂好的那张画）挂的稍微低了一点！

封海云　（赶过来看画）这张画可真好哇！

赵庠琛　怎样好，封先生？

封海云　很老啊，纸都黄了，很好！很好！

赵素渊　（长叹一声，坐下了）

赵庠琛　封先生，请吧！改天我教立真去给你道谢！立真，送客！

封海云　再见，赵伯父，立真兄，素渊！

赵素渊　（猛然立起来）海云！你就这么教他们给赶出去吗？你还像个男子汉！

赵庠琛　什么话呢！素渊！

封海云　我怎么办呢？为了爱情，我，我牺牲一切！金钱时间，甚至于脸面！还教我怎样呢！我颇有些钱，也并不是完全没有脾气！

赵立真　改天再谈吧，海云！今天，爸爸心中不大痛快，素渊也有点……

赵素渊　有点什么？大哥，连你也压迫我！

赵立真　我——？

封海云　再见吧，诸位！兴邦兄回来，我请客！（立真送他出去。）

赵素渊　（拾起那束花，赶到门口，用力的扔出）封先生，你的花！

赵庠琛　这是怎么了？素渊！

赵素渊　我不知道？我形容不上来自己的心是什么样儿！别再问我，好不好，爸爸？

　　（颓然的坐下。）

赵老太太（捧着小铜菩萨，与香蜡纸马，同立真进来）不用你拿！你还没洗过手，就拿祭神的东西？你说，二小子都上了报啦？我说他有出息，你看是不是？阿弥陀佛，佛爷保佑我的二小子！（把香炉等放下，捧着菩萨绕屋而行）阿弥陀佛！阿弥陀佛！

赵立真　现在已经是雾季了，不会再有空袭，何必还这么念佛呢？

赵老太太 （一边绕行，一边说）佛是要天天念的！祸到临头再念佛，佛爷才爱管你的闲事！这三年多了，咱们的房子没教日本鬼子给炸平了，还不都是菩萨的保佑？（绕完屋的四角）素渊，帮着妈妈上香，你们也都得磕个头，二小子顺顺当当的回来，不容易！

赵素渊 妈！（要哭）

赵老太太 怎么了？我的乖乖！我的老丫头！

赵素渊 妈！

赵老太太 说话呀！宝贝！

赵素渊 （把泪阻止住）没什么，妈！

赵老太太 这是怎么回事呢？是不是老大又欺侮了我的老丫头？

赵立真 妈，看我这么大的岁数，还会欺侮妹妹吗？

赵老太太 没成家的，多大岁数也是小孩子！听着，老大！老二不是快回来了吗？呕，给我看看那张报！你们没看错了哇！

赵立真 一点不错，是兴邦！（拿报，指给他看）这不是！

赵老太太 （揉眼）哪儿？唉，我看不见！是赵兴邦啊？好！菩萨的保佑！老大，你听我说，二小子回来，咱们不能再教他跑出去。好菜好饭的安住他的心；然后啊，有合适的姑娘呢，给他完了婚，这才象一家子人家；我死了——阿弥陀佛——也就甘心了！

赵立真 哼！说不定老二会带回个又年轻又活泼的小姐呢！

赵庠琛 （好象被新挂的画迷住了似的，可是猛的转过身来）你说什么？立真！

赵立真 啊！——随便说着玩的！

赵庠琛 不能这么说着玩！你弟弟偷着跑出去，已经是不孝，你还愿意看他带回个野——野姑娘来！难道我给你们的教训都是废话吗？一点用处也没有吗？

赵老太太 先别闹气！先别闹气！

赵素渊 二哥回来，爸爸可别——

赵庠琛 别怎样？你还有脸替别人说话？

赵老太太 这是怎么了？怎么找寻到我的老丫头身上来了？是不是为了姓封的那个小人儿？我看他不错，又体面，又会挣钱！这年月，当秘书科长的还养不起老婆，姓封的小人儿有挣钱的本事，长的又……

赵素渊 妈，快别说了！

赵老太太 怎么？我说给你爸爸听呀！姓封的那样的小人儿不是一百个里也挑不出一个来吗？

赵素渊　爸爸，您不喜欢封海云？

赵庠琛　更不喜欢你们的办法。

赵素渊　好啦，从此我再也不跟他来往，一刀两断！

赵老太太
赵　立　真　｝这又怎么啦？

赵素渊　大哥，你应当明白。

赵立真　我刚才说错了话，我说他不大诚实！

赵素渊　我看他不像个男子汉！我不稀罕他的钱，他的洋服，他的鲜花！都是你逼的
　　　　我，我才和他作朋友！

赵庠琛　胡说！我们逼你？

赵素渊　一点不错！

赵立真　妹妹！

赵素渊　我——我——我，唉，你们不能明白我！（嘴唇动了一会儿，找不到话）不说
　　　　了，没得可说！（掩面跑了出去。）

赵立真　（追素渊）妹妹！妹妹！

赵老太太　老大，回来！教她哭一会儿就好啦，我明白我的女儿！你来，妈妈跟你说
　　　　几句知心话！老大，你到底打算怎样呢？

赵立真　什么怎样？妈妈！

赵老太太　你看，在这个乱乱轰轰打仗年头，说不定哪一阵风儿就把我这份老骨头吹
　　　　了走，阿弥陀佛，我死了，谁照应着你呢？

赵立真　我——

赵老太太　先等我说完了！你看，二小子快回来了。咱们得给他完了婚，不能再教他
　　　　野马似的乱跑去。你呢，老大，也该回心转意，也讨份儿家。想想看，假若你和
　　　　老二在一天办喜事，在同一天我看两个儿媳妇进门，我该多么高兴呢！

赵立真　妈！我不能替老二决定什么，至于我自己，你看，我的身体不很强。

赵老太太　是呀！没个老婆照应着你，身体怎会好呢！

赵立真　我又没有多挣钱的本事。

赵老太太　有了家小，你会挣钱也得去挣，不会挣钱也得去挣！

赵立真　正因为这样，我才不能结婚！我不能因为伺候太太，而放弃了科学！

赵老太太　我老"磕"头，你老"科"学；老大，你太不听话了！

赵庠琛　要是为了立德立功[5]，也还可以；就是为弄些小狗小兔子而把人伦大道都丢
　　　　在一边啊，我不能明白，也不能同意！我早就想这么告诉你！

赵立真　爸爸，我实在有点对不起您二位老人家！可是——我没有更好的办法！在你看，我们研究科学的，有的是弄些小猫小狗，有的弄些红花绿草，都是无聊。在我们自己，这是各抱一角，从各角落包围真理与自然。不为名，不为利，我们只把生命插到真理中去。我们多捉住一点真理，人类心灵就多一些光明；我们多明白一些自然，人类就多增一点幸福。我们的贡献足以使人类一天比一天清醒，因为大家借着我们的心与眼，看到了，明白了。我们的态度，就是一种教育，我们不图私利，不图享受，而只为那最高远的真理，最精微的知识，而牺牲。世人要都有我们这样的一点风度，我想大家就都能忘去一些眼前的小利益，而多关心点真理了！

赵庠琛　算了，算了，立真！这些话，我已经听过不止一次了！可是，你还没说服过我一回！我们作人，应当由修身齐家[6]起首；这是咱们的文化，咱们中国特有的文化！身之不修，真理云乎哉，真理云乎哉！

赵老太太　老大，你爸爸说的是真话，别以为他是责备你！

赵庠琛　立真，我的确不是责备你，而是劝告你！你看，在这乱世，生活是这么困难，性命是天天在危险中。你第一不管家计如何，第二不管有没有儿孙，延续赵氏的门庭，第三不管什么立德立功的大责任，这是修身齐家的道理吗？

赵立真　您说的很对，爸爸。但是，我怎么办呢？

赵庠琛　怎么办？简单的很。去找点正经事作，现在什么地方都缺乏人，事情绝不难找，即使一时不能立德立功，起码也可以修身齐家。至于你爱研究生物，那可以在公余之暇为之——所谓格物致知[7]，须在诚心立身[8]之后，我不反对去格物致知，可是绝不许你忘记了人生的大道！

赵老太太　对啦，老大，我还有个好主意：你要是非养小鸟小兔不可啊，就娶个也爱小鸟小兔的姑娘。你出去创练创练，教她在家里给你看着小动物们，不是挺好吗？家里养些小鸟小兔什么的，总比天天打牌强；我就恨那些年轻轻的男女们，成天成夜的打麻将！

赵立真　妈妈！（轻轻的笑了一下）事情没这么简单！爸爸，您说的那个格物致知是带手儿作的事，所以中国的科学老不发达。科学是一辈子，多少辈子的事业，根本不是带手儿作的事。今天若没有人在前线拚命，国家就得亡；同样的，若没人在后方为科学拚命，新的中国，新的世界，就无从建设起。只养些小鸟小兔并不是生物学，我是要——

赵庠琛　要故意不听我的话！

赵素渊　（在门外）妈妈！有人叫门哪，像二哥的声音！

赵老太太　是吗？我去开门！老大，搀着我点，我的腿有点发软！

赵立真　您别动了！妈！妹妹已经去了。

赵老太太　你去接接呀，老二必定有好多行李！

赵立真　打仗的人未必带行李！

赵老太太　（向丈夫）你可不准骂二小子，他好容易回来了！

赵兴邦　（拉着妹妹进来）妈！

赵老太太　二——老二！（话说不出了，含着泪看着他）

赵兴邦　（要和母亲握手，又不大好意思，眼圈也红了；转向兄）老大！（握手，勉强的笑）还解剖小白兔哪？

赵素渊　新近又下了一窝，都是白的，象些小雪球儿！

赵立真　老二，你结实了，也黑了！

赵兴邦　前线上没有雪花膏！

赵老太太　二，来！妈妈细看看你！呕，先见爸爸呀！

赵兴邦　爸爸！你老人家……

赵庠琛　（一点一点的往起立）兴邦……回来了！（立不住似的，又坐下。）

赵老太太　老二，我看看你！啊，素渊，去拿高香来，祭菩萨！

赵兴邦　妈！先别祭菩萨，给我口水喝吧！

赵立真　我泡茶去！妈，茶叶在哪儿呢？

赵老太太　我去，我去！你们什么都找不着！

赵兴邦　妈妈！您别去，没关系！在前方，有时候一天一夜喝不到一口水！

赵老太太　你看看，你看看！娇生惯养的孩子，一天一夜喝不着一口水！老大，快去呀；茶叶在我屋里的小桌上呢。

赵立真　（下）

赵兴邦　那还不算事。看这里，还中了枪弹呢！（卷起裤口，露出小腿上的伤痕）

赵老太太　（同女儿赶过去看）我的宝贝！太大胆了！要是死在外边，不得教我哭死！

赵兴邦　打死也就算了！打仗吗，还能不死人！

赵素渊　（去拉爸爸）您也看看哪！这么大一块疤！

赵庠琛　不用看了！舍身报国是大丈夫所应作的事。不过，以咱们的家庭，咱们的教育，似乎用不着去冒险，身体发肤，受之父母，不可毁伤！[9]要是咱们这样的人都死在沙场，读书种子绝矣！

赵兴邦　不，爸爸！咱们读书的人一去打仗，敢情多知道了多少多少事情；在书本上十年也不能领悟的，到了真杀真砍的时候，一眼就能看出老远去，知道了许许多多！

赵素渊　二哥，你都明白了什么，说说！说说！

赵兴邦　多了！多了！

赵老太太　好容易回到家，不说些家长里短的，瞎扯本打仗干什么呢？素渊，先商议
　　商议吃什么饭吧！到厨房看看去，好孩子，看看都有什么东西！

赵素渊　让我再听一会儿，妈！他说的多么有意思呀！二哥简直的成了拿破仑啦！

赵兴邦　我，拿破仑？我愿意世界上永远没有拿破仑，而只有明白人，越多越好！

赵老太太　你们瞎扯吧，我上厨房！为我自己的儿子操劳，我能抱怨谁呢？（要走）

赵兴邦　妈，我出个主意好不好？咱们上饭馆去，大吃，扒拉一顿，好不好？

赵素渊　我赞成！就是讨厌上厨房去作饭！

赵老太太　我吃素，馆子里没有真正的素锅；教他们炒素菜，炒了来还是荤的。不过
　　呢，只要你们高兴，我心里就喜欢；教我吃开水泡饭也不要紧！

赵素渊　我们不能看您吃白水泡饭。教张嫂给弄点素菜，我给您提着！

赵老太太　谢谢你的孝心，姑娘！你还有——（看丈夫）

赵兴邦
赵素渊　　爸爸，您也愿意去？一定！

赵庠琛　嗯！——

赵素渊　爸爸答应了！

赵庠琛　疯丫头！简直不象话！（向妻）你教张嫂去作两样素菜也好。

赵老太太　我有办法，不必管我！老二可别招爸爸生气，好好的！

赵立真　（提着把很大的锡壶与一个小饭碗进来）

赵老太太　老大，这是怎么啦？为什么不用茶壶茶碗呢？

赵立真　我想由前线来的人，大概非这么大的壶不会够喝的！

赵老太太　唉，这个淘气呀，你们活到六十岁，要是不成家，还是小孩子！（下）

赵立真　（倒茶）老二，这一壶都是你的！呕，爸爸，您喝不喝？

赵庠琛　（摇了摇头）兴邦，你都学来了什么？我倒要听一听！

赵兴邦　嗯——我觉得差不多学"通"了！

赵庠琛　学"通"了？我读了几十年的书，还不敢说学通；你出去瞎混了三年就会学
　　通？笑话！

赵素渊　看二哥这个样子，大概是真学通了，你看他有多么体面，多么壮啊！

赵庠琛　"壮"和"通"有什么关系？

赵立真　由生物学来看，也许大有关系！

赵兴邦　您看，我到四处乱跑，看见了高山大川，就明白了地理，和山川之美。懂得了什么是山川之美，我就更爱国了；我老想作诗！

赵素渊　作了没有呢？

赵兴邦　诗作不好，至少我作了几首歌。前方不容易找到文学家，我就胡乱编一气；我现在可以算作四分之一，或者甚至于是三分之一的写家了！

赵素渊　二哥，你唱一个你自己作的歌！

赵庠琛　素渊，不要捣乱！

赵兴邦　前方是在打仗，可是也需要文学，音乐，图画；它也强迫着我们去关心历史，地理，政治，经济，卫生，农村，工业……。而且，它还告诉了我们音乐与文学的关系，政治与军事的关系，种种关系；一环套着一环，少了哪一环也不行。我管这个叫作文化之环。明白了这个，你就知道了文化是什么和我们的文化的长处和短处。

赵立真　比如说——

赵兴邦　啊！听这个"我本是，卧龙岗，散淡的人。"军人要按着这个节拍开步走，行不行？起码，你得来个"大刀向鬼子们的头上砍去"！

赵庠琛　粗俗！粗俗！

赵兴邦　是粗俗呀，可是这个路子走对了。我们几十年来的，不绝如缕的，一点音乐教育，现在才有了出路。艺术的原理原则是天下一样的，我们得抓住这个总根儿。从这个总根儿发生我们自己的作品来，才是真正有建设性的东西。啊（看着刚才挂好的那张画）就拿这张画说吧。

赵庠琛　我的画又怎么了？你还懂得绘画吗？！

赵兴邦　这是张青绿山水，您若题上四个大字——还我山河，有用没有？没有！抗战期间，得画那种惊心动魄的东西。这，您就得把世界的普遍的绘画理论与技巧，下一番功夫把握住。等到你把握住这理论与技巧，您才能运用自己的天才，自己的判断，创造出来世界的中国绘画！

赵素渊　二哥，你也会画点了吧？

赵兴邦　一点点，但是那没关系。我是说，一去打仗，我的眼与我的心都教炮声给震开了，我看见了一个新的中国。它有它的固有文化，可是因为战争，它将由自信而更努力，由觉悟而学习，而创造出它自己的，也是世界上最新的音乐，图画，文学，政治，经济，和——

赵立真　科学！

赵兴邦　对不起，大哥，忘了您的小白兔子！

赵庠琛　哼，修身齐家治国平天下的丰功伟业，好象都教你们俩包办了！小孩子！

赵兴邦　不过，爸爸，大哥的科学精神，我的清醒的乐观与希望，大概不会错到哪里去。爸爸你作了修身齐家的功夫，我们这一代，这一代当然不能光靠着我们弟兄俩，该作治国平天下的事情了。您等着看吧，到您八十岁的时候，您就看见一个中国，一个活活泼泼，清清醒醒，堂堂正正，和和平平，文文雅雅的中国！

赵庠琛　彷佛今天的一切都是光明的！

赵兴邦　假若今天的一切都是黑暗的，我相信我们年轻人心中的一点光儿会慢慢变成太阳。我知道我们年轻的不应当盲目的乐观，可是您这老一辈的也别太悲观。您给了我们兄弟生命，教育，文化，我们应当继续往前走，把文化更改善一些，提高一些，此之谓齐一变，至于鲁；鲁一变[10]，怎么来着？

赵素渊　鲁（卤）一变，至于炸酱！

赵庠琛　（忍不住的笑了，）这疯丫头，要把我气死！

赵兴邦　走啊，吃炸酱面去啊！我能吃八碗！

赵素渊　等一等，二哥！你说点战场上怎么打仗！你要不说，就不给你炸酱面吃！

赵庠琛　我不喜欢听打仗的事，已经听够了！

赵素渊　爸爸，这是听您的儿子怎样打仗啊！难道你不喜欢您的儿子成个英雄吗？

赵兴邦　假若仗是我打胜的，就没什么可说的了！值得一说的，是百姓们打的，这真是想不到的伟大！

赵立真　也该教老二歇息会儿吧？

赵素渊　爸爸，交换条件，您教二哥说一点，我就不再理封海云！看见二哥，我就觉得封海云是这么点（用小指比）的一个小动物了！

赵庠琛　一天到晚瞎扯！哪像个女孩子呢？！

赵素渊　二哥，说呀，除非你是真要歇息一会儿！

赵兴邦　我不累！等我想想，啊，说绥远的胜利吧！在这个胜利里，我可以教你们看清楚，我们的百姓，而且是汉满蒙回藏各处的百姓，怎样万众一心的打败了敌人！

　　　　（幕暂闭）（若有转台，或将第二节制成电影，自然无须闭幕）

第二节

时　间　春天，拂晓。

地　点　绥西。

人　物　赵兴邦——见第一节。

　　　　竺法救——印度医生，在绥西军队中服务。

　　　　巴颜图——蒙古兵。

　　　　穆沙——回教兵。

　　　　李汉雄——陕西人，在绥远当兵。

　　　　马志远——日本兵，投诚华军，看管马匹。——不是俘虏。

　　　　罗桑旺赞——西藏高僧，来慰问祝福军队。

　　　　朴继周——朝鲜义勇兵。

　　　　林祖荣——南洋华侨日报驻绥通讯员。

　　　　黄永惠——南洋华侨代表，来绥西慰劳军队。

　　　　军队——即大歌咏队，数十人。

〔开幕：（距离上节闭幕时间越短越好。）

　　　　远远的是大青山。虽然春已到来，山尖上还有些积雪。山前，一望平原，春草微绿，两三株野桃冒险的绽开半数的花。近处一间土屋，已然颓坏，原为垦荒者休息之所，今仅为路标矣。林祖荣，黄永惠，与罗桑大师坐在屋外，等待前线消息。远处隐隐有炮声。

林祖荣　炮声远了，我们胜利！（注意：以下的对话都有韵。）

罗桑旺赞　佛的光明，佛的智慧，祝福我们胜利的军队！

黄永惠　啊，我们胜利！请吧，请用你的妙笔，描写个详细，把这冰天雪地的胜利消息，传到终年有鲜花绿树的南洋，教那日夜北望的同胞们狂喜！啊，西藏的大师，佛法无边，祝福吧，我们的胜利光辉了正义！听，那是谁？（立起来）唱着歌，走向咱们这里！

林祖荣　（也立起来）啊，歌声是炮声的兄弟，它的名字是胜利！

黄永惠　迎上去！迎上去！迎接中华的英雄！呕，多么光荣，英雄是咱们的同胞兄弟！

李汉雄　（上唱）"我的枪多么准，我的手多么稳！啊，我的心哪，又准又稳！呕，见了敌人，见了敌人，我怎能不向他瞄准？为夺回我们的江山，不能不把敌人踏为齑粉！"

林祖荣　打胜了吗，同志？

李汉雄　摸摸我的枪，这么半天还滚热；你怨我放枪太多吗？不，同胞，我每次都瞄准了啊，一枪一个！

罗桑旺赞　壮士，佛力加持[11]你！

林祖荣　呕，待一会再见，我去发电！

黄永惠　你还没问详细，怎好就报告消息？

林祖荣　先把"胜利"传到南洋，教同胞们狂欢，教南海的绿波激颤！然后，我再细细的画描，像春雨似的，每一滴，都使他们心里香暖！

罗桑旺赞　一同去，善士！我去虔诵真经，祝福凯旋，并超度殉国的烈士！

黄永惠　是啊，我也该去预备。把侨胞们由心里献出的，不管是轻微还是珍贵，那点礼物金钱，今天敬献给我们胜利的军队！呕，同胞，同志，先吸一支烟吧，（献烟给李）在这里歇歇腿！我去预备，预备慰劳我们胜利的军队！

李汉雄　谢谢你的盛情，这一支烟啊，使我要落泪！

林祖荣　休息休息吧，同胞，待一会儿我还要详问，你怎样用你的枪，用你的刀，把敌人赶得望影而逃。（同罗黄下）

李汉雄　（吸烟坐下轻唱）"我的枪多么准，我的手多么稳……"

巴颜图　（上，唱）　马是蒙古马，风是蒙古风，马快如风，成吉斯汗的后代，都是英雄！

李汉雄　巴颜图，你打死几个日本鬼？

巴颜图　不用问我，反正你永远是后退！还有脸吸烟，不怕烧了你的嘴！

李汉雄　我往后退？你个没有眼睛的，沙漠里的宝贝！

巴颜图　什么宝贝？你以为我只会打日本鬼吗？你若不服，我也会照样的打断你的腿！

穆　沙　（上，见李巴欲起打）干什么？干什么？

巴颜图　干什么？你不用管！我不晓得别的地方，我晓得绥远。在绥远作战，我们蒙古人，蒙古的英雄，会站在最前线，我们的马快如风，刀急如电，要不是我们打退敌人，你们也会还在大青山前作战？

穆　沙　我，伊斯兰的信徒，假若有个缺点，就是过于勇敢！我刚刚打败了日本强
　　　　盗，有人愿意，我还喜欢和他再干一干！（要参加争斗）

赵兴邦　（上）嗨！汉雄，巴颜，穆沙，你们干什么吗？

李汉雄　赵主任（敬礼），我打的胜仗！

巴颜图　没有我，你打胜仗？

穆　沙　难道我这最勇敢的，倒打了败仗？

赵兴邦　听着，你们难道忘了我那支歌？在狂风把雪花吹到屋里的时候，那长长的冬
　　　　夜，马不敢鸣，冰封住大河，我教给你们的那支歌？

众　人　（相视不语）

赵兴邦　来吧！（领着唱）
　　　　　　　　"何处是我家？
　　　　　　　　我家在中华！
　　　　　　　　扬子江边，
　　　　　　　　大青山下，
　　　　　　　　都是我的家，
　　　　　　　　我家在中华。
　　　　　　　　为中华打仗，
　　　　　　　　不分汉满蒙回藏！
　　　　　　　　为中华复兴，
　　　　　　　　大家永远携手行。
　　　　　　　　呕，大哥；
　　　　　　　　啊！二弟；
　　　　　　　　在一处抗敌，
　　　　　　　　都是英雄；
　　　　　　　　凯旋回家，
　　　　　　　　都是弟兄。
　　　　　　　　何处是中华，
　　　　　　　　何处是我家？
　　　　　　　　生在中华！
　　　　　　　　死为中华！
　　　　　　　　（白）拉起手来！
　　　　　　　〔众人拉手。

赵兴邦 （领唱）"胜利，

　　　　　　光荣，

　　　　　　属于你，

　　　　　　属于我，

　　　　　　属于中华！

　　　　　　〔竺法救负着朴。朴受了伤，上。

马志远 （从后面赶来）竺大夫，把他交给我！战场上还有受伤的弟兄，他们的伤疼如
　　　火！你去，你去！你的温柔的手指，摸他们一摸；或用你的眼，给他们一点你的
　　　温和，他们就会把苦痛变成快活！

竺法救 担架队，老百姓，已受我们的指挥；他们将十分小心的把挂彩的弟兄抬回。
　　　只有这位朝鲜的壮士，受了伤，还要前进，把败敌紧追，我说了多少好话，他才
　　　肯给我的脊背一点光辉！

朴继周 谢谢你，大夫！教我下来吧，你的慈爱已减去我的痛苦！（下来。）

马志远 我来背你，老朴！

李汉雄 我来！

巴颜图 我来！

穆　沙 我来！

赵兴邦 马同志，教他们来招呼老朴，你应当回去，把那些失了主人的战马拉来，那
　　　是你的职务！

马志远 我已经捉到几匹，交与了马夫，我再去，我再去，呕，我不能让那些可爱的
　　　战马在野地上悲叫哀呼！

李汉雄 哼，你只知道爱马，你们的人，受伤的，半死的，却没有人招呼！

马志远 什么"我们"的人？

巴颜图 日本鬼！你俘虏！

马志远 你知道我不是俘虏！

穆　沙 那么你是什么？

竺法救 赵主任，我还得回去。老朴，我把你交给他们，他们会把你抬到营门，用药
　　　物安慰你的不怕死的心身！马同志一道走？你收集你的马，我救护我的人。

马志远 竺大夫，先请吧，我得先把话说清！

竺法救 那么再见，我希望你们不把辩论当作抗战！（下）

赵兴邦 马同志，我希望你能原谅他们！他们打了胜仗，难免就因为欢喜而趾高气
　　　扬。没有恶意，只是他们心里的喜悦，要变成嘴唇上的嚣张。

马志远　赵主任，你知道：在那风雪的夜晚，我骑着我那相依如命的骏马，抱着我的枪刀，来投诚，来为正义报效。我不再受军阀们的盲目的指挥，不再为他们执行可怕的残暴。忘了我的战死沙场的光荣，我投诚给正义，毫不懊恼！你们的官长，亲手接过我的佩刀，亲手给我披上这抵抗风雪的皮袍。我常想，当正义胜利的时候，我将邀请你们去看我们开满了樱花的三岛；没有战争，只有友好，那时候，咱们才会象天真的小儿，在一块儿饮酒欢笑！

朴继周　到那时候，我的伤痕便是我的骄傲，

赵兴邦　汉雄，巴颜，穆沙，你们可曾听到？

李汉雄　主任，我把老朴背回，作为我说了错话的惩报！（负起朴）

巴颜图　我也不过是开开玩笑！

穆　沙　来，握手吧，同志！我知道你不会因几句笑话而苦恼！

赵兴邦　汉雄，走！巴颜，穆沙，跟着他，路上你们也要帮一帮手！马同志，去吧，别教那些闲话伤了朋友！呕，听，大队回来了，让我们随着凯歌快活的走吧，

众　人（随着唱）

大　军（即歌咏队，在后台唱）

      （歌：）

          “绥远，绥远，抗战的前线。

          黄帝的子孙，蒙古青海新疆的战士，

          手携着手，肩并着肩，

          还有壮士，来自朝鲜，

          在黄河两岸，在大青山前，

          用热血，用正气，

          在沙漠上，保卫宁夏山陕，

          教正义常在人间。

          雪地冰天，莲花开在佛殿，

          佛的信徒，马走如飞，

          荣耀着中毕，荣耀着成吉斯汗！

          来自孔孟之乡的好汉，

          仁者有勇，驰骋在紫塞雄关！

          还有那英勇的伊斯兰，

          向西瞻拜，向东参战！

          都是中华的人民，都为中华流尽血汗！

炮声，枪声，歌声，合成一片，

我们凯旋！我们凯旋！

热汗化尽了阴山的冰雪，

红日高悬，春风吹暖，

黄河两岸，一片春花灿烂，

教这胜利之歌，

震荡到海南，

传遍了人间，

教人间觉醒，

中华为正义而争战！

弟兄们，再干，再干！

且先别放下刀枪，

去，勒紧了战马的鞍，

从今天的胜利，像北风如箭，

一直打到最后的凯旋！

中华万岁，中华万年！"

（幕）

第二幕

第一节

时　间　前幕第一节后十数日。

地　点　同前幕第一节。

人　物　前幕第一节人物之外，加上赵明德——立真等的远族兄弟，在家务农，因家乡沦陷，逃来陪都。

〔开幕：

赵宅的客厅已非旧观，不但立真与素渊的鸟笼衣柜等已被移走，就是赵老夫妇的"山水"与佛像也把地位让出，而兴邦的大地图及广播收音机都得到了根据地，"耕读人家"横幅已被撤去，悬上了总理遗像。那张大而无当的桌子，看起来已不那么大了，因为已堆列上图书，报纸，笔墨，水果，衣刷，茶具，饼干盒子，还有什么一两块炸弹的破片。简单的说吧，这间屋子几乎已全被兴邦占领。赵老先生的领土内只剩了一几一椅，几上孤寂的立着他的水烟袋。屋子彷佛得到了一点新的精神，整齐严肃，兴邦受过军事训练，什么东西在他的手下都必须有条有理。现在，他又收拾屋子呢。连父亲的水烟袋都擦得发了光，一边工作，一边轻唱，还时时微笑一下，彷佛生命精力的漾溢，随时荡起一些波狼似的。

〔立真要出去工作，进来看看二弟。

赵立真　老二，你什么时候走啊？看你这收拾屋子的劲儿，倒好像有长期住下去的意思！

赵兴邦　这是战略！不这样，父亲就准我这么调动啦？

赵立真　作出不走的样子，可是不定哪一会儿就偷偷的溜了？

赵兴邦　真不愿意这样骗老人们，可是……大哥，你明白我？

〔赵立真点点头。

赵兴邦　你看，父亲老是正颜厉色的：（摹仿老人的语声）兴邦！不能光想你那一面的理，你也得替全家想一想啊。

赵立真　咱们难就难在这里，国家要咱们作战士，家庭要咱们作孝子；时代迫不及待的要咱们负起大任，而礼教又死不放松的要咱们注意小节，是不是，老二？

赵兴邦　就是！母亲就更难应付了，从我一进门，到现在，天天她老人家有一个世界上最体面，最贤慧的姑娘，专预备着嫁给我！我稍微一摇头，她老人家立刻就要落泪！怎办？

赵立真　而从生物学上来说，配偶，繁殖，又是一切生物最大的责任，你还不能说老人们想的不对！

赵兴邦　同时，时代所赋给咱们的责任，又教咱们非像无牵无挂的和尚不可！事难两全，很难！

赵立真　只好把更沉重的扛在肩上，别无办法！旧文化的不死，全仗着新文化的输入，管输入的是咱们，管调和的是历史。咱们无法四面八方全顾着！你到底什么时候走，老二？我想请请你！

赵兴邦　发了财？老大！

赵立真　发表了一篇小文章，得了几十块钱。想请你吃点什么，省得你说科学家缺乏感情。

赵兴邦　我并没那么说过！我看哪，你给妈妈买件小东西，比请我吃饭强。天下的老太太都一样的可爱，只要儿子买来一件小东西，哪怕是一个钮扣呢，她就能喜欢十天！

赵立真　给妈妈买东西，就不能请弟弟吃饭；请弟弟吃饭，就不能给妈妈买东西；研究科学就不能发财，发财就不能研究学问；作人真不容易！

赵兴邦　研究学问胜于发财；不给妈妈买东西，不请弟弟吃饭，全没关系！

赵立真　好！你还没回答我，你几时走？

赵兴邦　没一定了！

赵立真　怎么？

赵兴邦　我很想往南去。

赵立真　北边的事呢？

赵兴邦　教妹妹去！她已经有去的意思！

赵立真　你又说动了妹妹？好厉害！

赵兴邦　她跟我要主意吗！

赵立真　想想看，老二！你得走，不管上哪儿，妹妹再走，剩我一个人怎么办呢？

赵兴邦　想法儿教老太爷也得走！

赵立真　什么？

赵兴邦　爸爸六十岁，并不算老。

赵立真　爸爸不是西洋人，你要知道。

赵兴邦　他老人家又有相当的本事。何不出去作点事呢？

赵立真　你还没对他老人家说？

赵兴邦　还没有。爸爸和妹妹不同，妹妹是咱们这一代的人，一说就明白。爸爸是老一辈的人，得由老一辈的人对他说。你看，假若有一位爸爸的老朋友，来封信，说非借重他老人家不可，什么"我公不出，如苍生何"[12]那一套，他老人家一高兴，就许二次出山。只要爸爸也有了事作，他的牢骚就另有出路，而不再一天到晚老想着儿女了！

赵立真　你对这个办法已有了准备？

赵兴邦　一点！一点！我已经给张修之老伯写了信！

赵立真　嘿！真有胆子，假若成功的话，家里就剩我和妈妈；我没关系，妈妈岂不太苦了？

赵兴邦　那是你的事，你自己想主意！

赵立真　等我慢慢的想吧！呕，老二，你说往南去，上哪儿？为什么？

赵兴邦　日本鬼子要南进，我想再和小鬼们碰碰头！

赵立真　凭你一个人有什么用？

赵兴邦　有一个人就有一个人的作用，这就叫作"时势造英雄"，虽然我并不想成个英雄！比如说，我要到南洋办一份儿报，起码我就能引起多少人的注意，打碎敌人的阴谋。或者，我们从云南出兵，我要是能跟了去，我想至少能在咱们的苗胞和侨胞中，或者在缅甸安南[13]起些政治上的作用。

赵素渊　（穿上二哥的军装进来）哈喽，看我怎样？

赵立真　很有个样子！真要到前方去吗？素渊！

赵素渊　二哥的话把我说迷了！

赵立真　要"真"去的话吗，心中可未免有点害怕？

赵素渊　去，去！捉你的毛毛虫去！你太看不起人了，大哥！

赵立真　我也该走了！不过，渊妹，抗战可不是闹着玩的事！

赵素渊　你怎知道我是闹着玩呢？

赵立真　好！好！不闹着玩就好！我走了，回头见，老二！素渊！（下）

赵素渊　二哥，你看我到底该作什么？我自己老不能决定！好不好，我跟你去，你上哪儿我就上哪儿？那么着，我才放点心！

赵兴邦　那么着，我要照应你呢，就耽误了我的事；你要照应我呢，就耽误了你的
　　　　事。从一个意义来说，抗战就是把各个人由家庭里抽出来，编到社会国家里去；
　　　　自然谁也不会忘了家，可是因此就更明白了国家与社会。这是个很大的文化上的
　　　　变动。你要离开家，就一个人走，否则在家里蹲着！

赵素渊　男女都一样？

赵兴邦　都一样！

封海云　（轻轻的走进来）素渊！

赵素渊　哟，你怎么不敲敲门？

封海云　对不起！我怕老人们听见！兴邦兄，我来看看你！（握手）我说，素渊，你
　　　　怎么穿上军衣了？呕，我明白了，看见兴邦兄的英武的样子，你也想作个女英
　　　　雄？好，我马上去，裁两套顶好的军服，你一身，我一身，让咱们都有个抗战
　　　　的样儿，好不好？告诉你！两身顶好的军服，多花钱没关系，咱们有的是法币！

赵素渊　（脱了军服的上身，扔在地上）你简直是污辱军服，你有法币是你的！跟我有
　　　　什么关系！

封海云　大有关系！假若咱们订了婚，我的钱就是你的钱，有了钱就能享受一切，青
　　　　年们理应享受，兴邦兄，你想我的看法对不对？

赵兴邦　各人有各人的看法！

封海云　当然，我常思索这个问题——你要知道，我很有思想——在抗战中，全国的
　　　　人能都去当兵吗？不能！必定得有人，像你我这样的人，还能穿着漂漂亮亮的洋
　　　　服，看看戏呀，讲讲交际呀，跳跳舞呀，这些都是文化。

赵兴邦　什么文化？

封海云　你要说那不是文化，我也不跟你辩驳；咱们各人有各人的看法。不过，你要
　　　　不误会，我决不为我个人，而是为了大家；文化都是为大家的。

赵兴邦　大家是谁？

封海云　远在千里，近在目前。就拿素渊说吧！

赵素渊　请你少提我的名字好不好？

封海云　好！就拿兴邦兄你说吧，你要是今天能交给我三千块钱，过半年之后，我就
　　　　还你六千！你干脆什么也不要管，到时候一伸手就拿钱！我决不自私！（极恳切
　　　　的）还告诉你个秘密消息：日本人快要南进了！千载一时的机会，赶紧抓南路的
　　　　货！抓到手不要动；过三两个月就长至少一倍的价钱！

赵兴邦　这也是文化？

封海云　谁管它是不是呢，反正我是好意！

赵素渊　封先生，您"请出"好不好？

封海云　这是怎么了？我记得前些日子，你很欣赏我所给你的享受！你要知道，我还
　　　　能给你更多的快乐！

赵素渊　请出！你听见没有？

封海云　你可别后悔，素渊！女郎多得很；高兴的话，我可以运一卡车来给你看！我
　　　　不肯那么办，而要规规矩矩的向你求婚，为什么？为了文化！

赵素渊　你连你的文化，一齐滚出去！

封海云　来，请再打我个嘴巴！电影上不是爱人吵架，老百个嘴巴吗？

赵兴邦　我给你个嘴巴吧！妹妹没有我打的响！你出去！（把封推了出去）

封海云　（在门外）好！好！搁着你们的，我要教你们知道知道我的厉害？（去）

赵庠琛　（上）怎么啦？怎么啦？

赵兴邦　我和妹妹把封海云赶出去了！

赵庠琛　好！我不喜欢那个人，我早就告诉过素渊！不过，也不应当吵嘴打架！处世
　　　　之道，和平为本！

赵兴邦　不过，爸爸你所说的和平，恐怕是过度的容忍。过度的容忍，我不管你爱听
　　　　不爱听，会教正义受很大的损失。

赵兴邦　像封海云这种人。为世界新文化的树立，我们必须打倒日本军阀。为和平而
　　　　反抗，因反抗而得到和平，我管这个叫作刚性的和平！只有刚性的和平，才是真
　　　　正的和平！

赵庠琛　素渊，你这是怎么回事，这么不男不女的？难道也是刚性的和平？

赵素渊　爸爸！我对你说实话吧！我本来并不爱封海云，可是你管教我太严了，我彷
　　　　佛没法不去找个出路，发泄发泄我的闷气，所以才跟他来往。及至二哥回来，我
　　　　拿他一跟二哥比较，我才觉出来，跟他来往，是我一辈子的一个小污点！你别以
　　　　为我是个女孩子，什么也不懂。凡是二哥所能懂的我都能懂，同一个时代的人，
　　　　就好像都是一个母亲生的儿女。

赵庠琛　好像你作错了事，都应当我去负责？

赵素渊　我也没——

赵庠琛　不要说了！以后你打算怎么办呢？

赵素渊　我——二哥你说！

赵庠琛　你们俩又冒什么坏哪？

赵兴邦　我们没敢冒坏，爸爸！妹妹说家里闷得慌，我告诉她可以出去阅历阅历。

赵庠琛　上哪儿？

赵兴邦　上——

赵素渊　二哥!

赵庠琛　说!

赵兴邦　上前方去。

赵庠琛　干吗? 她会作什么?

赵兴邦　教她学习学习。学习了打仗, 好建设刚性的和平!

赵素渊　爸爸, 你许我去吗? 二哥, 爸爸要是不准, 可不是我的胆子小!

赵明德　（背着小铺盖卷进来）我说, 你们姓赵吗?

赵素渊　姓赵! 找谁?

赵明德　（看见老先生）二叔! 你老倒硬朗啊? （放下东西, 作揖）不认识我了吧? 我是明德, 小名儿叫二头!

赵庠琛　呕, 二头啊? 快坐下!

赵明德　这是二哥吧? 还是小时候见过的!

赵兴邦　（搬凳）可不是! 坐下!

赵明德　这是妹妹吧? 没见过!

赵素渊　爸爸, 这也是二哥, 对吧?

赵明德　叫我二头好了! 二哥, 妹妹, 都坐呀!

赵庠琛　明德, 你坐! 你这是怎么了? 素渊, 倒茶!

赵明德　我看你老人家来了! 妹妹, 歇着, 别倒茶; 半路上喝了不少凉水!

赵兴邦　这么兵荒马乱的, 二弟, 还出来看亲戚?

赵明德　多少年没有看见二叔了!

赵庠琛　明德, 有什么话说吧! 你一定不是单单为来看我!

赵素渊　先吃两块饼干吧, 还不到吃饭的时候。（献饼干）

赵明德　不饿! 不饿!

赵兴邦　吃吧! 客气什么呢?

赵明德　（拿了两块）二叔您老请? 二哥? 妹妹?

赵庠琛　吃吧, 明德, 一家人不准客气! 说说你干吗来了?

赵明德　（刚要吃又停住）二叔! 二叔!

赵庠琛　啊, 说呀!

赵明德　二叔, 一家子全完了!

赵兴邦
赵素渊　怎么? 怎么?

赵庠琛　教他慢慢的说！

赵明德　前年八月节后三天，二叔，我哥哥，明常，抽壮丁抽中了！

赵庠琛　嗯！

赵明德　我要替他去！

赵庠琛　好！明德！弟兄的义气！

赵明德　我想呢，哥哥有老婆儿女，我还是个光棍，我去好！哥哥说呢，他成了家，我还没有，不能教我这还没尝过人味的死在外边！我们哥儿俩哭了一夜！

赵庠琛　都有出息！好！

赵明德　后来呀，还是哥哥去了，先还有家信，后来就没有了消息！紧跟着，鬼子来到了！

赵兴邦　那是去年春天。

赵明德　二月初九——我就把嫂子跟侄儿们送到嫂子的娘家去了。

赵庠琛　宋家庄？

赵明德　对！那里有山，鬼子不敢去。我也住在那里，盼着鬼子走了，再回家种地去！

赵素渊　鬼子到如今还没走？

赵明德　没有！庄稼长的很好，可是我回不了家！我又不能老白吃嫂子的家里，那像什么话呢！

赵庠琛　咱们村子里难道就没了人？人家能在那里，你怎么不可以回去种地？

赵明德　不行，二叔，不行！

赵兴邦　鬼子抓年轻的人，去当兵？

赵明德　一点不错！我不能去给鬼子当兵，鬼子是什么东西！

赵素渊　二头哥，你有根！

赵明德　到今年四月初五，有人捎来信，说，说，

赵庠琛　说呀！

赵明德　大哥阵亡了！

赵庠琛　阵亡了？

赵明德　死了，连尸首也不知埋在哪儿了！大哥一辈子忠厚，会死得这么苦！

赵兴邦　还不都是日本鬼子闹的？

赵明德　谁说不是？我明白！我明白！没告诉嫂子，我出来了，来找您老，二叔！

赵素渊　我会给你做衣裳，二头哥！明天我就带你去逛逛重庆！

赵明德　那倒不忙！二叔，我打算就住几天；我还得走！

赵庠琛　上哪儿？

赵明德　当兵去！

赵兴邦　要当兵何必先跑这么远、上这里来呢？

赵明德　二哥，你老不知道，我的父母亲都早死了，咱们赵家的老一辈的人，就剩了
　　　　二叔二婶了，我得来告诉二叔一声。大哥是死了，二叔得照管着寡妇嫂子，跟大
　　　　哥的儿女！

赵庠琛　我是义不容辞！纵然你是我远支的族侄，可是咱们的祖宗是一个！

赵素渊　其实你写封信来也就行了！

赵明德　那我不放心！我得当面儿告诉二叔！还有，我打算去当兵，也得叫二叔知
　　　　道。我要是也死在外边，二叔好知道我们弟兄俩全都阵亡了！

赵庠琛　（要落泪）没想到你们种田的人有这个心眼！

赵兴邦　这就是咱们的文化！

赵庠琛　明德！就先在我这儿住着吧，不用去当兵了！

赵明德　二叔，那不行！我天天梦见，天天梦见，死去的哥哥，他大概是教我去给他
　　　　报仇，我得走！反正呢，我见到了你老人家；我要死在外边呢，你老人家知道我
　　　　是阵亡了，那就行了！你老人家现在就是我的父亲。我得禀告明白了！二婶呢？
　　　　她老人家还硬朗吧？

赵庠琛　素渊，带他去看看你母亲，给他找睡觉的地方！

赵兴邦　没地方睡，我们俩睡一个铺！

赵明德　那可不敢，我身上有虱子！

赵兴邦　哼，在前线，我身上的虱子比你也不少！

赵明德　怎么？你这个识文断字的人也打过仗？

赵兴邦　我刚由前线回来！

赵明德　真看不透！看不透！

赵兴邦　我跟你还不是一样？都是年轻的小伙子，怎能不去打仗呢？

赵素渊　来吧！二头哥！

赵明德　二哥，回来再说话，先看看二婶母去！（要抬行李。）

赵素渊　先放着吧！丢不了！

赵明德　唉！唉！二叔，我先看二婶去！（同妹下。）

赵庠琛　难得！难得！

赵兴邦　咱们的兵，爸爸，差不多都是这样的人！

赵庠琛　嗯！嗯！

赵兴邦　日本人吃亏就吃亏在这里，他们以为只要把咱们的学校都炸坏了，把几个读

书的人杀吧杀吧，砍吧砍吧，就可以征服了中国！他们就没想到，我们人民所种
的地，也埋着我们的祖宗！稻子！麦子！高粱！包谷！是咱们的出产；礼义廉耻
也是咱们的庄稼，精神的庄稼！爸爸你说是不是？

赵庠琛　嗯！嗯！

赵素渊　（又上）爸爸，到底还是妈妈！

赵兴邦　妈妈又出了什么好主意？

赵素渊　一见着二头哥，不容分说，先给了他两个馒头！您看，咱们给他饼干，他都不
肯吃；可是，妈妈给他馒头，只叫了两声：二头，二头！他就蹲在地上吃起来了！

赵兴邦　老太太都明白民族的心理！

赵素渊　爸爸，咱们刚才还没把话说完哪？

赵庠琛　什么事？

赵兴邦　不是，我问您，可以上前方去不可以吗？

赵庠琛　嗯——

赵素渊　怎样，爸爸？

赵庠琛　可以去！

赵兴邦　可以去？

赵素渊　爸爸，我好像不认识您了！

赵庠琛　连我自己也不认识我自己了！

赵兴邦
赵素渊　怎么啦？爸爸！

赵庠琛　没什么！没什么！我看不清楚自己究竟是在哪里站着了！不明白了我自己，
我还怎么管别人呢？从此以后，我不再管你们的事了！

赵素渊　爸爸，干吗动这么大的气呢？有什么事咱们慢慢商量着办！

赵庠琛　我并没生气！真没生气！

赵兴邦　到底是怎么回事？爸爸！

赵庠琛　你看，立真前些日子给了我一本书。

赵素渊　是不是生物学大纲？他教我念，我老没有工夫。

赵庠琛　不是，是本历史，一个生物学家写的历史[14]。这两天我翻了几页。我不敢说
都能明白，也不敢说都赞成书里的话。可是，它证明了老大的话——它由生物的
起源与演化，说到人类的历史；从生物的生灭的道理提出人类应当怎么活着，才
算合理。不管它说的对不对，它确是一种由格物致知而来的学问。老大的话——
什么科学是为追求真理——总算没有说错。老大要是没说错，我就不能再教他随

着我的路子走。我.知道的事情太少了。

赵兴邦　您知道的并不少，爸爸！不过，您所知道的仅够你用的。是不是？爸爸！

赵庠琛　因此，我不再干涉老大的事！他是一股新水，我这个老闸挡不住他了！对老
　　　　二你，我也不管了！

赵兴邦　我知道我的错处！

赵庠琛　当你没回来的时候——你看，我这几天夜里睡不着。净想这些问题——我以
　　　　为你和大兵们天天在一块儿，还能学得出好来吗？及至你那么一说北方的战事，
　　　　我才明白这回打仗，敢情连咱们的兵都有文化。刚才明德所说的，更足以给你的
　　　　话作注解。我只能不再管你，你自由办事！至于你，素渊，我也不管了，可是又
　　　　不甚放心，你是个女孩子！

赵素渊　现在女孩子不是应当和男孩子一样吗？

赵庠琛　我也那么想过。可是到底不能放心！不过，无论怎么说吧，我不愿再管你们
　　　　的事！以前，我要是不管教你们，我就觉得对不起自己，现在，我要是再干涉你
　　　　们，就对不起——我说不上来是对不起谁！这个战争把一切都变了！

赵兴邦　爸爸，我希望您不是悲观，战争把一切都变了，可不是往坏里变！

赵庠琛　我说不上来！我只觉得寂寞！近来连诗都不愿作了，寂寞！

赵兴邦　我明白您的心境，爸爸！我想，你要是出去，作点事，和老的少的男的女的
　　　　混在一处，您就能不寂寞了！

赵素渊　对了，爸爸！您的身体还不错，你又会作文章，办公事，要作个秘书什么
　　　　的，管保是呱呱叫！

赵庠琛　兴邦，是不是你给你张修之伯伯写的信？

赵兴邦　怎么？张伯伯来了回信？

赵素渊　怎回事？二哥！张伯伯请父亲去帮忙？

赵庠琛　素渊，请你母亲去！

赵素渊　干吗？

赵庠琛　你去就是了！

赵素渊　（在窗前喊）妈！妈！您来呀！

赵庠琛　我教你去请，不能这么喊！太没规矩了！

赵素渊　妈妈已经听见了！

赵老太太　（戴着老花镜，手里拿着一片鞋，上）素渊，干什么？

赵素渊　爸爸请您！呦，您又给谁作鞋哪？

赵老太太　给老二！他一天到晚老穿着皮鞋，脚多么难受啊！

赵兴邦　妈，您歇歇吧，我穿惯了皮鞋！

赵老太太　我不管你，我要尽到我的心！只要你肯留在家里，让我受多大累，我都高兴！多咱你成了家，我就不再操心了！

赵庠琛　慈母手中线，游子身上衣！你们记着点，等你们也作了父母，你们就明白这两句诗的真味儿了！

赵素渊　明德呢？

赵老太太　吃了两个馒头，睡了，可怜的孩子！（向父）你叫我干什么？是不是又有人给他们说媒？

赵庠琛　不是。我跟你商量点事，张修之来了电报，教我去帮帮忙，我去好呢，还是不去好呢？

赵老太太　他在哪儿呢？他干什么呢？

赵庠琛　成都。他办理运输的事情，教我去办些文牍。

赵素渊　坐飞机一个多钟头就到。

赵老太太　素渊，你别插嘴！坐滑杆走半个月，你爸爸也不会坐飞机！（向父）你干得了吗？这么大年纪了！就是要去，也得一家子全去，我才放心！

赵庠琛　因为不能一家全去，所以才跟你商量。

赵老太太　怎么不能全去？这不是，连二小子也在家里吗？

赵庠琛　兴邦不久就走。

赵老太太　怎么，老二，你还是走？你回来，还没跟我安安顿顿的说一会儿话呢！就又走？

赵兴邦　不是已经说了好几天的话？妈！

赵老太太　我心里的委屈还多得很，一点还没告诉你呢！

赵兴邦　妈妈你听着，素渊也要走！

赵老太太　你？你个女孩子人家，上哪？

赵素渊　我——

赵老太太　（向父）你莫非老糊涂了？你怎么不拦着他们呀？这一家子不是整个的拆散了吗？

赵庠琛　我管不了他们啦，所以我自己也想走！这也许是一家离散，也许是一门忠烈，谁知道？好在立真不走，他陪着你在这里！

赵老太太　我不明白！我不明白！六十岁的人了，又想出去受罪！不拦着二小子走，已经是不对，还教女儿出去乱跑？我不能明白！

赵庠琛　你看哪，连赵明德都敢打仗去，我简直的没话可说了！明德不懂什么大道理，可是说的都对，所以我才想也破出这付老骨头去！

赵老太太　呕，明德也去打仗？打仗已经打了四年，都不缺你这个老头子，和他那个傻小子，单单今天非你们出去不可？

赵兴邦　妈！您先别生气！

赵老太太　你们招我生气吗？我还不生气！

赵兴邦　您看，咱们中国人谁也不喜欢打仗。不过，今天再不打，咱们就永远不能太太平平的活着！在北方，七十多岁的老秀才，六十多岁的老绅士，都拿起枪杆来了，我亲眼看见的！难道那些老人们愿意打仗？不是！他们是听到了一种呼声："全中国的老幼男女，你们愿要和平吗？先起来打呀！"有点血性的，谁也不能堵上耳朵，假装听不见！你说，已经打了四年仗？可是咱们还没把鬼子都打出去呢！所以我们更得加劲的打了！妈妈，您不用去打仗。

赵老太太　再教我去打仗，就更好了！

赵兴邦　可是您允许我们出去，您在家照应着老大，也就算是尽了您作老太太的救国责任！老大傻傻忽忽的，没人照应着不行！

赵老太太　他要是好好的结了婚，生了儿，养了女，我倒也还高兴啊；可是，他又是那么扭性！阿弥陀佛，我这是哪世造下的孽啊！老二，你听妈妈的话，别走！

赵兴邦　我不能不走，妈！

赵老太太　那么把老丫头给我留下，我只有她这么一个女儿！

赵兴邦　妹妹你自己决定吧！

赵素渊　我没主意，我谁也舍不得；可是，妈妈，假若我要结了婚呢，还不都得舍了吗？

赵老太太　狠心的丫头！

赵兴邦　爸爸，您说怎办？

赵庠琛　我想啊，把老大留给妈妈，教素渊跟我去，这还不公平吗？

赵素渊　那也好，我可以在成都找点事作。不过，二哥也许以为我不敢到前方去！

赵兴邦　什么难童学校啊，救济会啊，伤兵医院啊，不都需要人吗？只要作事就好！哼！大哥有妈，你有爸爸，就苦了我一个人！

赵老太太　我这儿不是直留你吗？

赵兴邦　今天哪，妈妈留不住儿子，妻子留不住丈夫，因为啊，妈妈，只有抵抗才能留住和平！

赵老太太　老二，大概我留不住你了，你可别忘了妈妈就得了；时常的给我写封信来！妈妈也快六十岁了，你记住！还有，你再劝劝爸爸！他——唉，我很怕！

赵素渊　有我跟爸爸去，您还怕什么呀？

赵老太太　我怕你爸爸是改了脾气！他今年可整六十岁了！

赵兴邦　妈！您放心吧！爸爸没有改脾气，而是改了心思！改了心思的，就能返老还童了。我保险，因为爸爸肯又出山，准多活十年！

赵老太太　菩萨都保佑着你们！老二，你什么时候走呢？我好快快的给你赶成这双鞋！

赵兴邦　不忙，妈！我还有几天的耽误呢，我不再回北方去了。

赵老太太　你上哪儿去？

赵兴邦　日本鬼要南进了，我再去跟他们碰碰头！您看，假若中国是一条睡龙，日本军阀就是条毒蛇。它——这条毒蛇——不但要咬死睡龙，而且要把睡龙的朋友，像印度，安南，缅甸，泰国，南洋群岛，全要一口吞吃了去。咱们能教他咬死吗？能看着他把咱们的朋友们吞吃了吗？不，咱们已经醒了，已经跟他打了四年。从反抗这条毒蛇上说，咱们是先锋。咱们现在就应当以先锋的资格，去帮助咱们的朋友；教他们也跟咱们一样的去抵抗毒蛇，保持他们的自由，争得他们的独立。咱们不要他们什么，他们也不要咱们什么。大家都要的是和平，所以大家就得齐伸出拳头来，把拳头一齐打在破坏和平的毒蛇头上！爸爸，妈妈，妹妹，你们看！

（闭幕）

第二节

舞　踊

时　间　晚秋，象征着文明的过熟，一切平静。

地　点　幽美的山水之间。

人　物　舞踊队共作六舞：（一）蛇舞；（二）龙舞；（三）小龙蛇舞；（四）大龙蛇舞；（五）胜利舞；（六）和平舞。

　　〔开幕：

　　　　远山上秋林哀艳，夕阳明丽。山前碧湖，水波不兴，残荷犹有晚花。湖岸秋柳下，数幼女浣衣，服装各异；或为华装，或为安南缅甸印度……衣饰。

　　〔如善歌唱，可合唱：

"哀艳的秋天，

朵朵晚莲，

不要惹父母的担心，姐妹们，

莫去游泳，不要划船！

我们年纪虽小，可不去冒险，

好教父母露出笑颜！

用和平的脚步，

来到湖边；

洗几件衣衫，当作游玩，

留神，别教菱角刺伤了手腕，

别教湖水浸凉了脚尖；

慢慢的，用软柔的十指，

轻揉丝帕，洗净了绸衫；

这幽美的山水，哀艳的晚莲，

教我们的心哪，静若秋天！"

〔若不善唱，可省去。

〔忽然，狂风吹来，幼女惊散。战神与毒蛇携舞，状至凶暴。夕阳渐沉，花木俱萎。战神与毒蛇狂喜而去，此谓"蛇舞"。

和平之神与老龙携来，神予龙以宝剑，龙犹伸欠。神引之舞，龙渐奋起。毒蛇复返，噬龙至狠，而龙斗不息，神为之喜。"龙舞"。

时，群女复来，惊疑无措，远立不前作壁上观。龙猛攻蛇，蛇遁去。群女惊喜，而仍不敢进前。龙招诸女，示以战策，诸女不顾而退。龙仍独舞，示有余力。"小龙蛇舞"。

蛇复来，袭攻诸女，诸女欲逃，和平之神止之。乃与龙合，鏖战良久。时明月东升矣。"大龙蛇舞"。

蛇鼓余勇，复战。知势不敌，乃分向诸女献媚，冀女之助彼，以孤龙力。群女不顾，仍与龙协作。蛇知望绝，乃遁。"胜利舞"。

时，明月在天，山湖俱静，彩云翔空。花木争秀。诸女与龙绕和平之神，作"和平舞"。

（幕）

第三幕

时　间　大中华民国五十年春，和平节。

地　点　青岛。

人　物　赵立真——已五十多岁，任水族馆[15]馆长。是日为和平节，水族馆新馆落
　　　　　成，举行开幕典礼。

　　　　赵兴邦——与林祖荣合办报纸。青岛已成东亚大港，人口数倍于昔，而兴邦
　　　　　之报纸则注重文化宣传及学术报导，非工商界之舌人。

　　　　赵素渊——已嫁，在小学教书，颇热心。

　　　　赵明德——凯旋归乡，近日来青探视立真等。

　　　　封海云——来青岛投机，失败破产，沦为乞丐。

　　　　竺法救——在青岛为赵家客。时印度已独立，自造船舟，时舶青岛：法救
　　　　　寓此，便往来印人求诊也。

　　　　马志远——已入华籍，在青营商。

　　　　林祖荣——与赵家为邻，助兴邦办报。

　　　　〔开幕：

　　　　　　青岛市郊，面碧海星岛，茅亭一间，环以花木，立真兄弟之小园也。园
　　　　与海之间有马路，夹路青桐，隐隐可见。时亭内外杂置鲜花，瓶碗，桌
　　　　布——兴邦正忙着布置，似欲招待客人者。园右为大门，园左为住宅；竺大
　　　　夫自左来，招呼兴邦。

竺法救　怎么，赵先生？没去参加水族馆的开幕典礼？

赵兴邦　正忙着布置咱们的小茶会哪！今天的事真多，既是和平节，又是先严的冥
　　　　寿，又是大哥的水族馆开幕的典礼。哼，要是父亲母亲都还活着，他们老人家该
　　　　多么喜欢呢！

竺法救　真的！我先出去一会儿，马上就回来。

赵兴邦　上哪儿？

竺法救　到码头上看看。今天又有一只我们印度的新船，和平号，来到这里；我去看看。

赵兴邦　（开玩笑）希望船上没有军火和鸦片！

竺法救　放心吧，那都是古时候的事了！这只船，先到这里，再上日本，然后上美国，专为拜访各处，联络友谊，它既不是战船，也不是纯粹的商船，可以叫作友谊之船吧——Friendship！[16]说不定，船上还许带来点水族的标本[17]，送给赵馆长吧？

赵兴邦　那不得把大哥乐坏了！

竺法救　回头见！

赵兴邦　快回来呀！

竺法救　骑车子去，晚不了！　（下）

赵素渊　（穿着"马来"或其他在中国不常见的服装，臂下夹着配好框子的两张像片）二哥，我来了！

赵兴邦　素渊，你也没上水族馆？

赵素渊　在学校里忙了半天才出来，大概开幕典礼已经快完了。今天还有和平节大游行。

赵兴邦　所以你穿起这奇装异服？

赵素渊　我还没说完呢！学生们参加游行，我可请了假；怕我不上这里来，大哥不高兴！至于你管这叫奇装异服，纯粹是因为你落伍了！

赵兴邦　多么奇怪，我会落伍了！

赵素渊　可不！现在天下太平了，我们就今天穿日本装，明天换印度装，后天也许换安南装。能欣赏别人的东西与办法，才能减少成见；没有了成见，才能共享太平！

赵兴邦　原来如此，你的和平建设在衣服鞋帽上？

赵素渊　你的呢？请问！

赵兴邦　（指脑部）在这里，（指臂）和这里！铁胳臂，水晶脑子，建设和平！和平并不是安逸和享受，而是要拚命的操作，把一切破坏和平的事全预先防止住。

赵素渊　那么，我没尽心的去教书？没尽力的帮助你和我的丈夫？难道我没用我的脑子和手？

赵兴邦　那我知道！你不失为一个好妇人，不过，别教服装什么的迷住了你的心，以至于把别的大事都忘了！

赵素渊　谢谢你的警告！我知道，我的问题思想都赶不上你和大哥。可是这二三十年间，我总算没有教你们俩完全落在后边，也就不容易！

赵兴邦　对！对！我总得给你留下点空地方，教你耍些小把戏，你到底还是个妇人！

赵素渊　二哥，你太难了，假若今天你是诚心要跟我拌嘴，我就失陪了！

赵兴邦　算了，算了！我的嘴太好瞎扯了！来，给我看看父亲母亲的像片。（看）不高明！奇怪，老人们照像老照得这么死板板的可怕！

赵素渊　母亲这一张更难看，一点老太太的和善样儿也没有，早知如此，就该在他们老人家活着的时候，都"画"个像！

赵兴邦　哼，素妹，假若老人家们今天还活着，看老大成了有名的学者，该多么高兴？

赵素渊　哼，他们要看见你俩还没结婚，该多么伤心！

赵兴邦　谁知道！无论怎么说吧，我总愿老人们还活着！奇怪，父母在世的时候，我们总不爱听他们的话；赶到没有了老人，特别是在很高兴或很不高兴的时候，就觉得自己彷彿没了根，像浮萍似的随风漂荡！你也这样吧？素渊！

赵素渊　有时候也那样，特别是在有点病，或闲着无聊的时节。人生好像老在兜圈子，转来转去，还是回到父母子女，这一套上来。在咱们二十多岁的时候，绝对想不到今天咱们说的话，是不是？

赵兴邦　谁想到咱们也是中年人了！

赵素渊　大哥都快到六十岁了！

赵兴邦　真的！

赵素渊　像个梦！

赵兴邦　嗯？可不是梦，还得往前干哪，素妹！别教岁数吓住我们，我们得吓住岁数！

赵明德　（上）报告！

赵兴邦　二弟，不说"报告"行不行？

赵明德　打过仗的人，忘不了军队里的规矩！

赵兴邦　什么事？

赵明德　报告，那个日本人又来了！

赵兴邦　哪个日本人？

赵明德　姓马的那个。

赵兴邦　马志远？

赵明德　就是他！

赵素渊　他常来常往，为什么不教他进来？

赵明德　我就讨厌他们日本人！

赵素渊　为什么？

赵明德　明常大哥不是死在他们手里？当初，要不是日本人造反，会死那么多的人？

赵兴邦　嘿！二弟！你算那个旧账干什么呀？快去，请他进来！

赵明德　哼！（要走）

赵兴邦　等等，等我告诉你！你对马先生要客客气气的！听见了没有？老二？

赵明德　晓得了！（又要走）

赵兴邦　那不行，老二！你要看明白，以前的事早已一笔勾销，现在大家都是朋友了！

赵明德　看在你们的面上，反正在"这里"我不会打他！（下）

赵兴邦　没办法！

赵素渊　你的失败，二哥！

赵兴邦　这回可让你抓住我了！不过，不出三天，我必能把他劝明白了！

　　　　〔马志远上。

赵兴邦　哈喽，志远，亭子里坐！

赵素渊　我说，马先生，怎么啦？你的神气不对！

马志远　你们还不知道？

赵兴邦　不知道什么？

马志远　又地震了！

赵素渊　哟，哪里？

马志远　家乡！

赵兴邦　我还没到报馆去，不晓得，厉害不厉害？

马志远　灾区不大，可是，正是我的老家！

赵素渊　伤人多不多？

马志远　还不晓得！

赵兴邦　（喊）明德！二弟！老二！

赵明德　（上）有，来了！

赵兴邦　看林先生起来没有？请他来，噢，不用了！我自己去！来，志远，咱们找老林去。第一，先出号外！

马志远　灾区并不大，不过，那正是我的老家！

赵兴邦　出号外不单为报告地震：重要的是劝募赈济献金，和写慰问信！慰问信最要紧，那可以表现出咱们的心意来！

赵素渊　募捐有我一份儿，写慰问信也有我一份儿，我起码有二三百小学生呢！

赵兴邦　好！素渊，你先在这里替我布置一下。老二，你帮帮她的忙！

赵明德　妹妹老嫌我笨！

赵兴邦　志远，咱们走（同马下）

赵素渊　（一边作事，一边说）二头哥，你有事就忙你的去。（把像片摆在亭内桌上）

赵明德　我知道我笨，帮不上忙！

赵素渊　（插花瓶）谁说你笨啦？你跟我一样的聪明！我相信，世界上的人都差不多；
　　　　多嗒们一想谁聪明，谁不聪明，就又快打起来了！

赵明德　也对！就拿你和明常大嫂比吧：你念过书，她没有，可是她也会做活计，调
　　　　教儿女；哼，要讲种地种园子呀！你十个也比不了她一个！

赵素渊　那，我早就知道！二头哥，你去搬几张小桌来，好放茶和点心。回来客人们
　　　　到了，大家席地而坐，好不好？

赵明德　铺上两张席子？

赵素渊　对！铺在花池的旁边！啊，（已把亭内布置好）你看这样行了吧？

赵明德　要是把大哥的金鱼借两盆来，摆在这里，才好看！大哥的那些鱼太好看了！

赵素渊　那可不能借，那都是国家的！

赵明德　呕，国家派大哥养着那些鱼！这个差事也怪！

赵素渊　桌子怎样？拿来，我好铺桌布，摆花儿呀。

赵明德　不用着急，我一趟就能搬四五张来：看，我这胳臂有多么粗！妹妹，告诉你
　　　　点心事：前些年打完了仗，我不是回家了吗？我时常想念你们。去年，把庄稼收
　　　　完，我就对明常大嫂说："大嫂子，上青岛了，找大哥二哥去！"说完，我就来
　　　　了。心里想，说不定兴邦二哥也许带我打仗去呢。好，来了这么些天了，连打仗
　　　　的信儿也没有！

赵素渊　还盼着打仗吗？我愿意世界上永远不再打仗！

赵明德　比方，有人再来打我们呢？

赵素渊　那就另说了！别人不欺侮咱们，咱们决不找别人的毛病；别人要是不讲理
　　　　呢，咱们就——

赵明德　就揍他！我等着他的！素渊妹妹，不用你害怕，都有我呢！我告诉你，我倒
　　　　不是好打仗；我是想啊，明常大哥死得太苦，连尸首都没找到！

赵素渊　唉！所以仗是不应该再打！打一次仗，结三辈子仇！好啦，去搬东西吧！

　　　　〔封海云状极狼狈，而仍傲慢。口中吸着个雪茄烟头，耳上夹着半支烟卷，轻轻的
　　　　走进来。看看亭子，看看花草，似游园散闷者。

赵明德　嗨！干吗的？

封海云　（不理。折下一朵花，嗅着。）

赵明德　（赶过去）我说你哪！干吗的？

封海云　随便看看！

赵明德　你出去！这里不是公园！

赵素渊　二头哥别——

封海云　呕，素渊吗？

赵素渊　你是谁？

封海云　连我都不认识了？想当年在重庆……

赵素渊　二头哥，你去搬东西，不要紧，这，这是……你去吧！

赵明德　我去！他不老实，我回来会揍他！别看不起我，我冲过锋，打过仗！（下）

赵素渊　海云！你，你，怎么……

封海云　运气，运气好的时候就"坐"汽车，运气不好的时候就"躲"汽车！没关
　　　　系！素渊，立真兄和兴邦兄都抖起来了，我倒比不上他们了，可笑，运气！

赵素渊　你——

封海云　不用盘问我！一句话，运气不好！

赵素渊　你是诚心来看我，还是偶尔的走在这里？

封海云　都没关系！说我来看看你也好！放心，我既不求钱，也不告帮，只是来看看
　　　　你！你看，一看见你，我就又想起年轻时候的事来了；彷佛就是昨天！老人们还
　　　　硬朗？

赵素渊　都过去了！

封海云　呕！（把耳上的烟卷拿下，对着雪茄的火儿吸着）想不到！天下的事多半是想不
　　　　到的！就拿我自己说吧，当年打仗的时候，大家都穷得要命，我倒满舒舒服服，
　　　　漂漂亮亮，连你都花过我的钱；现在，太平了，连你们这不怎样的人都混得怪好
　　　　的，我倒不行了，谁想得到？你结了婚？

　　　　〔赵素渊点头。

封海云　快乐？

赵素渊　还好！

封海云　嗯！立真兄作了馆长？没想到他那么傻傻忽忽的！兴邦兄呢？他反正不能再
　　　　打仗！哈哈！运气，你们一家子的运气还不坏！

赵素渊　告诉我，你怎会落到这步天地？

封海云　有什么用呢？

赵素渊　假若我能帮点忙的话……

封海云　运气不是任何人能帮忙的！

赵素渊　你一切都凭运气，为害为恶，你自己都不负责？怨不得当初大哥说你不诚实！

封海云　怎么说都好吧！

赵素渊　你不后悔以前所作的事？

封海云　没有什么可后悔的！

赵素渊　你也不以为今天的潦倒是一种惩罚？

封海云　运气要是好，我还不是照样的阔气？

赵素渊　现在你打算干什么呐？

封海云　等着转运，好运气要不再来的话就等死！

赵素渊　什么话呢！难道你不晓得，现在已经太平了，你应当规规矩矩的作点事？你
　　　　要知道，你的失败不是什么运气不运气，而是现在的时代已不容许你那只管自
　　　　己，不管社会的事情了！

封海云　我只知道我自己，不管别人！

赵素渊　那，我就没法帮助你了！

封海云　我并不求你帮助！封海云，真正摩登的人物，不会求帮！

赵素渊　你……

封海云　放心，放心，决不会再来，不用嘱咐我！看，那边有的是绿海！到必要时，
　　　　海是个很舒服的棺材！

赵素渊　我是说，你等一等老大老二，他们不会因为你的衣服不整齐而慢待你！

封海云　衣服到底还是人的招牌！我不愿意见他们，请你也别对他们提起我！他们都
　　　　抖起来了！我，哈哈可笑！（往外走）

　　　　　　〔赵素渊楞着。

赵立真　（上，看见了封，而没认出来）素渊！往外走的那是谁？

赵素渊　呕，大哥你回来了？

　　　　　　〔赵明德搬着不知多少东西上来。

赵素渊　二头哥，为什么不分两次搬呢？看累得这个样子？

赵明德　报告！这多么省事呢，有的是力气！

赵素渊　知道怎么摆？

赵明德　知道！不要管我（摆桌子）……

赵立真　妹，那是谁？

赵素渊　那是个人的"影儿"！

赵立真　"影儿"？什么意思？

赵素渊　封海云！

赵立真　怪不得眼熟呢！他干什么呢？

赵素渊　什么也不作，他等着死呢！

赵立真　大概是破产了？

赵素渊　恐怕是，象个乞丐了！

赵立真　天然淘汰！

赵素渊　什么？

赵立真　法律没捉到他，还不便宜？

赵素渊　我倒怪难过的！

赵立真　富贵和潦倒都能引起妇女的注意，妇女的神经恐怕比男人的更敏锐一点！算了，我得先脱了这身衣服，太难过了！

赵素渊　先告诉我，今天的会开得好不好？

赵立真　都好，就是我自己糟糕！

赵素渊　怎么？

赵立真　老二，劳你驾，把我的那身旧衣裳拿来行不行？

赵明德　报告大哥，行！明天教我看看鱼去？又添了不少新的吧？

赵立真　正要告诉你，老二！南洋各处全送来了标本！没想到我这点事，会教大家这么关心！世界的确是改了样子啦！

赵素渊　难道你不喜欢吗？

赵立真　我，我几乎乐得要跳起来！老二，劳驾吧！

赵明德　大哥，你老先别乐！嗻打过仗，会看地形。你老的水族馆在这儿，海在那儿，打那边来一只战船，　嘟一炮，你老的鱼都得飞到天上去！

赵素渊　二头哥！你怎可以说这样的丧气话呢！

赵明德　打过仗，我到处总得察看地形！

赵立真　放心吧，老二，没有那样的事了！劳驾吧，这身新衣裳要把我别扭死！

赵明德　枪要新，衣裳要旧，告诉你老！（下）

赵立真　要不是这套新衣裳，素渊，我相信必能把开会词说得顶漂亮，顶感动人！你看，即景生情，我就可以拿各处送来的标本为题，说明世界上的人已经知道了注重科学；也就是知道了拥护真理，支持真理，也就是开始创造和平，扩大和平。那么，全人类要是都同舟共济的征服自然，开发自然，大家就不必彼此争夺而有吃有喝，就足以消灭自然加给我们的祸患；不要说水旱地震，就是月亮碎了，太阳冷了，我们也还有办法活着！

赵素渊　真棒，大哥！

赵立真　可是，我连一句也没说出来！糟不糟？

赵素渊　就因为这套新衣裳？

赵立真　哎！这身该诅咒的衣裳！你看，我一摸钮子，坏了，不是天天摸惯了的钮子！我一扯领子，又坏了，不是那怎扯怎合适的领子！全乱了，我找不到了自己！就好像睡在别人的床上似的，不知是头朝南，还是头朝北了！

赵明德　（拿来衣服）报告大哥，是这一套不是？

赵立真　谢谢你！谢谢你！（接过来）哎，我上树后面换去。（要走）

竺法救　（上，拿着两匣制好的标本）馆长，恭喜，恭喜！我们的新船，和平号，给馆长带来的礼物！

赵立真　呕！是吗？（扔下衣裳）是吗？

赵素渊　先换衣裳啊！

赵立真　不忙，不忙！先看标本！

竺法救　我不很满意，第一、船没能早来几小时，没赶上水族馆的开幕典礼！

赵立真　那没关系！科学不是为什么典礼预备着的！

竺法救　第二，这都是制好的标本，不是活的！

赵立真　也好，也好！我来看，嗯，有几种很好的！摆在这里教大家看！（摆在亭内桌上）大夫，你看，世界的确是改了样子啦！凭这个小机关，会引起大家这么注意，从多么远给我送来礼物，太好了！太好了，素渊，有酒没有？

赵素渊　干吗？大哥你向来不吃酒！

赵立真　今天非开戒不可了！我要喝酒，要喝醉！

竺法救　我陪着你，馆长！今天既是和平节，又是水族馆开幕典礼，须要喝几杯！素渊先生，大概你还没有见过科学家喝醉了什么样子？

赵素渊　还不也是瞎胡闹？你们也是人！

赵立真　二弟！

赵明德　有！

赵立真　劳驾给买点酒去！

赵明德　什么酒？

赵立真　什么酒？哎，这倒把我问住了！

竺法救　我来吧，你到中山路中间，一个四川人开的小铺，那里有桔酒，也叫中国香槟。

赵明德　到底叫什么？

赵素渊　二头哥，你真客气！

赵明德　冲过锋，打过仗的人，就是这个直爽劲儿！

竺法救　桔酒！桔酒！五瓶！

赵素渊　五瓶？

竺法救　未必都喝了！（给钱）

赵立真　大夫，那可不行！怎能教你花钱呢？

竺法救　我怎么不可以花钱呢？我在你这里住了这么多日子，给过你一个钱没有？

赵素渊　我们应当招待客人！二头哥！不要拿竺大夫的钱！

赵立真　算了吧！让咱们都表现点东方的劲儿！二弟，快去！

赵明德　慢不了，放心！（下）

赵素渊　二头哥，简直的不像先前的样子了！先前，他多么规矩客气；现在，又倔又硬！

赵立真　他不是把"冲过锋，打过仗"老挂在嘴上吗？他当过兵了哇！也好，东方的
　　　　义气，西方的爽直，农民的厚道，士兵的纪律，掺到一块儿才不太偏。客气要变
　　　　成虚伪是要不得的！我说，大夫，你怎么知道哪里卖桔酒？

竺法救　我什么都知道。作医生，一半是科学家，一半是万事通。

赵立真　嗯！我想将来的科学家都得那样，省得教人看着老像大傻子似的！科学和人
　　　　生得打成一片！

赵素渊　大哥，你倒是换衣裳不换哪？要快一点收拾了，客人就快来了！

赵立真　（看亭子）这里已经很好了！呕，今天是父亲的生日？

赵素渊　二哥的主意，摆起父母的像片。

赵立真　好！嗯——他们老人家要是还活着，该多么快乐，父母一辈子爱和平，倒净
　　　　赶上打仗；现在，真见到了和平，他们又不在世了！

竺法救　馆长，咱们所期望的也不能都亲眼看见！

赵立真　那么，咱们就尽心吧，大夫！但愿教后世别骂咱们只顾了自己，而没管他们！

赵素渊　我拿点心去，你们好不好把花池子旁边再布置一下？二头哥笨手笨脚的弄不
　　　　好，我又不敢说他！

赵立真　嗯？兴邦呢？这不是归他布置吗？

赵素渊　忘了说！马志远的家乡又地震了！

赵立真
竺法救　　真的？！

赵素渊　老二忙着发号外去了！

赵立真　素渊，咱们就别开茶会了吧？马志远心里那么不好过，咱们还热闹什么呢？

赵素渊　他一会儿必来，我们正要招他喜欢？发愁有什么用呢？

竺法救　也对！

赵立真　好，你拿东西去吧！把这身衣服拿去，不换了！

　　　〔赵素渊拿起衣服，下。

赵立真　大夫，中国的沙漠，黄河，日本的地震，非拚命克服不可，不然，就没有太
　　　　平日子！可惜，咱们一个人的能力脑力太有限了，会作这个，就不会作那个！

竺法救　谁教以前的历史老是打仗？假若人类早下点手把心力都集中到征服自然上，
　　　　何必现在这么着急？

赵立真　一点不错，今天我们得把一切的实际的设施全调动到科学这一边来；设若还
　　　　照以前的办法，科学只在书本上占势力，就还是没有希望！啊，他们来了！

　　　　　〔林祖荣、马致远同上。

赵立真　志远！怎样？

马志远　二次电报又到了，灾区不广，死伤也不多！

竺法救　还放点心！

马志远　不过，那正在我的老家！

赵立真　林，你们都办了什么？

林祖荣　号外已编好，马上就出来。报馆里收捐款的收慰问信的，也都派好了人，咱
　　　　们自己的慰问电已经打了出去。并且报告了给市政府和各机关，团体；市政府大
　　　　概马上就能汇出一笔钱去。

赵立真　好，志远，别着急，事情要一一的办起来；着急没用！

马志远　虽然入了中国籍，到底忘不了老家！

竺法救　当然！当然！即使那不是老家，不也得关心吗？

赵立真　林，兴邦呢？

林祖荣　他刚由报馆出来，就教几个朋友截住了，说什么要教他作下一任市长的候选
　　　　人。他大概马上就来。

赵立真　呕！我不希望他作政治，他没有那么大的本事！

竺法救　作政治，要有极高的理想，同时又得有极实际的才干，咱们这些人恐怕都不
　　　　及格！

林祖荣　不过呢，现在的政治也好干一点了，因为经济，外交，军事，等等已经都不
　　　　拿政治作挡箭牌，而暗地里各自另有所图了。而且各国的政治差不多都有了这种
　　　　倾向，政治要不是手腕，就好办多了！

赵立真　要真能像孟夫子那样，一张口就是"亦有仁义而已矣，何必曰利"，也未必
　　　　不可以干！

赵兴邦　（上）哈喽，你们谈什么呢？

竺法救　盲人谈象，我们谈我们所不懂得的事呢！

赵兴邦　地质学？还是考古学？等等，志远，第三次电报又到了；绝不严重，放心

吧！我很想乘机会发起个地震研究会。你看怎样？

马志远　日本早有很好的研究机关！

赵兴邦　多一些人研究不更好？我明天的社论就以此为题。中国陕西甘肃也有很厉害的地震！

马志远　也对！

赵兴邦　对不起，你们谈什么来着？

竺法救　政治！

赵立真　因为，听说，有人劝你竞选市长。

赵兴邦　我没敢答应，没有那么大的本事！作政治要有极高的天才，我知道我是蠢才！

赵立真　除非到了各种科学成了团体的行动，像足球队那样的 Team Work[18]，没有畸形的发展，不准随便的应用的时候，那就是说，除非到了科学与人生哲学能平衡与合作，一致的以真理正义和人类幸福为目的而发动并监督政治的时候，我们还是不去作政治吧！

赵兴邦　不要谈这个咱们不甚懂的事吧！我们该举行我们的小茶会了！第一，纪念和平节；第二，纪念一生爱和平的父亲；第三，教马志远快活一点；第四，庆祝水族馆的开幕！

竺法救　等一等，已经买酒去了。

赵兴邦　还有酒吃？志远，喝两杯，痛快，痛快！

赵立真　难道就是咱们这几个人？

赵兴邦　大哥您不是不喜欢生人吗？所以没敢多约。啊，点心来了！

　　　　〔赵素渊托着点心，上。

竺法救　酒也来了！

赵明德　（拿着酒瓶，上）报告大哥，酒买到了。大哥，街上满是人，有打着旗子的，有唱着歌的，是不是又要打仗？

众　人　今天是和平节！坐下，坐下，先喝酒啊！（有摆点心者，有开酒瓶者……渐次坐下）

赵立真　明德弟，坐下！

赵明德　大哥，报告你老，我想回家！

赵兴邦　大嫂的儿女全长大了，何必你回家受累去？

赵明德　不是那么回事！二哥，你看，廿年前我在乡下种地，我怕打仗。后来也不是怎股子劲，我稀里胡涂的就当开了兵啦！

赵兴邦　孝悌忠信，礼义廉耻，教你扛上枪，上了阵！

赵明德　赶到我打过仗，我一点也不再怕，反倒爱冲锋放枪了！

赵兴邦　当过一天兵，一辈子好打抱不平！

赵明德　我一看见乡下的绿豆叶，红高粱，我就是个乡下人了；心里不用提多么安静了；说话的时候，一不留神，连"报告"都忘了；赶到庄稼收完，没得活儿干了，我的心噗咚开了，老想出来。一出来，看不见了绿豆叶，红高粱，也不知怎么的，老想打仗；倒彷佛是乡下和阵地是我的两头儿，不靠这边，就得靠那边！

赵兴邦　你顶好是站在中间！没事就种地，有事就扛枪！

赵明德　我想还是先回家吧！大概一时没有扛枪的盼望！

赵立真　明德弟，你爱走就走，爱来就再来，家里有饭吃，这里也饿不着你，你看怎样？

赵明德　也好，大哥！你老要是再盖一座小鱼馆，给我说句话，教国家派我作馆长，我倒愿意干！小的，小的，有几十条花红柳绿的鱼就行！

〔众人笑。

赵立真　好！等咱们村里造水族馆的时候再说！坐下，喝杯酒吧！

赵明德　呕，报告！我还买来一包花生米！（从怀里掏出来）

赵兴邦　（举杯）我们庆祝和平，永久的和平！

众　人　永久的和平！

赵立真　纪念我们的和大家的父母，他们给了我们教育和文化！

众　人　东方的和平的文化！

竺法救　慰问马志远先生！

众　人　马先生！

林祖荣　庆祝水族馆新馆开幕，和赵大先生的成功！

众　人　赵大先生！

马志远　谢谢诸位对我家乡的关心！

众　人　谢谢！谢谢！

赵素渊　二头哥！

赵明德　有！

赵素渊　你真要走吗？

赵明德　乡下人还回到乡下去！

赵素渊　（举杯）给二头哥饯行！一路平安！

众　人　一路平安！

赵素渊　那个歌怎唱来着？二哥！

赵兴邦　哪个？

赵素渊　什么"我家在中华"？唱一回，二头哥不是要回家吗？

赵兴邦　二弟！你也应当会唱啊！

赵明德　"我家在中华"？学过，我一个人可唱不上来！唱歌呢，老没有唱梆子腔顺口！

众　人　两个人一齐唱！

赵兴邦　二弟？

赵明德　你唱，我跟着！

赵兴邦
赵明德　（唱）"何处是我家？我家在中华！扬子江边，大青山下，都是我的家，我家在中华。为中华打仗，不分汉满蒙回藏！为中华复兴，大家永远携手行。呕，大哥；啊，二弟；在一处抗敌，都是英雄；凯旋回家，都是弟兄。何处是中华，何处是我家，生在中华！死在中华！胜利，光荣，属于你，属于我，属于中华！"

〔众人鼓掌。

〔远远有鼓声。

赵素渊　游行的大队到了！（要往外跑）

赵立真　你干什么去？

赵素渊　不放心我的小学生们！我还是去看看他们罢！

赵兴邦　吃块点心再走！

赵素渊　顾不得了！再见！（跑下去）

〔众人立起来。

赵明德　旗子！旗子！看见了！

〔夹路桐树上隐隐见旗，书"世界和平"……字样。

赵兴邦　中华民国万岁！世界和平万岁！

众　人　万岁！

赵立真　听！〔歌声由远而近〕

游行合唱：　　几千年的血汗，

　　　　　　几千年的经营，

　　　　　　创造起东方的乐土，

　　　　　　建树起忠恕的德行，

　　　　　　创造出了光荣的历史，

　　　　　　　　光荣的和平，

　　　　　　和平！和平！和平！

长江大河，流不尽英雄血，
　　　　为和平而战的英雄！
雄关紫塞，造起万里长城，
　　　　那保卫礼义廉耻的长城！
几千年的血汗，
几千年的经营，
从终年积雪的天山，
　　　　到东海，
从四时花木的香港，
　　　　到北平，
北风里西岳的莲峰挺秀，
南海上成双的紫燕飞鸣，
在高原，在盆地，
在海边，在湖畔，
有古老的村落，历史的名城！
诗书是雨，仁义为风，
几千年的垦殖，
算不尽的阴晴，
生长出礼教与和平
和平！和平！和平！

东北的高粱大豆，
西北的黍稷牛羊，
高原的煤铁，
盆地的宝藏，
锦绣的东南啊是鱼米之乡。
上有天堂，
下有苏杭，
青山绿水从远古就有蚕桑；
当龙舟在端阳竞渡，
当中秋月照钱塘，

欢笑的儿女，都穿上绸缎衣裳！

有吃有穿，

有歌有唱；

桃源的犬吠鸡鸣，

        我们的理想；

篱边的柳明花媚，

        我们的故乡！

奇秀的山水，

温丽的阳光，

香美的花草，

平静的村庄，

绣成了我们的心，

我们的诗，我们的画，

我们的文章；

我们的磁器，桌椅，

下至笔墨，上至楼堂，

都象诗一样的美丽，

显出心里的恭俭温良！

从印度接来佛法，

        放大了爱的光明；

从西域传来可兰，

        发扬了清真洁净；

无为的老庄，

济世的孔孟，

多一分真理，

        便多一分人生，

多一分慈善，

        便多一分和平；

道理相融，

渗入人生，

善为至宝，

何必相争？
我们的心里和平，
我们建造了和平，
和平！和平！和平！

当无情的风暴，
　　　使东海的巨浪沸腾，
当惊心的烽火，
　　　照彻了雄美的边城，
这和平的民族，
　　　为了和平，为了和平，
喊一声起来，
喊一声弟兄，
打出去，打出去，打出去，
那以刀枪自悦的暴徒，
用血把我们的山河洗清！
为和平而战，
战后建起更大的和平，
必使佛的慈悲，
庄老的清净，
孔孟的仁义，
总理的大同，
光焰万丈，
照明了亚东！
教东海无波，
教大地平静，
没有战争，
只有同情；
毁了战舰，毁了枪炮，
毁了杀人的念头，
建起和平！
有什么困难？

有无相通!

有什么忧患,

你说我听!

啊,携起手来,

东亚的弟兄,

一齐向自然进攻!

教东亚的土地,

没有荒旱灾凶,

教东亚的男女,

成为姊妹弟兄,

同情是礼让,

互助代替战争,

这东方的理想,

这东方的决定,

教世界看见光明!

像太阳自东至西,

一寸光阴建起一寸和平!

美满的生活,

坚定的和平,

教真理正义,

管领着人生!

万岁!万岁!世界和平!

永久的和平,

和平!和平!和平!

(歌声渐远)

(幕)

青岛水族馆

[1] 东方文化协会，抗日战争时期成立于重庆的国际社会团体，最早是由延秉昊、郭春涛等于1932年10月在南京成立的以研究东方文化为主的东方文化研究社，抗日战争爆发后的1937年11月，主要成员随国民政府一起迁往陪都重庆，并改名为东方文化协会。

[2] 龙泉村在昆明北郊凤鸣山附近。1941年8月，老舍应罗常培的邀请到昆明讲学和养病，住龙泉村。"在龙泉村，听到了古琴。相当大的一个院子，平房五六间。顺着墙，丛丛绿竹。竹前，老梅两株，瘦硬的枝子伸到窗前。巨杏一株，阴遮半院。绿阴下，一案数椅，彭先生弹琴，查先生吹箫；然后，查先生独奏大琴。""在这里，大家几乎忘了一切人世上的烦恼！"（老舍：《滇行短记》）关于老舍在龙泉村的生活和写作情况，时任西南联大中文系主任的好友罗常培介绍说："我在龙泉镇宝台山上养病的时候，他也陪我住在乡下，每天盥洗洒扫都由自己动手；遇有朋友来看我，他往往还替我泡茶敬客。日常的三顿饭大部分跟学生一块儿吃，三月不知肉味的素菜，臣心如水的清汤，真怪难为他下咽的。幸而住在乡下的几家朋友轮流'布施'他，像芝生，阜西，了一，膺中，萝蕤，梦家，都曾经给这位'游脚僧'设过斋，其中尤以芝生家那　餐河南薄饼最为丰盛。"（罗常培：《老舍在云南》）

[3] 诗出老舍本人的《述怀》，全诗如下："心酸步步向西来，不到河清眉不开！身后声名留气节，眼前风物愧诗才；论人莫逊春秋笔，人世方知圣哲哀；四海飘零余一死，青天尚在敢心灰！"

[4] 二黄，京剧唱腔，与西皮腔调并用，合称"皮黄"。

[5] 语出《左传·襄公二十四年》："豹闻之，'太上有立德，其次有立功，其次有立言，'虽久不废，此之谓三不朽。"

[6] 语出于《大学》："古之欲明明德于天下者，先治其国；欲治其国者，先齐其家；欲齐其家者，先修其身；欲修其身者，先正其心；欲正其心者，先诚其意；欲诚其意者，先致其知，致知在格物。物格而后知至，知至而后意诚，意诚而后心正，心正而后身修，身修而后家齐，家齐而后国治，国治而后天下平。"为儒家理想人格的表征。

[7] 格物致知，这里仍然是中国传统儒家的道德思想观念，是与《大学》中所说的"修身齐家治国平天下"联系在一起的观念，指的就是探究事物的原理，获得应有的知识。赵庠琛和他的孩子赵立真所说的"格物致知"的意思并不完全一样，赵立真所指向的是现代科学，而赵庠琛所针对的则是中国传统文化，两者在逻辑内涵上差别较大。

20世纪30年代的青岛老城区全景

[8] 此句系从《大学》中"欲修其身者，先正其心；欲正其心者，先诚其意。"一语改编而来。

[9] 语出《孝经·开宗明义章》。

[10] 语出《论语·雍也》："子曰：'齐一变，至于鲁；鲁一变，至于道。'"下文赵素渊所言"鲁（卤）一变，至于炸酱！"为此语之戏用，括号及其内文字为原文所有，"卤"原为繁体字"滷"。

[11] 加持，梵语 adhis!t!ha^na 的意译，原意为互相加入与彼此摄持，后转为佛和菩萨以不可思议之力护佑众生的意思，称为佛力加持或神变加持。

[12] "我公不出，如苍生何"一语出自梁漱溟的《吾曹不出如苍生何》一文。1917年10月，梁漱溟在从长沙回北京的途中，目睹军阀混战、民不聊生的悲惨景象，遂写下此文，表达悲愤，书写"投袂而起，誓为天下生灵拔济此厄"的情怀，号召人们从困境中奋起。

[13] 安南，越南的古称。

[14] 所指应为生物进化论创立者达尔文（Charles Robert Darwin）的《物种起源》。

[15] 青岛为中国现代海洋科学策源地，1928年青岛观象台首创海洋科，宋春舫任科长。1930年，他与观象台台长蒋丙然首度提出建设水族馆的设想。当年秋，中国科学社在青岛召开第15次年会，会上蔡元培、李石曾、蒋丙然、宋春舫、杨杏佛、胡若愚等联名发出成立中国海洋研究所并先期建造水族馆的倡议，得到一致支持，遂决定由青岛观象台负责筹建工作。1931年，择址海滨公园动工兴建水族馆，1932年2月竣工，当年5月8日举行开馆典礼，青岛观象台台长蒋丙然兼任水族馆馆长。开馆典礼上，蔡元培说，当时中国"大连而外，仅有此馆！大连水族馆，出自日人之经营。规模既小，设备亦殊简陋，然则此馆，当为吾国第一矣。"这是中国海洋科学在青岛起航的重要标志。在遍布欧陆建筑的青岛，水族馆闪烁着民族风格的光彩，取传统的城垣式造型，是20世纪30年代民族建筑思潮回归的一个重要象征。对此，时任青岛市市长沈鸿烈做出了解释，他说：青岛先后被德日殖民，"一切建筑物，纯为西洋化。今水族馆能以中国古代建筑，表现吾国固有文化，在青岛可称凤毛麟角。且位于海滨公园，雄而幽静之区。中外人士之来游者，必可得深切之印象，与优美之观感。凡此种种，均于本市文化有相当之贡献。"

[16] Friendship，友谊。

[17] 青岛水族馆素以收藏各种珍稀海洋生物和史前生物标本而闻名，在海洋生物标本采集、分类、鉴定、收藏等方面居全国乃至亚洲领先地位。

[18] Team Work，协同工作，工作团队。

（四）———— 文 協 叢 書 ———— 第三集

大 地 龍 蛇

（三幕話劇歌舞混合劇）

老舍

第一幕　第一節

時間：（一）抗戰第四年之秋。

地點：道遠。

人物：（一）趙序琛名先生，六十歲，幼讀孔孟之書，壯懷濟世之志，遊宦廿年，老而隱退，悟以來偶然展慣抱舊憶，因以縱酒自娛。

（二）趙老太太，序琛之妻，五十八歲。兒女均已成人，念切，永嘆息。

（三）趙立眞，序琛之長子，專心學問。

（四）褚慕邦，序琛的女兒，那溫家庭。

（五）趙素潤，序琛之次子，閃保「老二」。

（六）女兒，故受金於寵愛，閒而不大敬。

羅福：趙宅的客廳內。過是一個偵探辭職了那麼多的新出小事上藏得的一幅「山水」。鏡上老先生藏人們年來，在衣冠敬扮了那麼多的……

作琛，可是枯燥沒有一枝「正」打在此爐的。屋瓦雖已飛走通搬去，門窗也屋被養洛，但是進開房子灰心的瞻憂毀滅。

屋中的佈留顯示出坐戰時氣氛。壁上的灰黃色的對聯，佛像，黃綢（趙老先生手題「燒頭人家」）流露而不盡舒適的格使。大雨無窮的桌子，和桌上的化短，水煙袋……都造些趙老夫婦那一代，仮藥波有別的東西買入的舊壯用屋子必是足古色古香。有物特其的風味。閃為穿波的展子受得搖的風味。閃為穿波的展子受得搖的震動緊烈，於是屬於立眞與素潤達一代的物件，彷彿見窮都發遠了進來他的博，在古物之間。雅一桂建老夫婦絕對波植物的標本。鳥福來兒輪—董貝有活的烏與白兔。

妹：爲你，爲我，爲二者？

兄：我知道我的用處。不結婚，不作官，我知道爲小鳥和毛毛蟲！老二的罪名，我也知道。爲有什麼不對呢？

妹：全是逗個戰爭！爲不是近個戰爭，爸爸又……

兄：什麼近個戰？什麼也不會。

妹：怎麼？怎麼了？爸爸又生了氣了？爲什麼？

兄：素潤！你瞧瞧，又捨了一件貝了！一擡出不容易買到。你瞧瞧，不容易買了一選運遂鬍子不容易買到。爸爸這彷彿出法呢？丹彝蓋飾鬍缺，他老人家就得更不高興了。

妹：又是個肚子和腦都發毛虫的毛毛虫！進開把我那个子擡下一個，大哥忽忽的跑進來。

兄：素潤！你瞧瞧，又捨了一件貝了！一擡出遂來。

大熱心道個工作，不掛慮吧，便是不達父命，家走爲鬧吧又對不起大哥，大哥託他照料逗盆小鳥！

羅福：趙宅的客廳內。過是一個偵探辭職了那麼多的

衝出小窗上藏得的一幅「山水」。掛上老先生的現在娥素潤事了父命。眾把驚上的兩幅鳥紙撤走，以便句田地方，掛上老先生趙老先生顯爲傷心，大家都那不好過，使

兄：不會什麼。

妹：不會什麼？

祥：不會什麼？不會什麼也不會。

老舍书《大地龙蛇》片段

图为老舍手书《大地龙蛇》第一幕的一个片段，为剧中人物的一节对话，出自赵兴邦之口，在回答赵素渊"二哥，你也会画点了吧？"一问时，他先说："一点点，但是那没关系。"接着就说出了这段话："我是说，一去打仗，我的眼与我的心都被炮声震开了，我看见了一个新的中国。她有她的固有文化，可是因为战争，她将由自信而更努力，由觉悟而学习，而创造出它自己的，也是世界上最新的音乐，图画，文学……"书于《大地龙蛇》原创作地——昆明龙泉村，赠与当时正在西南联大中文系研究古典文学的吴晓铃。关于当时老舍写《大地龙蛇》的相关情况，罗常培介绍说："他从九月三日写起，到十月七日写完，写完一幕便朗读给几个朋友听，请大家批评。我和今甫，膺中，了一，晓铃，骏斋，嘉言，还有北大文科研究所的几位同学都听他念过。"（《老舍在云南》）

我是说 一去打仗 我的眼与我的心都被炮声給震

開了 我看見了一個新的中國，她有她的固有

的文化 可是因為战争 她將由自信而更努力 由

覺悟而学習 而創造出她自己的，也是世界上的

最新的音樂 繪画 文学

晓鈴先生心正

老舍

節錄大地龍蛇第一幕对

話一段於昆明龍泉村

20世纪30年代的青岛鸟瞰，从海洋到陆地的视角